有一种力量，叫文学；

有一种美好，叫回忆；

有一种感动，叫青春；

有一种生命，在鲁院！

鲁迅文学院「百草园」书系

不该对生活发脾气

林超然 ◎ 著

BUGAI DUI SHENGHUO
FA PIQI

江西高校出版社
JIANGXI UNIVERSITIES AND COLLEGES PRESS

这是一部生活散文，也是一部学者散文，对成长有启发，对人生有思考，对文学有敬意。

图书在版编目（CIP）数据

不该对生活发脾气 / 林超然著. — 南昌：江西高
校出版社.（2020.7 重印）
　　（鲁迅文学院"百草园"书系）
　　ISBN 978-7-5493-5250-0

　　Ⅰ.①不… Ⅱ.①林… Ⅲ.①中篇小说—小说集
—中国—当代 ②短篇小说—小说集—中国—当代
Ⅳ.①I247.7

中国版本图书馆CIP数据核字（2017）第059593号

出 版 发 行	江西高校出版社
社　　　址	江西省南昌市洪都北大道 96 号
总编室电话	（0791）88504319
销 售 电 话	（0791）88505573
网　　　址	www.juacp.com
印　　　刷	北京一鑫印务有限责任公司
经　　　销	全国新华书店
开　　　本	700mm×1000mm　1/16
印　　　张	16.5
字　　　数	230 千字
版　　　次	2017 年 4 月第 1 版 2020 年 7 月第 2 次印刷
书　　　号	ISBN 978-7-5493-5250-0
定　　　价	43.00元

赣版权登字-07-2017-269

C目录
ontents

不该对生活发脾气

在路上

在仔细地想过这两件似乎并不相干的事后，我真的受到了一种极大的触动，这样的触动是那样的稀罕，也许说震撼更为确切，因为多年来，这颗心好像丧失了那种剧烈跳动的机能，一切都掀不起它的涟漪。

第一件事里面是一个人高马大的男人，旧小说给这样的人打的比方是"半截铁塔"。走在他身后的我最初并没有注意到他，我抬了几次头之后，才发觉他的异常。他几次突然加速，说他走开倒不如说他是把自己一下子弹出去了，他在准备把我抛下的同时，又似不经意地在地上放了一个信封，动作很巧妙，显然是千百次训练过的，已做得难见痕迹。那信封的开口处露出了一叠光闪闪的纸币。

这些香香的饵料，丝毫也没有引起鱼的兴趣。他投放之后，已快步躲到远处，用眼睛拼命地捕捉着我的举动。见我毫无反应，他便奔回来，再重复一回先前的动作，我也再重复先前的动作——不做任何动作。几番之后，他终于绝望了，几步跨过来，气势汹汹地问我："怎么，你的眼睛不管用？"我问："怎么不管用了？"他居高临下地望着我："要不然，这么多钱你怎么看不见？"我回答得义正词严："不是我自己的钱，我当然看不到。"

同朋友们讲到这次奇遇时，我有些自鸣得意。毕竟我抵住了一次诱惑，并在这一过程中表现出了一种镇定的风度。可大家不约而同地嘲笑了我的孤芳自赏："都什么时代了，你在这么初级的骗术里守身如玉，还当什么事儿似的，丢脸！"我想想就红了脸。现代人最厉害的就是防护本领，比如为了不让小偷顺畅心意，家居楼房的人们索性用防盗门、铁栅栏先把自己关进监狱。

第二件事发生在北国的隆冬里，还是先前那条路。我骑着自行车，照例从单位往家里赶。这种朴素的钟摆似的行为已打发掉了太多的光阴，只是我自己浑然不觉有一种叫作生命的东西正在一点点被挖空。在这种季节之中，和我毫无二致的市民，都穿着笨重的棉衣。我们都被冷气物化了，极难从人群中把一个人分辨出来，所以冬天里我很少同人打招呼，因为混淆了熟人和陌生人让人实在尴尬。

在我的车子走近那个人的时候，我只是放慢了速度，骑车的规矩我还是懂得的。可就在我从其身边经过的一刹那，那个人突然说话了："这孩子，你怎么不戴个帽子啊？"我抖了一下，情不自禁地回了一下头。在她之前，只有母亲说过这样的话。听声音，她的年龄应该很大了。我没有停车，但是我的心上多了一种暖暖的滋味。几日后，我又遇到了她，她又说了那句话，我匆匆对同样包裹得很严的她说了声："没关系，谢谢您。"

第三次遇到她是在能把人烤焦的盛夏。我知道是她而非别人并不是因为我记住了她的样貌，而是她又说了那句话："这孩子，你怎么不戴个帽子啊？"这是一个枯瘦的老人，步子极为凌乱。在我准备抓住她的手说出心中的感激的时候，我一时惊住了：她的眼里一点儿光彩都没有，脸上是青灰的、永远都没有变化的表情。显然，这是一个被精神障碍阻隔在另一世界的人，尘世的一切已与她失去了关联。但离开时我还是道了谢，又郑重地握了握她的手。

在我同好友们讲了这件事之后，他们终于认定我是一个彻头彻尾的傻瓜。此前他们还有些犹豫，还觉得我尚有药可救，这次他们觉得我是没有指望了。几个人把我按在床上，一阵痛打。他们想给我换换脑子，他们有些气急败坏，这是恨铁不成钢啊，他们实在不忍心让我掉队，不忍心让我从本属于精英的一群人里被除名。朋友们都有骄人的业绩：走仕途的正平步青云，做律师的也技压群芳，混生意场的更是赚足了大把大把的钞票……

多年来，我差不多一直站在一所毫无名气的大学的讲台上，拿着一点可怜的薪水。这样的境况说不上喜欢与不喜欢，不过是一件事吧，人总要做一件事。我做得还算认真，不管课堂秩序多么混乱，我都能好好地讲自己的课。在我把我的两次经历讲给我的学生的时候，换来的也是满堂的嘲笑，与以往不同的是，这一次我的心在隐隐地痛。

一个体壮如牛的人，他有太多的机会选择一条正路，纵使他没有远大的理想，不去多想这个时代，他依然能够自食其力、自娱自乐，但是他没有，他有健壮的身体却是行尸走肉；而一个本该是行尸走肉的人，却找到了一种最简洁、最生动、最直指人心的方式来关怀世人，把其清醒时对人间的全部热爱都记成最后的一句话、永远的一句话，她也许是一位拯救世风的老人。

装订情书

在一个偶然的机会下，我听到了一对白发夫妇讲他们的婚姻。这是一桩老式的婚姻，经由父母之命媒妁之言，但他们彼此有情，事隔多年之后他们清楚地记得婚前竟没有拉过一回手，竟没有单独说过一回话，两人坐在一起时总是隔开两米远，从定亲到结婚整整四年，身处两地、相隔遥遥的他们，竟没有一次鸿雁往来。这对老人神情黯然地说："我们那时不比你们现在，我们的感情缺少物证。"语气里分明带着些许遗憾。

爱情只有表达方式的不同，没有内容的不同。表面上看，爱情是文学作品中常写常新的主题，而事实上，爱情总是站在原地未动，从古至今，也只是享受爱情的主人公和他们的情感形式稍显不同，至于恋爱场所，古人会选择旷野，而现代人会选择公园。我们无从判断自己的爱情实质上是不是比那对老夫妇更好。

一般说来，情真与否与两个人是否相拥相抱或是终日厮守在一起没有直接关系；也与双方的性格、爱好没有直接关系，爱情就那么从天而降普遍地发生在异性之间，只要这个人正常，不用心急，总有一天他会与爱情相遇。

朋友们一直唤我"书虫"，我更知道自己是一只消化不良的书虫，因为我常常没有吸收其中的精华，而只是傻傻地弄了些边角的东西。我在读鲁迅和许广平的《两地书》时，就只做了一道数学题，确切点说就是把鲁迅给许广平的信的总数除以他们通信的时间。这道

不该对生活发脾气

题的答案是鲁迅每三四天，就给许广平写一封信，那信当然是情信。这个结论让我对铁骨铮铮的鲁迅有了一种新的认识，我相信直到今天还会有人以为鲁迅压根儿不解风情，这实在是一种误会。

看来，任何深隐的爱情，都会寻机浮出水面，只是有时像躲在角落里的一只青蛙，一直睁着鼓鼓的眼睛望你，但未被发现罢了。那对老夫妇自也不例外，他们什么都记得，自然也记得他们的爱情。我更没有跳出这个圈子，而且我和妻一直坚持给对方写信，粗算一下大概不下一百万字吧。这一处记的是欢喜，那一处写的是惆怅；这一封是说理性，那一封是谈感受……那是两个心灵波动的清晰留痕。

曾有一个弟子跑来问我："情书怎么写，我怎么追谁也追不上？"我可以教他怎样读中国当代小说，但写情书这个忙，我帮不上。我说写情书就是当事人自己的事情，别人替代不了；写它是情之所至、情之所使，或三言两语，或缠绵成鸿篇巨制，我知道有人一封信写了三十万字，哪有什么范式、技巧之类的东西。最后我又补充了一句："你说'追谁也追不上'可能是你失败的真正原因，这至少说明你追求的不止一个人，显然用情不专，情书的味道就寡淡了，自会缺少应有的刻骨铭心的感染力。"他听了点点头又摇摇头，也不知他听懂了没有。

听说邻市有一个青年把他的情书卖给了一位作家，要么是他实在熬不过作家的恳求，要么是他到底没有挡住利益的诱惑。这个青年极为出色，样子百里挑一，才能也百里挑一，在十余年中有许多女孩子给他写信。这些信当然是宝藏，但待价而沽，这就不是宝藏了。这样的事，我一辈子也做不出来。

我自己曾有过装订情书的想法，甚至用电脑敲出来，但后来没有做，幸亏没有做。当那封信从属于它的带有两枚确切标明途中所历时日所经周折的邮戳信封里抽出来，它就已不是那封信了；若再敲成铅字，就没法保留那时的清晰与潦草，匆忙与沉着，从笔画上就能看出的喜与忧或不喜不忧都失去了记录，没了那时的手温，没了那时的心情，这一切都是惊人的破坏，它使情书彻底干死，所以不可装订！

情书该是陈酿吧，历久弥香，在人生路上走得焦渴时就启封嗅一嗅，却不可一饮而尽！

人生只是一次翻找

汪曾祺曾写过一篇小说《打鱼的》，里面讲到了一对打鱼的夫妇。男的张网，女的赶鱼，终日也听不到他们说一句话。他们的脸上无喜无忧，平淡得近于木然。他们的日历就这样翻过一页又一页，待妻子死后，接替她的是他们的女儿。

如果这一切碰巧被弗洛伊德看在眼里，他准会说"强迫重复的各种表现充分地显示出一种本能的特征，并且当他们的活动与唯乐原则相对立时，就会给人一种印象，好像某种'魔'力在发生作用"，也就是说他看到的是两个机械的人，两个对生活缺少热望的人。

我的想法刚好相反，那平凡得如同草芥的一家人，他们的生命中包孕着某种顽力，这种顽力能够打败一切，有了它，任何干枯的生活都会绿意盎然。他们一直在翻找，他们心中也必有一个目标是常人所不知道的，却正是他们的乐趣之所在。仔细想来，我们和他们并无二致。

周涛有一篇文章，标题就叫《人的一生只能做一件事》。借用柏拉图的观点，他一语中的，让人心生感佩。记得儿时的我同现在的女儿一样，"翻找"成了每日必修的功课，相隔二十几年的两个抽屉被我们查看了百十次。每一次翻找，都似第一次打开，当年的我和今日的她，都说不清自己到底要找什么。在这种最平常的行为中，我长大了，女儿也快长大了。

我如今是一名教师，儿时的理想中，从不曾出现这一职业。父亲就是教师，他的性格很好，小学生们都特别喜欢他；我做事缺乏耐心，恐怕不适合做这种工作。可老天偏偏安排我站了讲台。得知这一消息时，父亲在信中高兴地说："这下好了，我有接班人了；你不该轻易说这职业不好，因为你差不多对它一无所知。"

父亲的话只对我起了一小段时间的作用。某一年，我和妻突然双双到一家国内有名的刊社去做了记者和编辑，这个决定我们没好意思通知父亲。事隔数月之后，我打电话给父亲，父亲异常平静，他说："出去转转也是好的，再回来心里就踏实了。"我觉得父亲的话毫无道理。

我和妻都酷爱写作，而写出来的稿子总是要拿给编辑看的，做编辑的那份神气让我们心生羡慕，而且这种羡慕日渐强烈。当有机会换到这个口味，岂不是天遂人愿！

可我们只干了两年就不得不收手，事实上就是收兵重返高校了。做编辑，我们都干得非常出色，亦深得老总赏识，但那段时间，我们觉得自己变得很陌生，言谈举止都怪怪的，一切并不真的是我们想要的。

回来的那天，父亲到车站接我们。父亲说："那项工作，只是翻找时稍稍留意的一个物什，你可能端详一会儿，但你心不在此。"

现在我才明白，在每一个人的面前，都永远摆着一个杂乱的抽屉，大家都在不约而同地做着同一件事情。也许这个抽屉的本名就是"人生"。翻找的过程中，有人会有收获，有人会两手空空，但你不能说后者就是一个失败的人。

"人生只是一次翻找"，想到这个命题，镜子里，我的表情变得异常凝重。

为何感动

　　至今不知道那部电视剧叫什么。因为忙碌许多年来我几乎没有从头到尾看过一部连续剧，总是看着看着就被什么打断，所以印象里只有一些剧名和一些寻不到归属的情节。那个镜头，却让我久久难忘。儿子是一家制造汽车的集团公司的总裁，他当然也不小了，五十岁上下的样子，他的女儿也已到了恋爱的年龄。他的老父卧病在床，神志已然错乱。

　　我打开电视时，老父正在对儿子吼："去把搓衣板拿来。"儿子立即退出来。在他拿到时，被老母拦住："他都那样了，你怎么还当真？"儿子一句话没说，举着那块旧得不成样子的搓衣板绕开母亲，规规矩矩地来到父亲床前，轻轻地放下搓衣板，然后这个叱咤风云的汽车巨子恭恭敬敬地跪了上去，聆听老父的训斥："怎么才考到班级的第五名，你的脑子出毛病了吗？"儿子诺诺连声。那搓衣板有明显深凹下去的两块，显然是儿子无数次长跪的结果。也许有人会凑过来讨论儿子的"该"与"不该"，但对于儿子来说答案却只有一个：他是儿子，既是儿子他就没有选择。我觉得自己看到的不是令人感伤的一幕，而是一幅至为生动的人生图景。

　　另一个故事，来自一位歌唱家的叙述，她曾有过在艰苦地区举办百场义演的壮举。1998年中国发生了历史上罕见的洪灾，她毅然深入抗洪前线演出。那天，她搭坐在从哈尔滨到大庆的一辆运送抗洪物资的车上，途中这辆为救急原本开得飞快的车突然停了下来，司机下车去了一个小卖部。回来时，他手上拿了一包针。她很佩服他的细心，战友们的衣服经常刮破，那么这些针自然就会派上大用场。

到了目的地，却迟迟不见那位司机下车，过来几个战士，把他从车上扶下来。这时歌唱家才注意到他的腿在流血，血已把裤子粘在了腿上。司机是个憨直的战士，她问了半天，他也不肯说出究竟。最后是他的战友讲出了原委。大家一直是在超负荷工作，人早疲乏到了极点，开着开着车就可能睡着了。这位司机是运输队的队长，他不但要照顾好自己的车，还要照顾好整个车队，所以他必须保持清醒。他想了一个办法：每瞌睡一次就在自己的腿上扎上一枚针。歌唱家讲到这里有些哽咽了，我听到这儿时先前已然麻木的一根神经突然有了感觉，我的鼻子酸酸的，胸口有些发热。

如果谁觉得类似的故事绝无仅有，那只能说明这个人粗心。他也是一名战士，驻在一个边地哨所。给妻子的每一封家书中都有他掩饰不住的激动，他说他有十个战友，说那儿山好水好，说他演讲比赛得了第一。妻子很高兴，让他在那儿好好工作，家里的事有她呢，他什么都不用惦念。他说让你受累了，得空儿也可以来我这儿看看。这当然是随便说说，他知道家里难，她脱不开身。

日历就这么一页一页地掀过去，积起来竟是十二个年头。忽然有一天，妻子一声未吭居然来到他的哨所，她要给他一个惊喜。进到他的营房，妻子吃惊地问："你的战友呢？他们都去执行任务了吗？"丈夫推开门说："他们都在，你看——"妻子见到的是十根站得笔直、排列整齐的电线杆。"那你演讲又是怎么回事？"妻子如堕云里雾里。他拉着她来到营房后面，那里养着猪和鸡。"和他们比赛，得个第一我还是有把握的。"妻子不理会他的幽默，眼泪再也止不住了。那四千多个日日夜夜，这个哨位上竟只有丈夫一个人。

在了解了一个个真相之后，我为自己先前的牢骚耳热，深感为家为事业埋头把事做好只不过是尽了本分，我没有理由对生活发脾气，自己实在还欠世界太多。"平凡的人们带给我最多感动"，在和他们比照之后，我发现自己很矮小，很无聊，在一种耀眼的光束面前，我竟无处躲藏。

寂寞的花开

　　有那么几年，我特别渴望独立为家里买一瓶酱油。可每次我申请的时候，母亲总是说："让你姐去吧，一直是她买，你还小。"十一二岁了，我早就不小了，至少对于买酱油这件事来说实在是不小了。每次见到姐姐从外面拎酱油回来，我都恨恨地远远地躲开。又过了两年的样子，我终于有机会兴冲冲地提一瓶酱油走在那条我早已熟悉的乡路上，脚下生风，不一会儿我便赶上了原本远远在我前面的一个小同学。看到他手中那瓶酱油的一刻，我一下子变得满心沮丧——他的个头还不到我的肩膀。

　　我的功课始终很好，但始终不是最好。对于这样的结果，我说不上自己满意还是不满意，也说不上老师是满意还是不满意，我听到的几次评价大致都是这样："张三、李四特别棒，林超然也还不差。"如果这话里有赞许，那么我也是被捎上的，不过是顺便提一提，谁都能听得出一种勉强来，而我正是在"也还不差"的尾音里过了这么多年。弟弟的做法则与我不同，每次考试下来，他都要作一个统计，那就是究竟有谁考到了他的前面，差多少分，自己要用多长时间超过他。他的计划每次都能实现，因为他统计之后就开始埋头苦学。他频繁地站上一个又一个领奖台，整个学生时代他都是从一个胜利走向另一个胜利，而他并不比我聪明。

　　我不喜欢照相，在不太厚的相册里只有不多的照片，这些照片又几乎全是集体留影，而看每一张照片都要花上一点时间才能找到我，我总是躲在一个最不起眼的角落。事实上，在每一个组合里，我的相貌、我的功课或者是我的业务能力都算得上是佼佼者，可我并没有处在核心的位置。一次弟弟打击我："被簇拥的感觉真好，什么时候能轮到你呢？"他参加过的集体照儿，正对着镜头的绝不会有第二个人，本来并不高大的他却总是显得很威武。他对我有限的几张单人照片也不以为然，他说里面的根本不是我而是另外一个人，说我实在没人可烘托的时候就做周围景物的配角，说我本是一朵奇葩怎么不能目中无人地爽朗地开一回呢？

在人群里，我惯做一个沉默者，因为人群里似乎总少不下一个权威发言人，有时我觉得他说得够好，我应该当听众；有时他说得十分浅陋，无半点可取之处，我又懒得去纠正。总之，我总能给自己找到一个不说话的理由，久而久之，我成了一个寡言人，成了一个登不得台面的人，当然也就渐渐走出了人们关注的视线。纵使芳香馥郁，而包裹甚严，人难识也，人们无法领略的美有时干脆就会"宁信其无"，有那么多良机从我身边走过去，我实在应道一声"冤枉"。

花开不寂寞，它才能争得更多的阳光，更多的营养，更多重视的眼神。不寂寞的花开才是真正的花开，无人欣赏的花开只是这株花在自言自语，它的声音响亮还是微弱都了无意义，因为它必会随风而逝。寂寞的花开，花至少要负一半的责任。许多年来，我之所以备受冷落，原因正在于我没能在关键之时关键之地及时地亮出自己。

家里有一株花，花期总是来得慢吞吞，花也开得少些勇气，家里人有时不情愿给它浇水，甚至不愿在它跟前多站一站，作为花，它该承担另一半的责任。

不想生病

一直以为自己是个健康得没办法的人，百病难侵，在看到谁常吃药或是常跑医院时，我总会投去不解的目光。也许大多数年轻人都与我有着相同的神气，这种天不怕地不怕的劲头在有了些年纪的人那里，可能完全是另一种情形。记得在一次宴席上，别人敬酒时，我总是频频地站起，当然这是在表达一种谢意。每次只是象征性地抿一点，我不会喝酒也不想会。旁边的一位长辈拉了我一下，悄声说："若血压或心脏有问题，你这样起起落落就是在冒险。"我自然对他提醒心存感激，但私下里竟觉得他实在有些"过虑"了。

那日单位组织献血，我当然是最积极的一个。第一天验血，第二天献血。献血那天早晨，我望着臂上隆起的肌肉，觉得自己真的是太健壮了。我报了自己的姓名，那个医生又问了一遍，接着他指了指远处的一个医生："你的化验结果在他那儿。"这怎么可能，我知道"他那儿"全是有问题的。一千个一万个"不相信"的我，最终还是在一堆"不合格"里找到了自己的名字。

此后，我又跑遍了市内的几家大医院，检查结果如出一辙：甲型肝炎。我终于颓然地坐下来，这倒不是什么严重的病，但它到底是一种病，也就是说我生病了。

接下来是用药。口服、输液，中西医结合。这是一种传染病，病人要隔离，一应用品特别是餐具更要隔离。那些日子真的是不堪回首：妻一遍一遍地给我用过的碗筷消毒，还不断嘱咐女儿千万别碰我的杯子，这让我想起早年那几只被远远抛在角落里的猫用碗。开门时，我不再用手而是用肘或膝，为的是不接触门把手。能碰的东西都不碰，偶尔的一次"忘乎所以"会让我后悔半天。那时我觉得自己真是一个罪不容恕的恶人，甚至就像日寇侵华时那支灭绝人性的"731部队"。妻常问专家，常上网咨询，无非是想知道我的病该注意什么、何时能好之类，我倒觉得她是在问另外一个问题——我的危害到底有多大。

毫不知情的父亲母亲从外地来，一进门他们就闻到了一股浓重的中药味。看见正在打吊针的我，母亲大吃一惊："孩子，你这是怎么了？"我费了好大的力气给她解释没关系，不算个事儿，但还她是将信将疑。母亲有意将她的碗筷与我的混淆，她说她不在乎。这让我更为难受，我知道一个做母亲的心，但母亲的这种勇敢于事无补，只可能再增加一个病人。我清晰地记得母亲特别厌恶中药味儿，而这次她却甘愿陷入一种奇特的包围里。

女儿此前和我的关系不怎么好，她讨厌我硬硬的胡子。不知为什么这阵子同我的关系却密切起来，动不动就扳过我的脖子和我贴脸。每次我都躲开，5岁的她对我的表现很不理解，只得无趣地走到一边，一个人玩点儿什么。但她总时不时地看一眼我的输液瓶，怕我和她妈妈疏忽——瓶子空了也不知道。她玩什么都不再专注，这与先前那个遇到一只蚂蚁也能沉醉半个上午的她实在是判若两人。

曾有一个朋友很沮丧地对我说："简直是咄咄怪事，我不抽烟却得了肺病，我不喝酒却得了肝病，伙计们都说若是猛抽猛喝早就以毒攻毒了，哪会有今日？我真的不想有病。"听后我苦笑了一下，我何尝没有相似的感受？好在，只是一阵子我就从那场尴尬的疾病中挣脱出来了。清晨步出房间时，那轮久违的太阳好像有些异样，硕大并且红艳，煞是喜人。

我在马路边

　　闲下来的时候，若觉得凭窗眺望不过瘾，我就会干脆来到马路边看个究竟。只要季节允许，一天里我总有那么一段或几段时间耗在马路边，多少年了一直是这样。一个朋友对我说："你现在就已是退休心态了。"此前他曾几次问我在找什么，我说我也不知道自己在找什么，他便哲人似的得出了这种结论：一个满心失落的人只会疯狂地寻找，这种寻找显然是漫无目的，显然是徒劳的。我想说我是在阅读，阅读不一定在书斋里，可每一次都是欲言又止。

　　还记得那个除夕，我们一家三口人出来看街景。此前，妻曾教给两岁的女儿一个词：炊烟袅袅。一街的灯，花样翻新，让人目不暇接。游弋在节日的海洋里，喜气早把人浸透了。正走着，女儿突然扯了扯我的衣襟："爸爸，爸爸，炊烟袅袅。"我顺着她的小手望过去，看到的竟是一伙人在化纸，浓烟滚滚，怪味弥漫，令人特别扫兴。我对女儿说："这不是'炊烟袅袅'，有空儿爸爸会带你到乡间去看。"

　　早晨出去散步时，听到身后有人在发牢骚，回头见一个人正推着自行车往前赶。他说一块带钉子的小木片不知被谁扔在了路上，怎么就没个勤快的人捡起来呢？车胎都给扎了。我注意地看了一下，那块木片被他丢在了我回家的岔路上，因为远我就没有去捡，心想回来再说。可回来时，我走了另一条路，也就把这它忘了。第二天我骑车上班，待我想起那块木片时，已经晚了——自行车的后轮胎迅速地瘪下去，我把那块木片拾起来扔进了垃圾箱。

一天晚上，我同妻从外面回来时，在路口看到一男人正在打一个女人。因为光线暗，两个人都看不清面目，像两个灰色的影子，时聚时散，伴着灰影子的是谩骂和哭泣。男的下手太狠了，女的也许只剩下半条命了。一个男人这样没风度，让我这个须眉很惭愧，我要过去问个清楚。妻一把扯住了我，说："你没看她都不求救吗？一个女人让一个男人当街痛打，有力气却不肯呼救，肯定连她自己都觉得活该，你干吗还去拦阻？有的人就是该打。"一向心软一只鸟受伤也要落上一回泪的妻，竟说出这样一番话，着实令我吃惊。

　　我同市里的官员素无往来，但这不影响我对他们的好恶。实心实意待老百姓的，我就喜欢；只讲套话了无政绩的，我就讨厌。有了这条标准，一个官员的形象在我的心目当中日渐高大起来。电视里，他做事硬朗、干练，总是不苟言笑极有官相，据说生活当中的他也是无可挑剔，连同他的外形都给人一种信任感。他是不是太完美了，我开始担心。直到看见这个我顶喜欢的官员醉醺醺地被人从一家大酒店里搀出来，我才长舒了一口气，有血有肉的他才更真实、更可敬。

　　在马路边能看到的实在也够丰富了，尽管这里只是都市掀起的一角，但许多情节也十分耐读。在一个一个的故事里，有时觉得自己就是主人公，至少有推也推不掉的戏份，所以我在马路边，绝对不只是一个看客。

寻常百姓

一直觉得做个小百姓是一种福气，虽没有叱咤风云的雄豪机会，但到底多了一种宁静，我始终固执地认为宁静更接近一个人生命的本色。那日与妻一道在阳台里整理刚买回来的大葱，方式也再简单不过，那就是让几棵葱共同拥有一个发髻。因为秋天到了，我们必须像松鼠储藏坚果一样，为一大段寒冷做些准备，在北方这该是最寻常的景观了。两手灰土一脸汗水，葱们终于列队在那里接受检阅了，我们的心上掠过一丝笑意，寻常百姓的开心来得特别容易。

我曾在日记中写过自己的一点感受："匹夫匹妇常常淹没于人群，少有人端详他们的生存样式，匹夫匹妇心中却有一道自律的鞭影，始终驱策他们奋力向前，他们并不过多地审度某一目标是否值得投奔，偶见的感伤亦常为一种坚强冲淡，从而走向自娱。"张晓风那篇《一个女人的爱情观》之所以让人念念不忘，是因为大家都确信从菜场相随归来的一对远比当街亲热的男女爱得更为深沉。

记得去年的此时，我同妻一起在楼下拾掇白菜，市场上买来的酸菜吃着不合口味，我们乐于自己动手。年龄相仿的邻居们走过我们身边时大都要笑一笑，我知道他们是在笑我们的不合时宜，都什么年代了。也是，楼区里腌酸菜的都是老辈人，我和妻搅在里面显得特别扎眼。终于有个好心人实在按捺不住，走过来说："一冬天买鲜菜吃也用不了多少钱，犯不着这么仔细。"我们除了感谢地点点头，还能说什么呢？

那日上"教育课"，反面教材中涉及一个贪官，有一个统计结果令人诧然：这个人在做一个单位正职的六年里，平均每天受贿一万元。这时我听到我身边有人嘀咕了一句："真让人羡慕。"这让我比刚才听到那个统计数字更为震惊。如果这不是一句揶揄，我相信他还不是一个安分的百姓，甚至不是一个合格的寻常百姓，也许正是这些"羡慕"为歪风提供了土壤。"穷则独善其身，达则兼济天下"，常是不少人的口头禅。"独善其身"也是一种挺高的境界，小百姓虽"小"，但与大人物的是非标准却不应不同，他们要有平等的操守。

　　同事的先生是一位远近闻名的企业家，整日飞来飞去，家里自是顾不得了，同事不忙碌倒落得一身轻闲，因为一应杂务都由先生的下属办理。我在买米、买电的路上几次遇到她，她总要说一句："你可真是个过日子的人，米店、购电所的大门我都不知朝哪开。"她讲的是实话，没有居高临下的意思，但也没有羡慕我的意思。我们谁都无法说服对方，似乎也没有那个必要，只要我自己认定不去米店、购电所的日子就不算是日子，不就行了？

　　真的，所有俭朴的人生现实都不乏奇异的闪光，对每一对匹夫匹妇生活的现场采集都会有一种饱含诗意的惊喜。匹夫匹妇是小花小草，他们的喜怒哀乐却藏着出离凡俗的颜色，他们有理由让自己的腰身在人群中格外挺拔。

楼居岁月

也许楼房的出现极好地表明了人类的建筑文明进入到了一种高级阶段，楼房的重大意义想来绝不仅仅限于节约用地、安全和方便管理，而是在一定程度上规范了人的居住观念，甚至使人的生存状态变得更加秩序化、条理化了，这实在是一种不小的进步。

我出生于较为落后的乡间，对于楼房一直是只有远望的机会，似乎情感之中并无艳羡的成分，因为我对楼房真是没有什么了解。一个人在说不清一种东西是什么的时候，是无法讲出他的好恶来的。读了近二十年书的好处最直观的就是我走进了城市，而城市最不缺少的就是楼房了，我更是不得不同楼房频繁地接触。

楼居岁月似乎可以上溯到我刚参加工作那一年。办公楼的一楼是单身职工宿舍，我是它最新的成员。现在回想起来，竟没有留下什么相关于住楼的感觉。那幢楼前是一块计划得很好的绿地，闲时就可举步出去走走。一位朋友曾开玩笑说："平房的不同在于敞亮，任何时候你都可以毫无顾忌地跳出窗子。"若依此论断，我那时还算不得住楼，毕竟我怎么也寻不出一点居高临下的神气来。

在我还没有真正体验到住楼滋味的时候，一位热衷于研究心理学的朋友曾郑重其事地告诉我：喜欢楼居，从某种程度上讲就是喜欢自我封闭。这实在有点儿耸人听闻的味道。不过楼居有一点不便倒是真的，我曾不止一次地见过一些人被自家的防盗门锁在外面，轻则毁窗，重则毁门；不知对门姓甚名谁，几乎成了一种普遍现象。一扇坚固、沉重的铁门在拦住窃贼的同时，也的确是拒绝了许多满腔热忱的来访。

母亲在给我们带孩子这阵子，总是唠叨城里人冷，这样的日子她没法过下去。在乡间，乡亲之间总是一团火，可现在一团火变成了一块冰，母亲当然不习惯。我只得吃力地向她解释说城里人工作忙，无暇同人聊天。母亲总是摇头，城里人未必怎么忙，她知道。我亦觉不能自圆其说，工作之余，更多的人就喜欢把自己关在屋子里，这是明摆着的事实。

楼是封得越来越严了，防盗门外又多了一道电子门；楼群外是高墙，"华山一条路"——只余一扇门可以出入，想进此门，必经一次严格的盘问，不说清楚休想过关。如此大费周折，多高的访友兴致，也会一扫而光了。这时，困守家中无疑成了最好的选择。谁也用不着怪别人，大家彼此彼此，都有苦衷，又都无可奈何。

记得有一篇杂文叫《因为有了小偷》，里面说了这样的话："因为有了小偷，我们就不得不把自己关进监狱里，日日透过铁栅栏看窗外的一切，不管外面有多美，我们都必须如此。"小偷是有的，但大家防的还是"万一"，"万一"之外的日子也得这样过了，想想心上很是难受。看来人在赢得一些东西的同时，也会失去一些东西，甚至更多。

我住的这幢楼的对面，是一幢更高的楼，有九层。一楼的铁栅窗都是后安上去的，并且为了多争些空间，一律外凸。这样就有问题了，这些铁栅窗很容易成为小偷盗二楼的梯子，于是二楼的居民也齐刷刷地安上了铁栅窗，接下来是三楼、四楼……最后当然是九楼了。每日凭窗南望的时候，我的心上总是生出一种莫名的悲哀。

在一则日记中我写道："楼居岁月，我不想做什么清修者，但又不得不时时独自面壁……身不自由的时候，就努力让心自由吧！"

其实我知道，人类在奔向文明的时候，常常是要付出一些代价的，身居高楼的选择大概也在此列吧。可是楼居岁月中的我，却还是常常怀念那听也听不尽的蛙鼓、望也望不断的一片又一片的绿意，还有那曼妙非凡的岑寂……

老 赶

　　一堆人裹着一个卖山丁子的，透出来的是十分的诚意：尝吧，尝吧。一个脏头脏脸的孩子从里头挤出来，山丁子从指缝儿粒粒落下，我也尝尝，我也尝尝。

　　身后是一片笑声。

　　卖山丁子的是二十年前的老赶，泥孩子是二十年前的我。

　　大路不走草成窝，脚下是这个感受，心上记挂着老赶。

　　老赶姓卫，凡事求个真儿，不刨出白花花的根须来，绝不收手。别的队早亩产万斤了，本队也不能含糊，罗锅队长矬老婆高声：高粱单产一万二。老赶揪住罗锅队长的前大襟，一路磕绊到了地头，他一抹身，地上就躺下了一亩高粱，头也拿下来了。现在过高粱头的秤，能到三千斤，我替你老婆养孩子。罗锅队长眼睛瞪成豆包儿。

　　有人捅捅老赶，你就别再往前赶了。

　　老赶脖一梗，回头取了大秤，一捆一捆地过数、记账，最后斤两交到罗锅队长的瘦手上——2341.4斤。

　　"老赶"这个外号就四散传响了。

　　一次歇晌，老赶枕着锄杠和二愣扯，娶个寡妇好，有家底，儿女又现成的；临咽气找个老太太并骨更好，什么都省下了。

　　这话一传十，十传百，导致老赶一生未娶。

　　老赶处处碰壁，又没女人暖被窝儿，脾气就不怎么暴了，人也蔫起来。遇到有聚赌的，他大耍不敢，赌山货儿也不敢，只能在一边卖单儿，却场场不落。

那夜门被踹开，赌犯们全夺窗而走了。

老赶一时"赶"劲儿又来，想着自己是瞧热闹的，就不用怕，更不用跑。

可抓赌的用棍棒对付他的口舌。

待他醒来，人声已远。

老赶挣扎而起，这太窝囊，这太没天理。

草甸草齐腰，雪没膝。老赶一条道撵下来，风大了，糊住了前边的脚印，也就糊住了他的追击方向。老赶勇气一泄。在地上坐出了个深深的雪窝子。

第二天一早，人们抿搁的抿，抬的抬，把老赶运回村。

躺了两个月，老赶换了层新皮，冻掉了两只脚。这以后他就长跪着走路了。

天转晴，日子转好。

队里仓中有了余粮，那把大钥匙就金贵了。罗锅队长眼睛不太醒目，但瞧什么准当。他选定了老赶，老赶没家口，再说两只脚总能换个教训来。

直到老赶把罗锅队长的麻袋填了灶膛，他才知道，老赶这把锁比仓库那把难开得多，说不准已锈死了。

老赶的小脚儿终日在院里晃动，二、三寸长短，圆圆扁扁的很活跃的样子，猫抓狗也啃，小孩子逗稀奇，老赶全不在意，一股肠子只在裤腰边的钥匙串子上。

老赶不肯吃干饭，白天院子放心，他就抽空在队部后的空场侍弄果树，果熟了，他就摆上院子，买老赶的果，可以不掏钱。

那时队里总搬说书的，夜里讲到一两点钟。我是听书迷，就睡他那儿。说书的走了，我还不走。老赶也会说，什么孟姜女哭倒长城、罗成扫北、十二寡妇征西……这些也是支眼棍儿，让我睡不着。

老赶问，还讲吗？我说讲，他就又很陶醉地"书接上回"。

我十二岁时，本村最有道行的人说，这一年是我一个坎儿，破解之法很简单，认个干亲，一个人，一棵树，一条狗都成。有人撺掇去认老赶。父亲不答应，老赶没儿女，又赶。

结果我认了村头的老榆树。

老赶听说这件事，说话就带哭音儿，还有意无意地躲我。

父亲拉过我，有工夫多去老赶那儿，他也可怜见的。

我入县中学那年，土地包干了。

老赶的身体不行，分不得牲口，分不得地。乡里的养老院，问到他头上，他想都没想就摇了头；二愣说跑火车板要钱，不缺胳膊不少腿的都比不得，老赶昂昂头，我的手和脑袋不是没废么？

老赶的手奇了，纳底绱鞋、辕马家什、修车补胎、簸箕筐篓、糜席柳筐……他竟无所不能，又从不收谁的钱。

从村东数到村西，没一家求不到他。

大家也常出手帮他的忙。

老赶最适合当捞头忙的，一碗水端溜平，有威望，又精细。村上大事小情少不得他，红白喜事他给料理得滴水不漏。

老赶这辈子与婚娶无缘，却是个家务清官，他总能把话递到人的心坎上。过日子勺子不碰锅那是扯淡，两口子打架闹离婚的事村上常有，老赶都能说服，他成了这儿的一级调解委员会了。

分家讲口的往往也闹到老赶这儿为止。

老赶的辈分，逐渐被人们重视起来，同辈的称“赶哥”、“赶兄弟”，小辈的称“赶伯”、“赶叔”，短两辈的一律喊“赶爷”。

遇到有谁唤，老赶总是麻溜趿上鞋，脸上立时就是一种极认真的表情，好像去担当什么重大的使命，这让来人感动和安慰，似一下有了依靠，心上少了许多慌张。

假期我总在老赶的右边搭个铺。听他慢声慢语，说点儿什么稀奇。

这块儿通讯不方便，电报能压十天，信能压俩月，信被拆开、信件丢失更是稀松平常的事。老赶总是很早就去邮递员家。我常常揉着惺忪的睡眼，见到一手拄杖，一手高擎信件的老赶，很兴奋地唤我。

老赶不识字，也没见有人给他来过信。他总是很耐心地听我读信，仿佛那信，不是我的，而是他的。

后来，我给老赶念我的小说，他眯着眼咂摸，哪儿实在，哪儿玄乎，哪儿妥当，哪儿没边没沿，净胡诌。

再后来，老赶就歪头问我，我在你的小说里会是啥模样。

我说准不是镜子里的你，其实作家净胡扯。

老赶对什么都热心，小羊羔，小马驹，甚至一只小鼠，一块糖纸，都能引出他的笑意。

一得闲，他就一遍一遍地摸他的竹杖，日子一久，它已明晃晃的了。

想到老赶一辈子没沾女人边儿，一定有一种特别的感触，我就壮胆问他对女人的看法。

他定定地看了看我，两丛眉毛往中间靠了靠，这是他要表明态度的习惯。

女人嘛，你把她想成什么就是什么，比方说一块庄稼，一句郎当韵，一挂大车都行，由着你自个儿了。

一根竹杖行吗？

老赶五十多岁的脸，一时红胀起来。

我刚分到一所大学里教书，听到老赶死讯时，我正在单身宿舍里，翻动电炒勺。

事情是这样的。

二愣的侄儿大清早把媳妇拖到当街，又击鼓又撞钟，扬着亮闪闪的杀猪刀，说要挖出这女人的心肝，看看是黑的不是，谁拦就让他先忌了小米。

老赶以半截人的身量，横在那媳妇前头。

二愣的侄儿一刀下去，老赶叫都没叫就扑倒了。

这里早时兴火化了，只是骨灰盒挺起的坟头，比棺材的还大。老赶的后事很随便，粉房洗土豆的木槽很宽大，他躺在里头不挨不靠。

大伙不吭气地抬了一段路程，又不吭气地把他埋了。

老赶没火化，倒是破了十几年的惯例。

老屯人有年夜给故去的人们送灯的规矩。

墓地已是一片灯光。

我在老赶的墓前，把一叠纸钱和这篇《老赶》一并烧了，让他过个好年，也见见自己在小说里的样子。

　　我低头往回走，立在一块高地回望远处，那最亮的灯火下面，住的正是老赶。

订阅人生

原以为通过订阅的报刊只能看出一个时代人们对某种文化的喜好，比如20世纪80年代，太多的人手上会拿一本纯文学期刊，《收获》、《当代》、《小说选刊》之类，那时的文学还不是一个落魄的贵族，一首好诗出来还会有人在街头奔走相告。而时下的人们怀抱的则是电脑、英语报刊或是某某肥皂剧的光碟。时代变了，什么都会跟着变的。

那日单位订报刊，我的眼光在一座大森林里搜寻，我要订些和孩子有关的东西。女儿日暖六岁，明年就上学了。她的识字量不算少，一般的读物都应付得来。就在我于哪本更多趣味，哪本多些知识，哪本能提高想象力之间犹疑不定时，思路却被一阵笑声打断了。笑声来自一群刚毕业的女大学生，她们想都不想就写上了一长串的时尚杂志，更不要说费什么时间踌躇了。

十年前纵情大笑的是我。那时我刚热恋上文学，订阅的一本本期刊在我看来就是排着队的碉堡，一座一座地攻下来，实在让人豪气干云，我管好自己管好创作就是管好了一切，别的可不必理会。如今我在周围的同龄人中还是保留棱角最多的一个，但也显然不再是那个了无牵挂、来去如风的单身汉了。女儿已开始在意别人对她的重视程度了。那次吃饭时，我和妻问起日暖之前读的一本书，她没提读书的事，却说："我很高兴，以往吃饭的时候就是你们俩说话，这次终于也和我说了。"这样的人物，实在忽视不得。

场上多了这样一个队员，就多了许多事情。从出生两个月一直到她九个月大，每天都是我抱着她，小说、散文之类，早被我扔在了脑后，连妻子都说："这次你可真是做到了'心无杂念'了。"数年后女儿日暖在唱赵薇的《拨浪鼓》时，几次问我："为什么里面的爸爸说'你们是甜蜜的负担'？"我也回答了几次，但她总是似懂非懂，也难怪，她还太小，大些就明白了。儿童专家说宝宝撕书也是学知识，而且撕得越多就越聪明，我更愿意把它想成：女儿觉得书上面讲的自己都会，撕掉算了留也无用。那段时间，我订了好几种供女儿"撕"的杂志。

这些年来，我和妻的创作倒是没有中断，但是算下来，有关孩子的文字却占了不小的比重，发表了三四十篇的样子，此前还没有任何一个选题能这么长久地吸引我们的目光。"重心转移"的事，更是随处可见：吃零食的人由先前的一个变成了两个，反对的声音更微弱了；我下跳棋的名次，由亚军跌到季军；刚收入囊中的几百元稿费是给我买书还是给女儿买学习桌，答案是现成的，当然是买学习桌……那天我搜寻了一个上午，结果是终于圈定了一些儿童读物，同事问我："一本也没给自己订？"我只得搪塞说："有些杂志社会赠刊给我。"

我注意到大我十几、二十岁的人，他们几乎无一例外地订阅了各式的健康杂志，也许有一天我也会加入他们的行列。订阅内容的变化，实际标示的也是人生四季的变化。这种变化不应该给人带来什么灰色情绪，但人要从中悟到一点儿紧迫感，前行时脚步不应再慢吞吞的了。

听腾格尔唱歌

对于音乐，我的耳朵不是很灵敏。流行歌曲也是钟爱过的，可如今已是三十岁的人了，便时刻提醒自己已经长大了，过了玩的年龄，不该再有那份盲目的狂热。谁想，这么一来，我竟真的对这些失去了兴趣。在周围人历数众多新星的时候，我总是一个沉默者，有时更会向他们投去奇怪的眼神。

还不止如此，那些在我头脑中曾有过留痕、我热爱过的歌者，也渐次失去了本来的印象。也许只有一个例外，那就是腾格尔，因为在事隔几年之后，再次听到他的歌，我仍是热泪盈眶。那一刻，我发觉我并没有忘却他，一直都没有。他永远能拨动我心灵上那根特殊的弦；那一刻，我也开始明白，热爱一个人，完全可以不去探问他的行踪，打听他的消息，便大可在心中牢记他，为他留住一个永不惊动的角落。

唱歌，有的人是用嗓子唱出来的，有的人是用心唱出来的，腾格尔无疑属于后者。同许多歌手相比，他的嗓音条件不是很好，有的字句唱出来甚至算不得乐音；他演唱的技巧性也不是特别好，甚至可以说是无技巧；他的歌与各种富丽堂皇的舞台也在太多的时候显着不协调。

可腾格尔征服了太多的人，一个草原人赤子的情怀，给太多的人带来了莫名的感动。那块土壤上长着一棵树，可能它不如许多树高大美丽，但它是属于这块土地的，它谁都不是，它只是它自己，这本身就是一种伟大，一种奇迹。腾格尔是不可替代的。无装饰的曲，无装饰的词，无装饰的嗓音，无装饰的心灵，这些就足够，足够击中所有的人，至少这些完全能够洞穿我。

腾格尔的不同凡响在于，不论他站在哪里，都是站在草原上，天空很蓝，湖水很清，歌唱的人是道地的草原子弟，他的心给奔驰的骏马、洁白的羊群盛满了。他的乡亲有欢愉，也有苦涩，在以心灵偎向他们的时候，他的心与他们的心跳的是同一个节拍，这一切，他的每一位追随者都听得真切。

《天堂》、《父亲和我》、《蒙古人》，我们不能说这是几首歌，真的不能。它们是历史，它们是一群人或某个人的一段人生，它们是真实的，来自生活的第一现场；它们可能有些粗简，但最真切的表白常常是顾不及精致、顾不及字正腔圆的，也根本没有这个必要。

我最喜欢听的是他用蒙语唱的歌，我不懂蒙语，但我听得懂他的讲述，这使我觉得他离我更近，他就是我的一个比肩兄弟。我无须终日守在他身旁，但他始终走不出我的视线，那熟悉的声音随时都可能响起。

腾格尔的歌，也许是因为暗合了我的人生态度，才使我迷醉。让亲情乡情环绕你，处处他乡便是处处故乡；让生命保持本色，再粗陋的衣食也是有色彩、有余味的，这些自会令人心驰神往了。

听腾格尔唱歌，我的世界一片澄明；听腾格尔唱歌，我不再觉得自己渺小、孤单。

搬　家

　　最初的一次是我们从岳父家搬出来。那时，我们在那儿大致已住了两年，因为妻的调转已有了眉目。结婚时我同妻在相隔百里的两地工作，由我跑通勤当然合适一些，而有时我又不回来，岳母说你们就住我家吧。老实说这两年在那儿过的并不好，至少当时是这样一种感受。我已够勤快，却还是被"派"来"派"去；我的食量很大，却必须有所"保留"；我和妻不能高声讨论问题，更不要说吵架了，怕邻居误会。车开出那座小城时，我长长地舒了一口气。

　　衣柜上有一面镜子，车一动就会有床腿之类的东西挤过去。岳父说他上去把着，我说我去。他说你没经验，别争了。路不好，坐在驾驶室里的我还被颠簸得有些受不了。从倒车镜里，我能看到岳父的境遇比我更惨，患有腰疾的他根本没法保持身体的平衡，一路摇摇晃晃，却始终牢牢地用背部挡住那些"腿"们。在我就要吐出来的时候，车终于到了我的住处。结果卸车时，昏头昏脑的我一不小心竟把衣柜的镜子碰破了，岳父一路的罪也白受了。

　　进了屋之后，岳父说先把床安上，别的可以慢慢整理。见到这间屋子里挤满了前任房主丢下的铁床，我才想起自己忘了带拆卸的工具，正在我后悔不迭的时候，岳父已默默地在那里动手了。早就备好的扳子、钳子在他的手上就像一群听话的孩子。搬出铁床，安上我们自己的床之后，天已很晚了，早过了饭时。岳父执意立即回去，看了看杂货店一样的屋子，我只得同意了。经过这次搬家，我对父亲之外的父爱才有所认识。

再次搬家是一年之后，我们要去一个千里之外的地方。在这儿我受了很多委屈，自觉尝尽人情冷漠的我要找一个重视我、能够给我温暖的地方。此前和楼道里的人没有什么来往，为了快些把车装好，我特意从外面雇了几个帮工。可来到楼前，已有好多人等在那里了。他们替我辞退了帮工后，就七手八脚地干了起来，有相识的也有不相识的。其中一人看到我脚上穿的是一双新皮鞋，就说赶紧换一下，没有必要毁了它。

在新的工作环境里，每遇烦恼我都会下意识地看看自己脚上的这双鞋。我和同事相处愉快，工作热情高涨，我的表现赢得上上下下的一致好评。如同许多年轻人一样，在缺少创造诱惑力、更多属于机械重复的工作面前，我也渐渐失去了兴趣，并且最终满含歉意地向老总提出辞职。

我不想让同事们看到我不舍的泪水，便把搬家时间选在了周日。大家都住得较远，此前有人问我何时动身，我说还得一阵子。那天，搬家的场面很冷清，几个搬运工没有经验，车装得缺少章法，动作也比较大，东西撞击的声音不绝于耳。我的心情糟透了，也懒得和他们强调什么。直到途中，有了饥渴感觉的时候，我们才发觉此前备下的那些火腿肠、纯净水已被那几个搬家的顺手牵了羊。还有一只漂亮的吊坠小狗，不大值钱却是妻狠了几次心才买下来的，也因那几个人的一次私心的小规模泛滥而同我们说了"拜拜"。

父母带着我们的孩子坐了火车。我和妻对望了一眼，各自苦笑了一下，我和妻要担起押车的重任了。因为晕车的缘故，没出城多远我的肚肠便开始翻江倒海，自顾尚且不暇，更不要说管车了。妻目光炯炯，一会儿指路，一会塞给我一个剥好的香蕉，以往我眼中的那个柔柔弱弱的女子一下子成了一个刚强的将军。这次搬家，让我认识到了妻的另一面，越发觉得自己娶到了她很幸运。更令我惊喜的是，在搬过几次家之后，我和妻一起长大了。

有妻如玉

在那首《我妻》的诗里，我曾预见的一切似乎都应验了，妻是我大学时的同桌，除了我们，班级还有五对同桌夫妇。缘此，我简直要认定"距离决定爱情"了。

我家住乡村，家境清贫，她不在乎；我立志从文，淡泊名利，她也不在乎。她说，无论如何跟定我了。我们就相牵着走到了同一屋檐下，我俩亦如燕子终日忙忙碌碌，依着我们先前的预谋精心地布置两人世界。小巢初成，我们却不得不暂时分开，因为阴差阳错，我们被分配两地，相隔百里，我在一所大学执教，而妻在一所中学坚守三尺讲台。

对妻来说，一切都是从未有过的尝试。她一直盼着做个教师，终于如愿。第一天上班妻便逢个雨日，她将飘逸的长发挽起，长裙换上短裙，兴奋地跨上阔别数年的单车，世界正向她掀开新的一角。一个月下来，一百几十元的工资让妻犯难，在大酒店工作的小姐妹拉她上街，"这件衣服你穿一定盖了"、"这套化妆品最适合你"……看看标价，妻摇摇头，找个理由搪塞：做教师不能穿得太花哨，更不能眉以黛描、唇以红点，否则美好形象会大打折扣。其实，说这些还不是哄人的？真正的原因是钱根吃紧。

家开始由妻一人支撑。人生如竹，这是东瀛一位民俗学家的理解，妻早出晚归，每日应对劳累的课业，却从不忘记使这个家井井有条，这与大学时代的她竟是判若两人。记得最要好的朋友曾偷偷提醒过我，说妻慵懒粗心得可以；我自己也早窥到了些端倪：我们同桌，不是她的笔，要不就是她的书总偷越国境；低头看一眼她的桌膛，更是一片狼藉。而我们的小家却给她侍弄得花是花、草是草，脉络分明，她由旧时来无影去无踪的独行侠变得日趋娴静、体察细微，有关家的每一个细节她都不会疏漏。捷克大诗人扬斯卡采尔有一首著名的诗："诗人不能创造诗/诗在某地背后/它千秋万岁等在那里/诗人不过发现了它而已。"妻的温情、妻的女性天赋也如诗句，早已备下了，只是给什么掩藏着，家成了它的发现者。

妻说这种现状还可以应付，她并不认为自己有多苦，相反，她说人应该尝试各种各样的生活，眼前的这种机会就很难得。分居的日子，妻更为细心地记着日记，她在改毕业生的作业、做完绵延的家务之后，就宁静地回想这一天的日升日落，臆想千百种甘味，以弥合夜的空白。对夜，妻近乎有一种彻悟。

妻是一个温柔多情、善解人意、心地善良、不生是非、楚楚可人的女孩，和她在一起我总有说不完的话。不顺心的事有时像初夏的雨一出门就能碰到，我只觉得骂才解气，骂得天翻地覆，骂得酣畅淋漓，妻只是端端正正地坐在那里听，末了，她柔声说："活着本就不是件易事，我们不该对生活发脾气。"妻把我轻揽怀中，用纤指抚弄我的头发。我一下子觉着生活还是蛮有意思的。我问该怎样处理那个侮辱我的学生，妻说："放过他吧，我想他自己一辈子都不会忘记这件事，这惩罚已经够重的了。"

总以为妻有些灵异，并不见她怎样煞费苦心，周围却是一片赞语，领导、同事、亲朋讲起她的好处都会滔滔不绝，而我只知道那百里行程，匆匆的人流中有一个四季着红衫的长发女孩，她时常往返于两座城市，穿梭在爱情和事业之间。她珍藏所有纤手握过的票根，也攒起一个个亮丽的日子。母亲的信总是密密地飞来，信总是写给妻的多，写给我的少，今天叮嘱她小心太阳，明天要她寄张照片看看胖了没有。前次春节回到故乡，我同母亲开玩笑说："人家说娶了媳妇忘了娘，您却是娶了媳妇忘了儿。"

一次，那个总喜欢在课堂上同妻辩论的男学生，悄悄地告诉她：

"老师，你的课感觉特平等。"妻任的是高三的课，她不像教师，不像园丁，只是一个姐姐每天对她的弟弟妹妹时而"恶语相加"时而"好言相劝"。她的课被评为"优秀"，她每发一篇作品，他们都雀跃着要她买糖；他们的成绩频频夺魁，妻高兴得梦里都在哼歌儿。他们没有等级没有界限——话，说得随便；玩，疯得开心。那日我到单位接她，高考已然结束，我登上三楼，发现妻正默默地对着空荡荡的走廊苦苦冥想，一颗晶莹的泪还悬在腮边。每走一届学生，她都会病一场。我在想，有朝一日她真的走出教室会是什么样子呢？

妻特别喜欢器皿。她说玻璃晶莹剔透如少女，纯洁而少做作；她说陶瓷含蓄、厚重、深沉、平稳若修士，心思清静，兼收并蓄。妻差不多成了一个小小的收藏家。我原本不太喜欢这些或粗朴或华贵的摆设，总是摇头晃脑地指责她胡乱花钱，又不得不在心里承认这些物什真是给了我不少灵感。妻过生日那天，我从百里之外赶回来又匆匆赶回去。立一只古朴的瓷盏在茶几上，并留字："晚来天欲雪，能饮一杯无？"连同那枝暗度清香的玫瑰，妻都会喜欢。

一次信手翻动《说文》，瞥见"玉"条，觉得妻与之颇多相类之处："玉，石之美者也，有五德：

润泽以温，仁之方也；

鳃理自外，可以知之，义之方也；

其声舒扬，专以远闻，智之方也；

不挠而折，勇之方也；

锐廉而不忮，契之方也。"

妻看过连呼"过誉，过誉"。

难得团圆

婚后曾有很长一段时间，因工作在两地，我和妻还各自拿着只有自己的户口簿，结婚证上我们是和和美美的夫妻，可在户口簿上只标出了这个人"已婚"，介绍得一点也不详细，根本看不出我们同谁结了婚。尽管两个人都做了户主，不用争抢，都成了实权人物，但是这种情形并不好玩，有时还干脆让你哭笑不得。

女儿出生后，按照当时的规定户口跟了母亲。女儿跟我很亲，妻的去留她都不在意，但决不许我走出她的视线。我有了一个漂亮、可爱的女儿，可我的户口簿却对这件天大的喜事无动于衷，完会忽略了我已为人父的重大变化。这让我感觉我们的法律只承认妻是她的母亲，而不理会我是她爸爸。女儿在喊我的时候，尽管我也幸福地答应，但心里总多一种别样的滋味。

单位分房子那天，我也和别的同事一样，带了户口簿兴高采烈地挤在人群里。主管校长瞥了一眼，就对我说："就一个人还要什么房子，赶紧回去吧，别凑这个热闹了。"我和他理论了半天，但都于事无补。他是分房委员会的主任，压根就没想给我房子。我最终没能分到，几年后，在我们一家三口终于在户口簿团圆终于能够"无悬念"地分到房子的时候，我们国家已取消了福利分房的旧制。我知道那个校长素质很低，他的做法也有违政策，但是我的户口簿的确是帮了倒忙，因而我更生它的气。

一个人就是一个家，但是这个家竟是麻烦不断。我先后换租过几

不该对生活发脾气

个房子，没办法，这几个房子都是待卖的，在没有合适买主时先出租，也就是说他们的成交之日便是我走人之时。我当然想过要租一处"只租不卖"的地方，也尝试过多次，最后只得放弃这个奢侈的愿望。每次对方看到户口簿上就我一个并且"已婚"，就会不咸不淡地说："您再到别家转转吧。"那时我甚至觉得"离异"也会比"已婚"幸运一些。

因为换的地方多，见过的居委会大妈也多，尽管各自的面相不同，可警惕性却相同。我们每一次相遇时，她们都无一例外地、认真地看上我很多眼，问上我很多句。一开始我还天真地说过"我是一名大学教师"，想借此快些结束一场盘问，可大妈们说大学老师怎么了，是大学老师也不能说明问题，之后就问得更仔细了。后来，我就学乖了，我发现问什么答什么更易过关。妻子偶尔来我这儿，那就成了一种恐怖的事情，有好多眼睛在疑心她"来历不明"。

每次遇到来收水费的，我都和颜悦色，给人说您看我家的情况特殊，说您看我只该缴一个人的水费，您看我妻子、女儿不住这儿这您可以问邻居。待他总算相信转身离去后，我总要长出一口气，好像自己占了便宜。妻显然比我聪明了许多，婚后她暂住娘家那段时间，一遇收卫生费、砂石费等按户收取的费用，她总会从岳母的身后走上来说："这里还住着一户，这是钱。"

在派出所，我很激动。在户籍员递过来新户口簿时，我觉得那个内勤那天特别漂亮。此前我对她很有意见，和她相熟的人，都被请进了"里间"，余下的人要在窗口前排上老半天。那一天我注意到她对来人的态度还是挺亲切的。

为这团圆的一天我们整整等了六年。我们没有张罗一个庆祝的仪式，但我和妻都很高兴，好像我们今天才算正式结婚，正式成为一家人。女儿暖暖也特别高兴，她在日历上把这个日子描了又描。在我们三个人的人生里，又多了一个特殊的节日。

冰糖葫芦

四叔玩什么都魔高一丈。打鸟儿季节，别人两手空，他却总能提回来一大串儿；四叔扎的灯笼，神人也学不来……四叔扣砣子的功夫更是到家。那大概也算得上是一种赌博，四叔是常胜将军。

每次赢钱，四叔都一分不留，给我买冰棍，或是攒几次买绿豆糕，但他只给我买过一串冰糖葫芦。

有一个中年汉子，在地上支个木马似的东西，捆扎着的稻草上，是竹棍串起的粒粒珠子，雪光一衬，煞是红艳。四叔走过去抽下一根递给我。虽然弄得我满脸黏糊糊的，可我还是想，这是世间最好吃的东西了，甜透人心窝，一辈子不忘。

后来我再缠着要。四叔说不成，卖糖葫芦犯法，得碰机会，这些人跟做贼似的，初一出来一回，下回可能在十五了。终于有一天我在村口看到了那匹日思夜想的木马，可四叔已入伍到远方服役去了。待四叔回来，他口音变了，也早忘了糖葫芦这档子事。又几年，四叔娶妻生子，有了自己的孩子，四叔已不像待小孩那样待我了，我也羞于提起糖葫芦。

父亲以微薄的工资支撑六口之家，一分钱掰开花。这时若想到糖葫芦，纯粹是罪过，更何况我还是长子。我读重点高中时，父亲的腰带勒得更紧了。城里的冬天，倒是满街冰糖葫芦。我知道自己与它的距离，正眼不瞧，和同学讲的却是，"我一见这东西就反胃"。

第一笔稿费没到我手，就被几个患难兄弟瓜分了，留下印象的是

不该对生活发脾气

我课桌上的一串葡萄。第二笔稿费不知被谁冒领了。收发室的老太太急得什么似的，我安慰了一回，就转身走了。又有二十元汇款，正赶上元旦。这次我独立自主了，我学着电影里革命者喊"共产党万岁"的豪迈劲儿，喊了声"打倒糖葫芦"，几个哥们儿尾随我下了楼。

整整一大绺子，一个人均摊五、六根，吃吧。我吃到第三个果就没了辙儿了，前次吃就像隔了个世纪，我早忘了是怎个吃法。偷看了别人，我才大悟。没一会儿牙就吃倒了。我在吃的过程中，竟脱口而出"糖葫芦咋这味了"，幸好大家的牙齿都正受着折磨，并没在意。

外甥女春娃五岁，我所知道的小孩吃的，她全知道，可气的是，她说的我闻所未闻。春娃很老练地吃了串冰糖葫芦。她不知道，但我知道，今天的糖葫芦和我当年吃的不是一个味道。

车过呼兰河

车过呼兰河，一段历史呼啸而来……

在寂寞和荒凉的河岸上，一位姑娘年轻如我，辫上的蝴蝶在飞，颈上的纱巾在飘。姑娘，春天到了，你忘记歌唱，只守着一只苦杯，没有青春，只有饥饿，这边的树绿了，那边的溪流唱着，你却在向隅而泣。

路长且坎坷，你睁开星星般的眼睛，伫立而望，蟋蟀嘶鸣，遍地腥风。姑娘，你娇弱的身躯，竟是一枚响箭，啸音划过黑暗，使北方沉睡多年的土地惊醒。你削尖笔，字字力透纸背，写民族的苦难，写龙的传人的坚韧。

风吹落了树上的果子，那青色的精灵怎样地愤怒和无奈。姑娘，你从本土奔向异乡，从异乡再奔异乡，红艳艳的蓼花只在远方盛开，雪花只在记忆中盈盈而舞。你在路旁生做一株苦艾，疗救长病的同胞，疗救多灾多难的土地。你疲惫不堪就长眠在遥远的浅水湾，红男绿女结伴嬉戏，皱了一湖春水，却难惊扰你的幽梦。北国的枫叶红了，那是你盛开的笑意。

萧红，是一部线装书；萧红，是一座丰碑。

端午节这天，人们跪在呼兰河边，泪光闪闪地呼唤你的名字，人们将粽子投进河里，祭奠一位古人的死，纪念一个新人的生，名不见经传的小河，变成了一条千古发光的金链。

那座曾经衣衫褴褛的小城，如今是一座华光四溢的小屋。姑娘，你久违的乡亲，有柴米油盐，有土地，有住房，有一个自由之身，有一个自己的世界。家乡的姑娘不再穿你的对襟衣裳，家乡的磨坊不再有嘶哑的古韵，一切都已如你梦想的那样美好。

呼兰河的浪花溅上疾驰的车窗，那浪朵的内核是一位女性的明眸，在热切地品读和关注着现实。

有人指着蜿蜒西行的素练，说："看，萧红的呼兰河。"酒足饭饱使人健忘，然而人们却忘不掉萧红这个名字。萧红是一棵枝繁叶茂的树，它的根扎在人们心里。

从春天的驿站出发，带的是发芽的消息啊！萧红，萧红，在一九四二年的中国，你这只马下啼血的燕子，经年累月一路艰辛，定然满怀凄楚。善良的人们已然为你构好了温床，一部新《呼兰河传》正要从你亲人的笔下欢快地流出，你幸福的泪在流吗，你胸腔里的芳心在驿动吗？

人们比你作一条奔跑的河，河水流着萧红的声音；人们比你作一架巍峨的雄峰，那最为挺拔的是你的脊骨。

车过呼兰河，一段历史喧嚣而来……

家住七楼

　　这栋楼总共才有七层，家住七楼的我仿佛住在一篇文章的结尾，句号后边再无别的什么。一次女儿问我："爸爸，咱们为什么不住一层？"对于四岁的她，家实在是有些高不可攀了。我说："怕二楼往咱们家漏水。"接着她便"住二楼""住三楼"地一路建议下去，最后只得接受了住七楼的残酷现实，因为住七楼除了老天才没谁再来漏水。我生活的这座城市里高楼并不多，八层以上的居民楼便安了电梯。七楼标示着的是一种极限，而我每天都有机会检测自己的这种耐力。

　　我的一位恩师在熬了许多年头媳妇成了婆之后，终于有了在新建房里排到好楼层的可能，我特别为他高兴。学校有规定，只有卖掉旧的才可购买新的。我和妻便替恩师在校内不失时机地发布卖房消息，还在几处显眼的地方贴了广告。可是过了很久都无结果，恩师急得寝食难安。此前，对于是否买七楼我也颇多犹豫，但后来我还是下了决心。在学校给的最后期限的前一天，我买了恩师家的房子，做弟子的也帮不上别的。

　　此前我一直住较低的楼层，加之一进入写作状态我就着迷，运动少了人迅速地胖起来，胖是现代人特别恐惧的东西，我当然也不例外。我每天总要出去，总要回家，据说爬楼梯是绝佳的锻炼方式，而我的住处恰好给我提供了这样的便利。大概只是半年的样子，我的肚子就小了下来。我的两个朋友，一个跑步已坚持了一年，一个在家里侍候一台健身器，他们的减肥效果都不如我明显。

恩师家原有两个巨型的书架，足足占了两面墙。我曾跟他开玩笑地说："我喜欢你的书架甚于你家的房子。"原本对自己的藏书数量还有些信心，可书都上架之后竟还有许多空白。我问妻就这么多吗，她说就这么多，我们都很扫兴。妻曾激烈地反对我买书，此后却有了一些改变：我再抱回大摞大摞书时，她会走过来帮忙分门别类，让书们快些各安其位；我在书摊前停留时，她也不再把眼光投向别处，而仔细得像一个海关工作人员。我们的家居生活当中自然也多了有关书的话题。

我这个人胸无大志，让父母能够安享晚年，便是我这个人子的一大人生理想。他们苦爬苦做了大半辈子，真的是太难了。在我居有定所之后，就把他们也接进了城。可是七楼，他们的确有些望而生畏。我和妻一商量干脆再单独给他们买个房子，楼层低一点，不过是多过几天紧日子的事情，但父母会开心。父母坚决反对，说你们结婚时家里都没给拿钱，说现在都是老的给小的买房子，说你们姐弟四个不该你一人拿钱。我们只是笑笑，给父母的房子最终还是买了。在我和妻结婚的第八个年头，白手起家、省吃俭用的我们竟然有了两栋房子，想一想还真有点儿成就感呢。

过惯了岑寂的书斋生活，一直想寻一个安静的所在。能够坐拥书城，别的就都显得不重要了。一切嘈杂游荡到了七楼，便都"人声已杳"，便都成了强弩之末，我随时都能尝到"躲进小楼成一统"的人生况味。而闲时极目远眺，心中一片澄澈，当"身在最高层"的一种豪情陡然涌起时，再也没有什么烦恼我会放不下了。

看 戏

用屁股撅了一天太阳的农人们，以玉米面粥草草打发了肚子，陆续走向小村东头古庙前的空地。

戏台是用八辆马车拼成的，搭拆方便。戏台上面，一根细麻绳把一排马灯圈成半圆形。灯光里层是如醉如痴各色的飞虫；外层是写着一脸兴致的人群，有本村的，有外村的。

看戏要比看批斗会过瘾得多。

开戏的锣声还没响起，人们用瞎扯顶替等待。农人们不知道世上还有星期天这回事儿，只有村东搭起了台子，他们才知道第二天不用下地。村长也看，四清工作员也看。

并非剧团会找时候，而是只要他们来，村里就留。演员多是"土著居民"，其中的很多还能跟村里的人扯上亲，其余的也都熟头熟脸的。唱的都是土产戏。

今天晚上，挑大梁的还是冯大辫子和程半截儿。冯大辫子，四十几岁年纪，上了妆，却比二十岁的黄花闺女还秀气呢，而且字正腔圆，仪态端庄。程半截儿那矮矮的身形，扑腾一个晚上也不知累。

戏是农人们自己点的。其实，点也只是个过程。上次来唱的是《西厢》、《兰桥会》、《梁祝下山》，这次唱的是《梁祝下山》、《西厢》、《兰桥会》，下次也一准是《兰桥会》、《梁祝下山》、《西厢》。农人们不知道还有别的，也不想知道。他们只觉得看大戏要比看揪到批斗会上那几个干巴老头来劲儿，况且批斗会五天一次，戏呢，个把月也看不着一回。

几个女人把她们的孩子从车铺板底下扯着耳朵拉出来两三次之后，戏就开始了。

风有一搭没一搭地吹着，汗味儿一会儿激动一会儿平息。人们或立或坐，随随便便。台上的戏有板有眼地唱着。显然还没到高潮，台下还很平静。这几个段子，许多人熟悉它如同熟悉自己长几个脚趾，吆喝耕牛的嗓子，居然也能把戏唱得很有味儿，词儿也不落一个。

到背诵语录的时候了，这是第二次，开戏前的那是第一次。农人们不懂得那么深的哲学道理，字又写不出来，背出"路线是个坛"的当然也有，"缸"和"坛"还不是一样，黑黑的一大片人群，喊闹的声音却很小，他们实在不想让玉米面粥的那点劲都用在这上面。狡猾一点的，看准这个机会使劲儿打几个盹儿。蚊子从来不知道客气，总是直截了当地掩杀过来，不在乎你有无准备，这个时候的农人们便把自己罩在一团极冲极冲的旱烟雾里，旱烟多的是，完全不像那点儿可怜巴巴的粮食。

穷山村最富有的是长夜，而不需要农人们有什么作为，他们最经常的动作是睡个昏天黑地，这样可以暂时忘却整天整天的白玩儿，忘却秋后的胀痛，忘却越卖力气越穷的现实。今天是例外。

台上的莺莺开始听琴了，好兴的人们，也胡乱跟着喊。喊，实在是一种好的发泄方式。

台上没有扩音设备，最外圈的人们始终侧着耳朵。去小解也带有传染性的，总是成批的人走出圈外，旋即回来，很方便。女人费事一些，须多走出几步。用不了多长时间，台下就又恢复原状了。台上的莺莺已经开始哭得很伤心了，也不知道是真哭还是假哭。台下的眼泪窝浅的女人们，却一定要揉肿了眼睛。

月儿已上中天，还是不亮。整个场子，已是一团烟雾世界，只能凭借人影的攒动，才使空气不致凝固。

冯大辫子的嗓子可真叫绝了，农人们的感觉是，那腔音不是冲着耳朵，而是挠自己的肚皮，痒痒的很舒服。

不知是谁家的公鸡，没事找事地叫了起来，据说这是很不吉利的。要是在好年时，那只忘乎所以的十二属相之中唯一的禽类，早没了命。可时下的人们已懒得管它：叫就叫吧，反正不会有什么好年成。

夜已深深，戏却到了热闹正中间。程半截儿额上的汗珠儿发着晶晶的光，动作却还是那么干净利落。人们自觉不自觉地跟着鼓点扭动着身子。把坐着的旧木凳弄得吱吱作响，他们互相指责着对方的失态。

天开始放亮，还是很黑。农人们一阵阵地打着哈欠，红着眼，伴着鼻涕眼泪。台上停戏的锣声也应时地响了，恰到好处，人们散开去，嘴里哼着戏。虽然走得磕磕绊绊的，却没忘了踩锣鼓点儿，各自走在通向自家矮屋的毛毛道儿上。

至少乐呵了一夜，明天的事明天想吧。

橡　皮

　　我至今记得那次考试。我曾为其做了充分的准备，也坚信这次竞赛能为本校捧回荣誉。母亲为我带了两枚煮熟的鹅蛋，那时，这是家里最多也是最好的叮咛和祝愿了。

　　八岁，还是不懂得感动、不懂得认真面对的年龄，很快，走在路上的我就忘乎所以了，一会儿去追逐蝴蝶，一会停下来聆听蝈蝈，在匆匆赶到考场时，开考的铃声已经响过了。

　　题不难，只是量大，对我而言，没有太大的压力。可没过多久，我就从沾沾自喜中惊愕地抬起头来——路上，我弄丢了橡皮！越怕出错就越出错，由手指临时充任橡皮，试卷上是越来越多的急躁，我的阵脚整个乱了，到后来已不可收拾。我的童年因此多了一次无法挽回的遗憾。

　　这以后的数年里，我成了一个谨慎的人，遇事总能想得比较周到，我人生的挎包里总少不下一块橡皮，偶尔出错，也总能得到及时的修正。这种习惯我一直坚守到高中毕业，我成了大家眼中的乖孩子。

　　顺利地考上了大学，那一刻我长长地舒了一口气，我想再也不用处处小心时时在意了，这些年自己也够辛苦的了。最初令我反感的无疑是那些校规校纪，我觉得这是些捆人手脚的绳子，所以绝对不去理会它。我成了一只自由的鸟儿，终日飞来飞去，直到自己陷入一场恋情。

恋情迅速成了我全部的生活内容，我只顾招架，不再想到别的，功课也流于敷衍。这列叫作大学的列车，很快就把我们送到了终点，待同学们靠着自己的学识四处高就时，只有我们两个人跌坐在原地，害怕明天太阳的升起。

我知道，在这段路上，我重又把那块橡皮丢掉了。缺少了这个伙伴，我自然寸步难行。还记得我上学的第一天，父亲在递给我一支铅笔的同时还递过来一块方方的、散发着香气的东西，父亲说，这是橡皮，总用得着的，别忘记。

经过多年的补课，我终于挺直了人生的脊梁。站在大学的讲台上，我总是惯于扮演橡皮的角色，尽心地订正学生们的偏差，有人高兴，也有人反感。我曾给他们布置过题为《橡皮》的作文，结果竟有不少人交了白卷。

女儿暖暖四岁了，已是幼儿园中班的小朋友，她把写作业当成了一种乐趣，我敢说，她的热情不是来自对知识的渴望，而是来自一个孩童懵懵懂懂的好奇心。还是在她刚在纸上留下蹒跚的铅笔的划痕时，我便迫不及待地给她讲了橡皮的重大意义。

女儿的反应平平，一副无所谓的样子，我很失望。我是要带它一辈子的，希望女儿也能。

我们的女文委

　　我们班的文艺委员，长得并不特别好看，唱得并不特别好听，可她的手指细细长长的，音乐老师说这条件弹钢琴再好不过了。选她当文艺委员时，我们只得举起自己短而粗的手。

　　文委的全部职责就是指挥课前歌儿，而我们的课前歌儿永远只是这一首："学习雷锋……预备——唱!"文委打着节拍，那漂亮的手蝶一样起起落落，我们看得着了迷，却忘了蝴蝶起落的意义，结果歌儿唱得乱七八糟。

　　大家都挤着凑过去同文委说话，我个子太矮，她根本看不见，这使我异常难堪；加之所有的男老师都对她极好，对男生却冷眉冷眼，我决定给她点儿颜色瞧瞧。若能演几出好"节目"，对老师们也是个提醒，看还把不把我们当回事了。

　　文委坐在我们前桌，近水楼台，我的讨伐计划很容易付诸实施。那日她正枕着胳膊看书，我像一个熟练的针灸医生，把一根细铜丝捻进她红毛衣的后背。她一下子站了起来，得知真相后又坐了下去，她眼中含泪，却始终没有叫一声。

　　再次出手是三天后，英语老师每节课都必会提问她。文委站在那儿干干脆脆回答时，我把一只墨水瓶偷运到她的椅子上。她丝毫没有察觉，陡地坐下去，眼泪扑簌簌地落下来，但她仍没有喊出来，更没有报告老师，只是用泪眼朝我望了望。我一下泄了气，事不过三，我只得收手。

我同另外两个伙伴时常旷课到野外去玩，甚至连续几天都不进教室。也不知班主任是怎么想的，竟然派几个班干部来做我们的工作，又全是女生。那两个家伙立场不坚定，一边同帮教者谈了恋爱，一边就举了白旗。

　　只有我一个人战斗到最后。其实我早想通了，只是在拖延时间，我乐于看到女文委漂亮的手优美地抹眼泪。最后我说，你要给我唱支歌我就回去。她犹豫一下就唱了。文委的歌儿唱的很一般，但是十分动情。

　　年级中有一位县长的公子，功课不行恋爱却行，女朋友走马灯似的换来换去。一日他拦了女文委要拉她的手，她没有递过手去，倒是递过去一个响亮的耳光。县长的公子扬言要她知道一下自己的厉害。

　　众人立即退潮一样从她身边散去，每日再也没有簇拥了。那个早晨，我骑车正遇上县长的公子，就漫不经心地把他撞进了路边的脏水沟。这家伙滚了一身臭泥，爬起来就走了，屁也没敢放一个。

　　文委知道这事后，看我的眼神就有点儿异样。而变化更大的是我自己，一有余暇就想文委的手现在干什么呢。可是高考说到就到了，也许高考打断了一段恋情。

　　文委来自乡间，家里并不富裕。父亲拼命赚钱，以便早些给她买架钢琴。没待这一理想实现，他就被一场疾病夺去了生命。

　　文委落榜后就回乡务农了，据说嫁了个脾气很大的农民，常常打她，就为着她那双尖尖削削的手干起农务来笨得要命。

　　不知从何时起，我开始留心人们的手，可再没看到过文委那样的手。

乳　名

　　乳名，大抵因为唤起来既简便又亲切，所以成为人群中的普遍现象，古今中外无不如此。一个人想到自己的乳名，就能记起一大堆与此相关的旧事，那时他还是三尺之童，那时在他的眼中满世界都还是林林总总的新奇。

　　本地人是热衷于给小儿起乳名的，并且有个惯例，那就是这乳名需"贱"些、随便些，据说这样这小人儿就好抚养一点儿，前路平坦。因着这样的考虑，新生儿一落地，某个长辈抬眼望到的第一件物什，常常就是这小宝贝的乳名，于是就有了"山墙"、"二蛋"、"晚瓜"……

　　在"随便"的前提下，也有比上述的文雅一点儿的，甚至可能还用到了"借代"这种修辞——以部分代整体，比如"大头"、"壮壮"，让人一听而知此人的显著特征。本人的乳名似乎也属于这个范畴。

　　村上叫"大眼睛"的，统共有三个。其中一个孩子眼睛大却不好看，鱼眼一样外突，并且白多黑少，这无疑对他的形象有坏的影响，或云是缺陷，可他的父母偏在这上面作了强调，把本该遮掩的东西摆到桌面上来，这可是个不小的疏忽；另一孩子眼睛小得奇特，竟也有这样一个乳名，这里面大概包含着一种理想、一种盼望；名副其实的只有我一个，别人唤我乳名时，我总要响脆脆地应答，那时心上是别样的欢喜。

读了中学，走出了故乡，被广泛使用起来的当然是我的学名。对于乳名，虽未淡忘，但它至少像某件玩具一样被暂时搁置在一边，能够想起的次数并不多，到这个时候，我还不曾料想日后乳名会给我带来什么压力。

一群城里的女同学，说没见过玉米、大豆，更想看看"高粱涨红了脸，谷子笑弯了腰"是什么样子。也是，据说有些大都市，甚至已出现父母带孩子去动物园看鸡的情形，因为这些孩子从未见过，但又不是每个动物园都有鸡的，鸡毕竟不是什么稀罕动物。我的那些女同学非要到乡间来见识一回，其中一人坚定地认为每株玉米至少要结七八个棒子，我懒得和她理论，建议她到第一现场亲自看看。这群人还没进村，麻烦就来了。

李二姑正在村口放鸭，她眼尖得很，我们从小山梁上刚转过来，就给她认出，跟着她的高嗓门就开始嚷起来，几次喊出我的乳名。我一下无地自容。还好，因为距离远，加之我这些女同窗正陶醉于乡间奇美的景致，心无旁骛，这一关我还是侥幸蒙混过去了。但此后我对乳名开始多些警惕、陪些小心了。

在带女友回家之前，我上上下下都关照过了，可能出现漏洞的地方都事先打过招呼。虽然乡间的蚊子对女友不太友好，但她的心情还是愉快的，我心里总算踏实了。可就在我们要出发还没出发的空当，家住二十里外的姨表姐碰巧来了，她一张嘴，就涉及我的乳名，弄得我哭笑不得，真个是"一招不利，满盘皆输"。

归途中，女友见我闷闷的，似乎看出了缘由。"你的乳名真好，怎么不早告诉我？其实谁的乳名细一想都有些意思。"我那根绷紧的神经这时才松了下来。

再后来，我读到过几句诗："直到有一天当我的乳名被唤起时，我好像被什么击中，突然感到一阵眩晕。"今天的我终于知道，击中我的是乡情和亲情，那种眩晕则源自童年，源自一大段至真至纯的追怀。

忌伞者说

　　二十年前，乡间常见的还是几十个人共爨的大家族，我们这一族也有二十多人，就是这样一大群人，却只有一柄伞，而且这柄伞只属祖父一人专用。这柄伞极为奇特，通体竹制，做工相当考究，只是岁月的风雨早已使它现出老态。

　　祖父日日伞不离手，阴雨天自不待言，它会为祖父辟开一块晴空；万里无云的日子，它是祖父的一根拐杖，尽心搀扶。祖父年岁很大了，身子又弱。看到祖父佝偻的背影，看到祖父挂竹伞的枯瘦的手，我的心上便有一种隐隐的痛楚。

　　本地的人也很少有用伞的，谁都记得这样几句民谣："今天攒明天攒，攒来攒去买把伞，一阵大风撸了杆。"其中自有对不幸者的同情，但更多的还是对"抠门儿"者的幸灾乐祸的嘲笑。这表明乡人的骨子里是推崇及时行乐精神的，在当地买伞也因为这几句民谣成了一种忌讳。

　　我对伞的印象也一直不佳。我始终以为伞无大用，只在路途短且无风的时候才可一用，否则举着吃力，又仍要遭受淋漓之苦——上半身如在晴日，下半身弄个透湿，同是一个人的身体，待遇却迥然不同，实在有失公平。我有一个偏见：一个有顽强生命力的人不必带伞。每次雨中归来，我总是连衣服也不换，自己的身体就是天然的火炉子，一会儿就可以烘干，换它何用？

　　读初中二年级时，班上最没有男子汉气概的就是洪琛，这是大家公认的。依据是：一、洪琛是全校上千同学中唯一戴近视眼镜的人，这眼镜使原本就瘦削的他更显得弱不禁风；二、我们常到几十里外的一个镇上参加统考，别人（包括女生在内）都是一个人去，又是洪琛，总少不了奶奶陪着；三、洪琛在雨天总带一柄三折的花伞，仿佛从远处就可以嗅到一股浓重的脂粉气。

班上的女生常趁洪琛不备，夺了他的眼镜或花伞跑到操场上，把这战利品炫耀给全校看，这时我们的心中总是一种轻蔑、一种豪迈。连女生也热衷高唱"男孩下雨天从来不带伞"，遇到这阵势，洪琛照例要远远躲开，一个人去享受孤独。

这样的豪迈始终激励着我，直到去年。家里的琐事、工作上的枝枝节节弄得我疲惫不堪、焦头烂额，一个骤雨的午后，我从外地归来，依着习惯，我又淋成了一只落汤鸡，可是在我还未来得及用那只火炉子时就先晕倒了。医生说都是淋雨造成的，以后千万要注意了。家人的一脸惊悸渐渐遁去，我的床头早已摆了一柄花伞。躺在病榻上，我很是沮丧，也许我真的过了不需带伞的年龄，也许我已缺失了一种生命顽力。

闲来翻看一本摄影集，有一幅题为《荷》的作品一下子震撼了我：荷叶是各式的花伞，而荷塘竟是整个雨日。过了几天，我到天津去，又见到了这幅叫作《荷》的画，只是这"荷"阻挡的不是风雨，而是大大的太阳。我随手在札记本上写了这样一句话："强者亦不可拒绝遮拦和卫护，这与生命的韧性存否无关。"

那以后，撑伞走在路上的我，内心一片坦然。

听　书

　　巴不得太阳压山，男人碗筷一推，抬屁股就走了。女人急得眼蓝，却没有分身法，鸭呀鸡的不饶，脚打后脑勺地神忙一通，也就跟出来了，小孩儿更不屑说，晚饭简直可以不吃，连同那只小木凳早就没了影儿。

　　时候是深冬，农事变成了懒汉的鞋垫子，踩过一个冬天才肯掏的。乡人无事可做，牌摸腻了，兜里没一个大子儿，干磨手指头太没意思。大家没着没落地佯活着。这时若说书的来了，可就真是来了救命的。

　　幼时能听到的是曹先生的书，我当时是七八岁的样子。据说在曹先生以前，还有过一位赵先生，书说的没挑儿，只是人不着恭敬，好饭好菜地待承，一个原来流浪汉，破落户样儿的人，竟又想到爬人家女主人的炕，这样的哑巴亏没有人肯吃，我的乡人只给他留了一条命。脚跟脚曹先生就来了，一副病态，背驼，青黄脸色，四十多岁的人还没混上老婆，白天他像一只打蔫儿的小鸡子，没精打采，可一说起书来，病相立时好了八九分，笑模笑样的，精神头儿也上来了。

　　第一次听书是在梁君家，他家是三间桶子屋，和别的人家差不多，人一走，屋子里倒也没什么了，正适合听书。许多人头上狗皮帽子，手上皮套袖，脚下皮乌拉，梁君是个热肠子，他在地上铺上蒲草，可以暖脚，再加个神气的小炕炉，比不得刘锷的明湖居气派，暖和却不愁了。

我没赶上吃糠咽菜的几年，这时情形已经好多了，我们的手上甚至还能拿上冻硬的豆包呢。外面的雪兀自下着，许是老天爷端歪了筛子，米糁子之外，还有从筛圈儿滑出来的鹅毛片子杂在其中。匆忙抖去身上的雪，一脚撞进门，敢情曹先生早在那儿了。

各行有各行的道法。曹先生仍着长衫，破旧且脏，一把大扇子长有三尺，一块醒木磨得油光，这就近乎是他的全部家什。

屋子里乱哄哄的，发牢骚、说粗话，东家长西家短，鸡入笼猪入圈，搅成一锅粥样儿。曹先生水杯一停，长扇一展，底下便没有吭气的了。曹先生醒木一震，少不得一番"呴拉哑嗓"、"绊磕掉字"的客套，这些我们可以不管，要紧的是他的言归正传。

曹先生此番讲的是《三侠五义》。

南侠展雄飞，北侠欧阳春，翻江鼠蒋平，锦毛鼠白玉堂，一个跟一个向你迎来，使你应接不暇，尤其白五爷这只御耗子最逗乐儿，常常出事的就是他。我顶喜欢小侠艾虎，年纪轻轻就有那么一身好功夫。大家摇头晃脑地听着，揣摩着。

怕没怕没的还是没了。曹先生长扇一拢，早有人递过来水杯，又问先生是不是饿了，炉上已熏好了玉米大饼。大家绷紧的那根线，一下子松下来。女人把小孩子的尿，别人呢，也抓紧活动活动压麻的腿，撒目撒目自家人在哪个地方。

没一会儿，曹先生那清亮嗓子就又在房梁上绕了。他的书像好把式耥的地垄，绷直没弯。他的打人处是一步三个坎，让你干着急，你坐在一个山头望另一个山头，本来触手可及似的，却是相距千里，七绕八转就是不到地方。

曹先生是个正人，同女人家搭腔总是顺着眼。他却有个小毛病，爱看点儿小牌，乡人便瞅准这点儿用心思，曹先生手气一直不好，几圈下来，一晚上两元的辛苦费也就化汤了，有时还要输出亏空，他也不在意，无非是再多说几夜书罢了，这就正中了乡人的机关。

乡人的日子很紧巴，折腾了七七四十九遭，还是甩不脱贫穷这个魔鬼，可拿着茄子当辣椒，拿着土豆当芋头的事儿，乡人干不出来，庄稼院人，至死都不会忘了人家的好处。曹先生也特别卖力气，每次都是大家说算了，他才作罢。待他收拾东西准备动身的时候，村长自会认真地把他应得的份子，握到他的掌心里。

那天晚上，曹先生一家伙讲了六七个小时，一句"欲知后事如何，且听下回分解"，把我憋在闷葫芦里，我似喝了迷魂药，晕头晕脑的，一个白天脑子里都是曹先生的书，侠客们下回会咋样。盼曹先生的书，竟使我一时忘了盼年，盼年能吃到糖果和一顿喷香的水饺呢。那部书曹先生讲了十七天，书有了结局，我们不放曹先生走，曹先生还是走了。

我那时还没有入学，曹先生的书，全然是对我的启蒙教育，事实上，还远不是对我自己，还有我的前辈人，他们也都是"斗"大字认不得一箩筐的。

事情已过去十几年了，现在听书已不是那个听法，日子也好过了。曹先生的书是我的一小笔积蓄，曹先生的大扇子至今令我神往，一如儿时。

母亲的惯例

我们姐弟几个先后硬翅出窝，老屋又回复到旧有状态，户口簿上只剩下最初的两个人，一切似乎都回到了起点，而不可改变的是他们的苍苍白发。

家里有个菜园子，八亩之巨实属罕见，年复一年种些蔬菜。四周用柳条栅了，那柳条竟蓬蓬勃勃地长起来，外界鸡鹅馋得直流口水，却是干瞪眼无计可施。

这园子本该是最平静的湖面，可母亲自己偏要添些波澜，她每年春天都养一群雏鸡，并习惯于把它们放进园子里，接着母亲的吆喝便开始越过一条一条的田垄，蔬菜们时不时就遭受一场洗劫。

而这群鸡的命运也不乐观，疾病、农药、黄鼠狼，都在不远处等着它们。秋风起时，原本浩浩荡荡的一群，竟是寥若晨星了，无一幸存的时候也有。鸡群有一次劫难，母亲便流一回泪。大家写信劝阻，可母亲却依然故我，一年一年如法炮制。

母亲是一介烟民，烟龄超过我的年龄。"吸烟有害健康"，连烟盒上都写着，虽然其显得不伦不类，但毕竟陈述了一种事实。对于吸烟，一家人中母亲属独家经营。我们每次从外地回来，都相当策略地做一回"禁烟"努力，母亲做过一些周旋、抗争之后，总会产生动摇，有一次还把她精心糊制的烟笸箩交到了我的手上。我们在家时她真的就不吸了。

可从父亲的来信中知道，我们刚一转身，母亲便急不可待地把我

不该对生活发脾气

摔碎的烟管笼心疼地捡回来、细心地缝好。读到这儿我的心里很难过。儿女们都在外面做事，为此母亲相当自豪，我们的劝告她总是听的，她也明知吸烟不好，可偏偏就割舍不下。

母亲没有多少文化，她热衷读的是金庸梁羽生们，想来对戒烟这件事也认识不到"无端断绝我们灵魂的清福"（林语堂语）的程度，但是我们在身边的时候她不吸，而且很泰然，看不出有烟瘾发作；我们一走则情形大变，其中肯定大有缘故，父亲得出结论说"不可救药"，这恐怕是失之偏颇的。

劳作之余，母亲必盘膝坐在炕上，借助纸鞋样儿，给儿子儿媳女儿女婿做布鞋。这时她完全忘记了田间的辛劳，一个心思只在这件事情上，不许别人打断她。她不知道这么旧的款式，同城市的街道显得多么不协调，布鞋寄到儿女们的手上，十有八九是压在了箱子底儿。

大家劝来劝去，母亲的让步只限于不再寄了，但是照做不误。结果日积月累，这些布鞋集到一处，已壮观若小丘了。这件事使我们茫然，也使我们感动。

母亲的回答总是这样："我又不是耕牛，劳动之外，我还得有些别的事做，不然我怎么活?"这"别的事"大概就包括养鸡、吸烟和做布鞋了。

我们先前是热热闹闹的一大家子，如今只剩下两个老人，他们心上空落落是必然的了，那种寂寞和冷清绝不是常人所能消受的。

在经历了种种权衡之后，母亲明白儿女们应该属于更广阔的天空，她唯有从这些鸡、烟和布鞋身上找些慰安了。

"小好汉" 来子

　　来子的功课并不好，但来子很有威望，男生女生遇事都找来子拿主意，来子也从没让大家失望过。

　　来子有求必应。他说反正自己考学没有希望了，干脆给大家做点儿事，也好让他们少分些心神。来子总为大家奔忙，没有半句怨言。人们都称他"小好汉"，来子有副侠义心肠，也真当得起。

　　闲暇时来子喜欢看"小人书"，那时在城里中学有这一爱好的怕只有他一个人了，众人不以为然的时候，他却读得津津有味、如醉如痴，他说读这样的书过这样的生活才没负担。在乡间时，来子把四乡八寨的"小人书"都借到了，他自己却一本也没买过。来子说，这是本事。

　　来子喜欢唱革命现代京剧，特别是《沙家浜智斗》一场，而且是一人唱胡司令、刁参谋长和阿庆嫂三角儿，形神兼备，令人叹服。来子说，人总得给自己找点儿乐儿，否则就活不下去了。

　　学校远离闹市僻静得可以，可治安很不好，常常就有社会上闲散的人前来闹校，或是中途拦截女生。派出所几次"蹲坑"，效果均不明显。来子说，这事儿得从根儿上解决，我们得自己救自己。

　　几天以后，来子抓到了一个抢女生钱的人，那人比来子高一头，胖一倍，却给来子收拾得服服帖帖。来子长得瘦小枯干，身上却似乎有一种魔力，像一只鹞鹰，对手在他面前没有不软的。

　　有人说来子的功夫是祖传的，他的祖父是远近闻名的"彭大刀"。

正是周日，来子拉上班级同学，把那家伙的脸涂成京剧的"大花脸"，只是这张大花脸更加色彩斑驳；来子又在他的腕上拴了绳子，来子一手牵了这条缰绳，一手擎着一根鞭子。众人热热闹闹地从市郊涌向市区。

那人举着一只高音喇叭，一遍又一遍不停地向路人讲述他的"抢劫经过"，下着"悔过自新"的决心，稍有迟疑，背上就会立刻留下一道鲜红的鞭痕。路人不断地向这家伙身上抛果皮、吐唾沫，人心大快。游行的终点是一家派出所。

因为来子不是执法者，他的行为已构成故意伤害。有关部门念及那罪犯民愤太大，来子又勇斗歹徒在先，所以从宽处理，免究其刑事责任，移交学校内部处理。

学校为表明态度，又因为来子考学无望，不能为母校争光，便毫不犹豫地做了"勒令退学"的处理。来子二话没说，毕业相也没照就走了。一切都在他的意料之中。

学校再没有坏人来捣乱了，也就再没人念起来子。

呜呼！狗们

老屯一直有养狗的风尚，狗近乎是老屯人的影子，难以割舍，人们便有许多关于狗的记忆。下面这几则旧事是发生在我家里的。

一

"板凳"小的时候矮矮胖胖的，一戳一戳地走路，很像我们坐着的小板凳。它长得奇快，半年光景，便高过花母狗一头。早秋已过，苞米眍了眼睛，"板凳"就开始在苞米地和院门间穿梭。

苞米地围裹着村庄，没日没夜地遭受着村上几十条大狗的祸害。队里想了高招儿——下吊杆，挖个土洞，下了诱饵，外面是个圈套，里面是油汪汪的鸡鸭，人见了都流口水，村上的狗便一条条送了命。

那日轮到"板凳"给吊住了，老爸筷子也忘了放下，光着脚就跑了出去，好歹从队长已然大张的馋嘴里把它抢了出来。"板凳"先是软塌塌地躺着。忽然一下跃起，朝着家门奔去。

这以后，"板凳"见到老爸，便不住地点头。老爸出门，去时它送出好远，回时它接出好远。有"板凳"护院，从没有过风吹草动，它还一口气把村上吊杆下的诱饵，都叼到了村南的水沟里，吊杆却纹丝不动。"板凳"每年都气队长几个倒仰。

那一年打狗风突起，自个儿打死拉倒，要不然乡上给它个枪子

不该对生活发脾气

儿，拿走狗不算，还要罚款二百，一家人愁哑了嗓子。

前村的王二来，给了二十元钱，说他有法子养着这条狗。大家都知道他馋得直咬自个儿的腮帮子，却还是别过脸，让他牵走了。

二

当初"大青"瘦得只剩一架排骨，打狗队瞧都没瞧一眼。据说从亲戚家抱狗会影响两家的关系，可小弟还是冒着这所谓"咬断道"的危险，从大舅家抱回它。放在地上，谁都说它活不成。

队里有个废仓库，里头的耗子一个咬一个尾巴拉成串儿，小弟一有空就去打回几只，撇给"大青"，它吃出了甜头，自个儿便干脆守在仓库里，过了两个月，"大青"真的长成了"大青"，很神气地从谷仓里走了出来。

"大青"还是个情种，看家自然就不靠谱儿，一到谁家的母狗发情，便一连十几天不着家，根本不管护院这档子事，家里人对它印象极不好，也不耐烦喂它了。

狗肉一天天看涨，收狗的推不开搡不开。收走"大青"的是距此地一千多里的七台河的汽车，老爸留下"大青"在铁笼子里撞，就揣着七十元钱兴冲冲地转回屋。

冬天里，雪动辄就铺满院子，老爸总要早起扫除。那天他一开门，一下子愣住了，"大青"一身冰溜子，正以最美的姿势趴在门边。

这日正是卖狗的第十四天。

三

"平头"是我从李家偷来的，偷猫偷狗不算贼。"平头"头上的毛精短，很精神。那时"大青"因为斗一只疯狗，受伤而死，一旁弯腰捡粪的我却半根汗毛也没伤着。

在我们那儿，人们常要相信这样一件事，谁抱回的小猫小狗，那它的脾气就像他。"平头"也不争气，吃东西总挑肥拣瘦的。母亲说："真像你似的，样儿不错，只是毛病太大。"小弟接过去："瞧着吧，又多了个好吃懒做的主儿。"

"平头"一直干干瘦瘦的，终日躺在过道上，却出息成个拦路的强盗，三天两头便咬坏个人。这一时期，狂犬疫苗已不再是国家免费供应了；而且人们也空前金贵，猫抓一下，情人咬了一口，都要打疫苗的，一支药最高时卖到五六十元，"平头"就当上败财星了。谁一骂这狗，我心里也不是个滋味儿。

我盼着打狗队再回来，我自个儿是绝没有勇气扼杀这条生灵的。事也凑巧，打狗风又兴起，邻家的狗都藏到人的居室里，小弟也如法炮制。天一亮小叔说昨晚上被窝里满是跳蚤；小姑说狗腥味儿熏得她一夜没合眼。

我把狗拉出去，羊毛胡子队长反手就是一枪，"平头"吭都没吭就一头栽了下去，它死时一身血，眼流着泪半睁着。

我顶害怕血和眼泪了。整整有十多天吃不好睡不好。

上头不久就有了规定，农村住户可以养一条护院狗。这次打狗队来，村上只有"平头"一个丢了命。

四

"四眼"是条母狗，小弟在抱它来家之前就交了税，给它办了户口。"四眼"倒是不择食，干的稀的，甜的酸的，来者不拒，它简直是疯长起来的。

"四眼"到了生儿育女的年龄，房前屋后常有一堆鬼头鬼脑的公狗，搅得人难以安生，我一生气关死大门，锁上"四眼"，看它们还闹不闹。真是不错，嘈杂的狗声再也没有了，可"四眼"一直蔫着，茶饭不思，我只得又放开了它。我那时对于繁衍后代的事和母性的伟大还全然不懂呢。现在我清楚了，良马比君子，它们和人类有太多相近的地方。

"四眼"生下孩子就直线消瘦下去；孩子各奔东西了，它又健壮起来。胖胖瘦瘦，瘦瘦胖胖，"四眼"的变化频繁得惊人。每一窝里总有一个小"四眼"，这后来给"四眼"带来了麻烦。

隔院的刘家很是难缠，忽然一日针扎火燎地找上门来，用手指着说"四眼"吞了他家十几个鹅雏，话说得让人咽不下肚子，好像吃鹅雏的不是狗，而是人，我气急了，操木棒狠打了"四眼"，并指狗骂人出了气。

第二天，"四眼"拴在院里，刘家又丢了鹅，这回刘家看清楚了，是张家的狗，不过这条狗是"四眼"的儿子小"四眼"。

我手上重了，"四眼"左前蹄吊了多日。

眼下老屯的狗少了，而且一天比一天少，我不知道这些近乎属于老屯人生活中固有部分的部落，能是怎样的结局，我主张我们应该像对朋友一样厚待这些善类。

在“还乡团”的日子

　　这是一段很特别的日子，一提起来，我们都能发出一番感慨，至少可以说上几句。

　　我们那里的高考补习班不叫“高四”，而是叫“还乡团”。我因高考落榜，便成了一名“还乡团员”。这是一段特别的日子，对它，心里常常有着极绵长的回味。

　　并不是所有的人都在低头“思过”，恰恰相反，大多数人都是一副不在乎的样子，气氛较以前的三年竟活跃了许多。大家都乐于抬起头来，看看周围看看世界。

　　阿三是班上的歌星，保留节目是《走上高高的兴安岭》与《故园之恋》。当嘹亮的歌声从最末一排响起时，班上的人都会停了笔。学校前面是一条马路，人们走到这里总要驻足陶醉一回。阿三的歌儿唱得真是好，只是样子差些。那时歌星们的脸蛋儿很重要，大家很替阿三惋惜，他欢快的嗓音似乎也因此多了一种悲怆。

　　阿三一开始引吭高歌的时候，一个马姓女生便坐不住了。隔壁是理补班，班上有她的男朋友，其人亦极善唱。有男朋友在侧唱歌时，马姓女生便时不时向后瞥一眼，露出一脸的骄傲与神气，俨然成了女王。

　　常常就有几个人因为什么成了可以两肋插刀的难兄难弟，可以因为功课，可以因为一顿酒饭，可以因为一场拳头和拳头的对抗，也可以什么都不因为。老大叫“达鹏”，老二叫“飞鹏”，老三叫“跃鹏"，前两者似乎还有些意思，可后者呢？"跃"者，"跳"也，一只在地上跳来跳去的大鹏，样子肯定相当滑稽。这真是个惊人的疏忽。

"还乡团"的成员热衷于改校、改名。好马不吃回头草，在一中跌倒的，却要在二中爬起来，他们把脸背向"江东父老"；他们想把什么都新鲜一下，名字是第一要考虑的，只好频繁地麻烦派出所。

阿正是个犟小子。同桌阿宏是个烟鬼，阿正却对烟过敏。阿正建议阿宏到后排去"神仙"，阿宏就去了。月余，阿宏找上城里的哥们儿，把阿正叫到胡同里打个一塌糊涂。第二天，阿正走过那一片涂了自己血迹的雪地，只皱了皱眉，没再计较。阿宏很可怜，他只能用粗如指头的卷烟打发时光，而阿正不同，他能有机会读一所很像样的大学。

"还乡团"，老师叫，我们自己也叫，老师的话里含着"讥讽"；我们自己这样叫多半是"调侃"，还有一点儿"不服气"。这称谓是够刺激够难听的了，应届考上大学的在给我们写信时，大都不这么叫，只有几个坏蛋在信封上写着"××中学辅导学院×××收"，这也够气人的了。

一提起来，许多人对在"还乡团"的日子都能发出一番感慨，可对高中三年却什么也想不起来。回首我们走过的路，或得或失，若我们可以记住点儿什么，那么这段人生就可以说是有意义了。

"还乡团"的团部，是高楼边上的几间黑屋子，前几天曾特意去看看，可是只见到又一幢高楼，再寻不到一点先前的旧迹了。

挖野菜

出身乡间的人，大都有挖野菜的经历，对此，我几乎是个狂热者，每一次机会都不肯放过。挖的范围也相当广泛，婆婆丁、苣荬菜、车前、柳蒿、鸭芹……

眨眼我已做了八年市民，其间回乡常在寒暑长假，也就无缘再去挖野菜。

从儿时起我便偏爱大自然。那时我不爱讲话，不爱同其他孩子一起玩，似乎有了大自然，别的我就不需要了。我常常一个人去野外，这习惯至今不曾有些许更改。

1994 年春，我已毕业留校半年。有一天我到郊外去，远远瞧见一大群人，走近才看清，他们都是中文系的，都是我的学生。我问他们此去为何，他们先是羞涩一阵，最后才有一个女生遮遮掩掩地举起一只小袋——那里面是不超过二十棵的婆婆丁。一棵婆婆丁也是书斋之外的物什，也是大自然的枝叶，如此想来，这二三十人也算不虚此行了。我一贯认为城市是离大自然较远的部落，水泥路、高楼、包括人们对的士高的热衷，都表明市民们对大自然的那种宁静、平和的疏远和拒绝。这可能是在走向文明，也可能正好是走向文明的背面。

我曾带着新嫁的妻到城市之外去认识大自然，我像小学老师教学生一样谆谆教诲，这是什么农作物、这是什么草、这是什么野菜……

妻对眼前的一切都感到新奇，对我的话亦洗耳恭听，对于好为人师的我来说，心上无疑平添了许多荣耀和满足。只是在离开时，我再

不该对生活发脾气

提问，妻记得的却是寥寥无几。看来，读懂、吃透大自然这本大书，只靠一时的兴致是难以奏效的，人必为此耗尽一生，才算虔诚、才算深情。

吹面不寒的又是春天的杨柳风。同行的是外甥女天舒，她已是小学三年级的学生了。婆婆丁星星一样，不是在夜幕中，而是在草丛里闪烁着。这只小筐这把小刀同我的身量极不协调，我这身笔挺的西装与这遍野的春意也极不协调。倒是天舒，燕子一样飞来飞去，她才是属于这块田野的。

没过多大一会儿，我便腰酸腿疼，说了几遍"我们回去吧"。天舒似没有听见，依旧那么执着。我的筐里"成分"复杂，还有一些草屑；而天舒的筐里全是经过精心选择的婆婆丁，没有一棵马马虎虎的。

天舒是在大自然的怀里长大的，她正是我的昨天，而今天的我是另外一个人，是一个对世界缺乏耐心的人。

牢骚张

　　牢骚张本是我的授业恩师，我师院毕业以后又重回母校，我们又成了同事。师为尊者，可他不喜欢别人叫他老师，他说那么一叫就有距离就生分了，所以领导、同事、他的学生都叫他"牢骚张"。

　　本校的学生是惯于给老师起绰号的，比如有个班主任姓马，每天清晨总是最早到教室，学生叫他"马早来"；又一个老师下课铃早响过了，他还在那里讲得津津有味，学生唤之"范压堂"；还有一个老师，刚毕业分过来，稚气未脱，他离家有 20 公里路，想家，每周必回去一次，学生叫他"周一趟"……

　　牢骚张这一雅号，却与这些调皮的学生无关，这是他自封的。他每次在开始讲课之前，必发一通牢骚，否则决不引入正题，他的牢骚就是"导语"。他说高中时的同班同学中成绩最差的一个正是本县此时的县长，而他是全县的状元，干的却是吃粉笔灰的差事；他说他每月只拿四百大毛，还不够某些大款的一条裤衩钱；这年头儿什么"匠"都比"教书匠"威风……

　　牢骚张似乎是本地最"老"的几个老师之一，所以经历也多，这些经历就是牢骚之源。他最初在城郊一所小学教书，城郊就是农村，牢骚张在当地无疑是学历最高的，绝大多数人都是大字不识一箩筐。一天，有人在雪地上写了一幅"反动标语"，大家都不约而同地想到了这个人是牢骚张。其实那时他还不叫牢骚张，还没养成牢骚的习惯。但既然不少人都怀疑是他，就抓了他。他觉得皮肉难以消受，就招了，他因此有了 3 年牢狱生活。3 年后，那个写反动标语的人一次酒醉自己说漏了，牢骚张终于得以昭雪。不过他出来时，看面相至少比同龄人大 10 岁，最后他只得娶了个寡妇。

牢骚归牢骚，他的课讲得真是好，一中有名的老师是"二马二杨一牢骚"，如今"二马二杨"都已退休，只有牢骚张"硕果仅存"。牢骚张对学生特别有感情，讲课时的口头语是"我兄弟"，听起来特别平等、亲切。他平素喜欢看明清白话小说，这"我兄弟"就是明证。

牢骚张送走多少学生，真的难以计算，可他的两个公子都不争气，待业在家，终日游手好闲。他也懒得管他们，稍有余钱，便及时寄给那些家境贫寒的学生，结果弄得家庭关系很紧张。幸好县上说会尽快安排好他两个儿子的工作，因为他是本县的功臣嘛。

今年洪灾，毁了牢骚张的房子，他正对着一片淤泥垂泪，有关部门把 5 万元交到他手上，让他重建家园。

"这水，真他妈的邪性了。"他还是第一次牢骚天，不牢骚人。

老家的皮影戏

　　早些年，老家能提得起来的乐子没几样儿，看蹦子，听大鼓，再数就数到皮影了。关外开化得晚，皮影戏也是从南边转悠过来的，不知怎么就在我们这坑坑包包的地方立了根，还成了一样绝活，让外来人稀罕得没法儿。喊影的来村多半是在麦秋以后，麦子上了场，大田还伸不得刀，农人挂了锄也挂了镰刀，闲得要死要活。影匠一到，就啥事都解决了。

　　皮影的影人儿大多是用驴皮做的，老家人习惯上就叫它驴皮影了。据说驴皮更耐磨耐腐些，而且着色不褪，用这种材料真是再好不过。对于手巧的妇人家来说，做影人儿并不比纳鞋底费难，刻刀、针线、油彩笔一凑合就成了。母亲就是一个不大不小的行家，如今家里还存着一摞子，白脸后生是杨宗宝也是高君宝，黑脸半岁子说是张飞行，说是李逵也可，每个影人儿都是侧着身子，露半边脸，一只眼睛，肘、肩胛、腰、膝等处是活动的，头是后安上去的，用完需取下再装箱。其中的正面人物和反面人物，不如前些年看国产电影分辨好坏人那么简单，要待他（她）上场张了嘴才能知道。

　　皮影的分角和京剧差不离。京剧有花脸，皮影有黑头，京剧有小生小旦，皮影有小嗓青衣，并没有什么隔路。人们不说唱影而说喊影，皮影的法门就道个八九不离十了。老道的唱家子都得喊破嗓子，声音才如金如玉，脆生得没半点儿掺和，可平时说话就会露馅儿，破锣撒声，听着没劲，这时你许不会再说，那曾使你激动不已的调门是

不该对生活发脾气

出自这张嘴了。

一有皮影动静，四村的人就会像高地的水，一袋烟的工夫就集中到我们这块洼地。路远的住下，只当走亲戚，皮影到他们那儿，我们也一样。戏台不用太大地场，四辆大马车的铺一拼就得。台上现搭个木屋，正面是影窗（屏幕），布料先时用白绫布，后来改为的确良。两侧面是封死的，后堵有门，垂着布帘，供演员出入。

每个皮影班儿，都至少有两个护台的，外人绝对不许靠近。那次我偷爬到木屋顶上，看得正来瘾，被人扯下来挨了一通炮脚，可是我哭过之后也就乐了，我终于看到了木屋里面的情形。

靠近影窗里边的木台上，放着两盏大鼓肚的马灯，后面站着两个人，操纵影人儿，他们耳朵要拿事，反应要地道，时时根据唱词配合动作，手里攥一把细秫秸秆，头儿上各拴一根线，连着影人的胳膊或别人的什么地方，一开戏就舞扎个没完，他们要对全戏的细枝末节滚瓜烂熟才能过关。再后面是一张特制的桌子，影卷（戏词）展在上面，一群人圈成半圆扒着肩围看着。轮到谁喊，他（她）都要把脖子子伸得长些，还有的要捏脖子，脸憋个通红，让人看了实在忍不住笑。护台那么严，八成就是为这个。

黑头说唱都像本地口音，不太拿腔作调，又喊得粗犷利落，我们小孩子听得真切，也就欢喜。本地喊黑头最好的要推小韩玉，小韩玉的爹娘韩玉夫妇都是一时间声名显赫的影匠，几年前让人斗死了，时下情形变了，小韩玉又承继了家业，他字字砸实，滴水不漏。他总是空肚子喊影，事完他自己满意才吃饭，人人见他都挑大拇哥儿。

断了农活儿，农人就丢了魂儿。与南方相比，老家的夏天短的可怜，然而在这短短的时光里，还要有一大段空歇，就只有皮影能带来或多或少的一点安慰了。皮影剧院的剧目传统得邪乎，老家的人却像贪吃的孩子喝人家的喜酒，一轮一轮不肯下桌，其实饭菜还不是原样的？常有的是《十二寡妇征西》、《高君宝二下南唐》、《擂鼓战金山》，内容跑不出惩恶扬善、龙凤呈祥、人胜自然这个圈子。尽管这些显得遥远而渺茫，但这极好地代表了老家人善良、上进的性格，并没有因为动荡的世事和苦难的生活而有些许更改。

人们提早地占好地方，瞪圆眼睛等着开戏。皮影戏也真是因陋就简，乐队只比秧歌多一样胡琴，戏到打杀激烈时，敲桌子敲木台都能助威。天黑下来，灯光显得白亮，不时有蟏蛸落到人的脖子里，用不着大惊小怪，头朝下倒出它来就是了，懒散点的由它去了，勤快点的补一脚。影窗散发一股怪味，飞虫不肯靠得太近。

锣鼓一响，戏算开场。人们不错眼珠儿，憋足了劲看。皮影戏里也有丑角，主唱要喘口气了，他就上场，可以是大爪子，生得一只簸箕手；还可以是蛤蜊突子，头大得像柳罐。我们这些小毛头儿乐得看，他们说话俏皮，不逗你笑出眼泪不算完。老牌看影的就不买账，说这是蒙人扯淡。大爪子、蛤蜊突子出来的趟数多了，他们就哄就骂回去，根本不搭理我们，撇下我们躲在一边委屈。

每台皮影戏都能给老家人带来数不完的快慰。瓜子里嗑出臭虫，也有坏仁（人）儿，他们编了一套骂喊影的嗑，听了简直对不上牙，我觉得那些话冲灯是说不出口的，人要讲良心。一听谁骂，我就急眼，在我幼小的心灵里，那些喊影的个个都有副古道热肠。比如小韩玉就是极可亲的，他甚至还教会了我几个段子，使得我在今天，能一有机会便显摆一回。只是我喊的不怎么成形，我是舍不得让好好的嗓子也破了嘛。据此看，喊影竟是一种牺牲了。从前辈人那里知道，大凡有些声名的老一辈影匠，几乎没有几个不和一些不幸相联系的，新一辈的也还是遇到这样或那样的麻烦。好在我们终于长起来了，能够公正、恭敬地看待他们，当然更主要的是时代变了。

皮影的影穿长不过七尺，却能让人明显地感到生命的律动和时序的转换。摆上一桌一椅，就是朴素的家居环境；换上一座城门，便到了外面的世界，生活真个是紧凑如水了。

老家的皮影戏，在那物质和精神双重困苦的年月，给我的前辈人和我，留下了一段美如盛筵的纪念。

想看 "跳神"

　　祖母病故时只有 52 岁，她患的是脑炎。有一个想法，常常在家人头脑中盘旋，那就是：说不定祖母的病是给耽误了。有病乱投医，其时祖父大信特信跳神，那执拗劲儿十个老牛也拉不回，直到祖母去世他也没有悔悟。

　　祖父平素是个精明的人，居然也对跳神深信不疑，足见这法术有些不凡。那以后我一直想见识见识跳神。我听过一些这类情形的描述，诸如其人系腰铃、摇手鼓之类，想象中这些同县志记载的一种满族舞蹈极为相似。

　　本地狐狸、黄鼠狼都不少见，"大神"们便就地取材假托狐仙、黄仙。四乡八寨的一些人有病不求医，倒提着礼品找他们，什么病都归结到"得大邪"里。想看跳神，确是一件轻而易举的事，我也在心里暗暗计划着。

　　风闻邻村的董半仙最神，他用手一拂，衣服登时会燃烧起来。那日市里一位大款的母亲有病，"桑塔纳"把董半仙接去，未用半日病人便重又行动自如了。围观的几个"不信邪"的犟脖子都佩服得五体投地。我明知那是骗术，却不敢去见那场面，生怕自己的意志垮下来而举起白旗。每次弟弟拉我去看，我都找到一种理由拒绝了。事实上是我"心虚"，书上总说中学生可塑性强。

　　姥姥在时，总是叮嘱，不许招惹黄鼠狼，不然"魔"上你就糟了。秋天的庄稼一片一片倒下去，村西有块麻田也被一点一点地啃吃掉，那里住着的一群黄鼠狼不得不挪动挪动。黄昏时分，黄鼠狼们一个衔着一个的尾巴，浩浩荡荡地从麻田移向豆田，我下意识地拾起一块砖头，却始终没有抛出。这以后我又与它们邂逅多次，无不是"敬而远之"。

时隔不久，邻家莲嫂正切菜时，听见鸡叫，便提刀奔出去，正赶上一只"老黄"衔住她家老母鸡的头。莲嫂是个天不怕地不怕的主儿，一刀下去，那"老黄"就丢了脑袋。姥姥在屋里看见，口中不住地嘬嚅着："作孽哟！"

事情已过去多年，莲嫂家成了全村的首富，住着气派的小楼，三个儿女也都上了大学，人见人羡。姥姥若在，她还会怎么说？村东王姓一家，专门在冬天里挖黄鼠狼，每年都能赚上一大笔钱。整整一山墙黄鼠狼的皮子，真可惜了这些"得道"者。

直到今天，我也没有亲眼看过跳神，头脑中那点有限的积累，无不是道听途说来的，想想也真是一件憾事。朋友中有位搞"志怪文学"研究的，一次席间我极认真地问他："到底有没有鬼？"他明朗的额头一扬："心里有，就有；心里没有，就没有。"

我的脸好一阵子热。

我的朋友摩托

我迈进文科教室，已是开学后两个月的事了。莫道君行晚，更有晚行人，后来者就是摩托。

摩托半点儿也不计较这最前沿的位置。我一歪头总能看见身边的他，半睁着眼坐如钟的样子，却是陷在梦中。

班上的同学田里的牛一样终日按着头，只有摩托玩归玩，乐归乐。事明摆着，这一窝蜂能上去几个大人儿？他在摇晃毛发疏朗的头。大家跟着叹了气。

黄鼠狼偏咬病鸭子，本来底子就差的我又摊了事儿。寝室潮得能挤出水，我第一个生了疥，同寝的都远远躲掉。

摩托一声不吭地把我俩的床铺挪到寝室的一角，我们像从一个什么团状物里散逸出来的，失了家园。摩托很快被传染，病休回了家。我右边的床位空了一个月。

摩托声名大噪是因为他那次英雄壮举。他平素高兴画两笔，晚间常到文化馆张创作员家请教。那天他走到老头商店时，听到有人呼救。两个家伙正在拉扯一个姑娘。他斗了歹徒，救了姑娘。

摩托一时成了校园热点。电台女记者不顾摩托的口臭，凑得很近。

摩托同学，面对两个凶恶的歹徒，是什么促使你奋不顾身冲上去的？

我刚在张老师家喝了点儿酒，酒壮英雄胆。

摩托同学，斗歹徒时你是怎样战胜他们的？

也没啥。他们不经吓唬，我一挥画轴他们就跑了。他们不跑，我还真就没辙了。

接下来，摩托像许多小说里叙述的一样，交了桃花运，那被救的姑娘紧锣密鼓地行动起来坚决要同摩托处朋友。

摩托照旧是迷迷糊糊，大大咧咧。答曰：我单知道麦秋收不得苞米，在老秋也收不得麦子。

姑娘找了农村籍的人翻译之后，才怅然而去。

大考之后，摩托卷铺盖回乡看了果园。我去时是八月，果子长够了个儿，可还青着。进门时他正撅屁股吹火，头发更稀少了。

就着青果对饮时，我看见他臂上满是伤痕，这是长脚蚊子和绿眼瞎虻捣的鬼。他将起单裤，腿上的灾情更为严重。我便无话。我说喝酒。

前日他来了信。他结婚了，并且有了个现成的儿子。他娶了个寡妇，长他三岁，人极好，把他照顾得什么似的。还求什么呢？

信末是重重的、怪怪的署名，让我想到人开怀大笑时的嘴。

是啊，还求什么呢？

露天电影

　　小村鼻子底下是一块场院，只有上秋才垛上人们劳作一年的收成，在此以前，它另派用场——唱野台子戏、演露天电影。

　　鼻涕娃蹬木凳把耳朵贴到小广播上，听那杳如游丝的声音，真个是不再过瘾了。乡里添了放映机，开始牵着我们南北二屯地跑。

　　蹲人家墙根儿滋味顶难受了。到外村去，正面早已拥满了人。只能看背影了，字是反的，我们要像小鼠子一样钻过去看一眼片名，再折回来。我那时太小，识不得几个字，《哪吒闹海》我给喊成《那托闹海》整整三天零一个早晨。听传言失江山，有时消息没搞准，我们就急着火着发兵了，稍早的和稍晚的在半路撞了额头，去的问："什么电影？"来的答："《站地望蓝天》、《白跑侦察记》。"大家都扫了兴致。

　　盼星星，盼月亮，总算把电影盼到本村。我们像接新人一样，把它迎回村，并且挨门挨户喊过去，其实，我们不喊，村里也早就一轰声似的了。太阳一没头，我们就一屁股坐在凉地上。

　　场院当然不是梯级的，甚至没半点儿坡度，黑压压的一大群人，都想看真切就难了，有时人脑袋能把镜头死死封住，幸好还没开演。能在银幕上弄几样儿手影，也是我们高兴的。我们还熬着一灯如豆的夜晚，放映机也是电锅（柴油发电机）带动的，非得有力气的人，多晃几回膀子，才能发动起来，中间时不时还要灭火，我们只得暂用炒玉米闲打着牙。

有风背向吹来，银幕腆着鼓鼓的肚子，上面短脸的坏蛋，一下子变成了驴马脸，几夜都摸不到头，能吓死谁，却不偿命。烧片子是常事，一烧就得耽搁半个钟头。放映机带有一个话筒，队长总要趁这个节骨眼讲几句路线、送粪、防火和别的什么杂事。若还有空儿，好乐的人就上去亮几嗓子，有金声玉音的，有像杀老牛的。

乡里也知道轮一回不易，每次都带三个片子，一会儿工夫，妇人怀抱的小不点儿，就睡得如小鹿似的。我们的眼睛可一直瞪得溜圆，不肯落过半个镜头。蚊子差不多咬遍了全身，挠不过来，干脆就不挠了。电影总要演到后半夜，跟着看下来的，个个成了赤眼兔的样子，哆里哆嗦抱着膀回去，蒙被便睡，天亮时起个母鸡早，太阳早被杆子捅到了半空。

贫困和多子，使得我们在父母眼中一点儿也不金贵，我们先时是只只土豆子，在土里滚了几年，后来像秋千，在老屋通向学校的泥土路上荡来荡去，父母甚至没闲空儿抬头瞧瞧我们。人不见长，总见衣短，不晓得哪天我们就壮壮大大的了。

老家的电视杆早林立了。如今人们还看露天电影，只不过这回极像富贵人家偶吃粗饭，完全是图希个新鲜罢了。

匹夫匹妇

1. 人间夫妻

参加过好多次婚礼，大家送给一对新人的祝福也往往大同小异，但也有些听了不怎么顺耳的，比如"相敬如宾"显然带了旧时代的色彩，夫妻就是夫妻，"如宾"干吗？还有"举案齐眉"，显然那对男女一尊一卑，都这个时代了，厨房谁都下得；至于说出"相濡以沫"的人无疑是误会了它的意思，在这种场合讲这种话，与其说是祝福不如说是诅咒。

"百年好合"多了一种理想化的味道，似乎可遇而不可求。而"白头偕老"这种简易、平实的概括，则越想越让人感动。一对男女相牵着从黑发走到白发，可以有争吵可以有磕绊，这才是最真实也最生动的人生图景。曾有一位编辑夸我与妻是"神仙眷侣"，这当然是"夸"，我们哪有那么好；我们也不想做那样两个没有柴米概念的人，而要做人间夫妻，要做匹夫匹妇。

女儿的幼儿园里有一个"长托"的小朋友，他父母常年在外经商，且一南一北，一年里夫妻两个也难得见上几面，更可怜的是孩子，从不到一岁开始，已被"长托"了五年，性格也有了一些可怕的变化。孩子说他最怕散学，我和妻双双去接女儿时，他总是用眼光把我们送出好远。

舒婷有两句何时想起都会令人动容动心的诗："与其在悬崖上展览千年，不如在爱人的肩头痛哭一晚。"这惊人之语，当然来自一种"思接万仞"的深切的生命体验。纵使是最朴素的真实也比最华丽的虚假有意义，今天的婚姻完全可以是两个人的事，"如鱼饮水，冷暖自知"则可，没必要做给别人看。

沈复的《浮生六记》中记录了一段让人艳羡的婚姻生活，也记录了他们为此付出的昂贵代价。现代夫妻间才惯见的浪漫却出现在二百多年前，出发得太早，就难免遭人白眼。所幸的是我们赶上了一个比较自由的时代，我们的幸福无人干涉。对于人间夫妻而言，婚姻本身就是一项伟大的事业，值得为此勇往直前；如果随意放弃，我们的人生充其量只能成功一半，不会是好丈夫好妻子，好丈夫好妻子是一个正常的人不可绕开的角色。

那日一朋友问我："你就没有感到一点点'七年之痒'？"我说结婚都八年了，一年前痒不痒哪还记得。他和他的夫人就是婚龄七岁时离掉的，那时他们的关系已恶化到了极点，常常大打出手，邻居因此而多了一项解围的工作。我曾问过他为什么，他说千篇一律的日子让人发疯，别人也是这么过的，我们也懒得去变化。我知道他们之所以走到尽头，是两个人谁也不肯往婚姻的灶膛里加柴。

此前这位朋友闲时总喜欢填各种有关的问卷，来测试自己婚姻的成色，他不明白其实局外人是没资格为婚姻打分的。朋友热衷"搓麻"，他的夫人逛街成瘾，分兵作战，家里的炉灶十天八天用不上一回。我和妻就"没出息"多了，离不开家门，玩法也极俗气：妻子背上女儿，我背上她俩，然后在屋中散步，在镜子前照一照，笑得愈发直不起腰；妻和女儿一伙，总试图用武力"制服"我，因为我怕痒，她们便有机会，结局大致是打成平手；每晚睡觉前，我们三个齐刷刷地坐在各自的脚盆前，像三个乖宝宝……我们觉得这样挺好。

同许多人相比，我们的房子不大，收入不高，衣饰平平，但是我们觉得"可以了"，"可以了"就是不想在这上头纠缠过多，省下心思想想日子想想工作；我和妻甚至和女儿有时也会吵翻，可一切都是

不该对生活发脾气

暂时的，因为我们都是好朋友，好朋友头上的乌云是不会长久的。凡夫凡妇身在生活的第一现场，所以能最真切地感受生活的温度；走进人群就再难找出来，这似乎也是一种胜利。人间夫妻就该生活在人间，而不是天上。

2. 深情是心在相守

那日，在商场与摊主为一条白纱长裤讨价还价。妻在这类场合惯于做沉默者，不爽利不露脸的事她都是拱手相让；充任这个角色我自己也是满腹委屈，奈何孔方兄对我不肯多加眷顾。

"给女朋友买东西还这么不气概，兄弟你不太会啦。"摊主们无疑都是最懂得打击薄弱环节的军事家。

"那您可看走眼了，我们都老夫老妻结婚快两年了。"我一脸得意，俨然是个凯旋的将军。

摊主诧然，终于灰心。

待回转身，诧然的竟是我自己了，因为此前我一直把自己当作新郎，一袭婚纱的妻似乎就在昨天才被我迎进家门。也是这个季节，也是纠缠不清的雨，竟深隐着我们的佳期。

乡间夏日的泥泞使叔叔的"公爵"吓破了胆，一向养尊处优的它在这里望而怯步、寸步难行。蛟龙最是弄潮手，"东方红"七十五马力拖拉机一显身手，终于点燃了婚礼的爆竹。这喜气立刻化去了父母亲朋们数日奔忙的疲惫。

妻"当窗理云鬓"，也对着满野蓬勃的绿意和甘如醴浓似酒的乡风，梳理自己做新人的心情。我们相视而笑，一切就是这样开始的吗？一切就是这样开始的。

我们只在老屋里住了一周，就不得不在父母恋恋不舍的眼神中一步三回头地离开。学校已经开学，做新娘和给几十双求知若渴的眼睛"传道授业"是妻生命中极为重要的两件事，她惜之若命。

谁知原该两个人终日相守的蜜月，也给我的一个决定搞得相当支离。正值农忙，而远在老家的父母农务繁重，难得消受。待我怯怯地说出，妻竟慨然同意了。到我从乡间返回时，妻一个人已在我们的小屋中度过了十日。

我是粗心的，用别人的说法是"缺少情调"，至今我不曾送过妻一束鲜花，不曾带她进过一次舞厅。去年端午，妻上班归来说："满街都是送情人的礼物。"我披衣要出去，妻拦住说："我说过了你才想起来，早晚三秋了。"我知道她无意指责我，只不过是想借机轻轻打击一下我对她的"冷落"。今年端午，我在心里默记了无数次，总算没忘了给她买点儿什么。她接过荷包，孩子似的跳、笑。

我们曾经相约，在每一年的结婚纪念日，都到影楼去合一张影，这样，到我们年老的时候，很容易就能找到婚姻的每一段路程，每一个路标。应该说这个设想是浪漫的、诗意的，也让人神往，可由于我又回乡帮忙，第一个纪念日就错过了。妻宽容地笑笑："你真傻，有了心的和谐，别的什么形式都不重要了，我们用心来铭记彼此的深情不是更好吗？"我满心不安，满心感动。

眨眼又是一度春秋，今天又是我们结婚纪念日，而我在乡间倾听雨声，妻在长春深造。当然我们早已有了一种心仪，为这个灿烂的日子隔千里举杯，并给自己一个庄严的承诺：对于这个日子，我们将坚守千年。

3. 百里婚姻

待我们最终走到同一屋檐下，并在一个祥和的时日认真回望来路时，我们真的有些后怕、有些庆幸了。其间真该用到"险象环生"一语，因为每段我们彼此趋近的路程，都有着各式各样的阻碍。如果我们要给自己的婚姻下个结论，那它该是许多偶然积成的一种必然。我们的婚姻是从一条再窄不过的通道上闯过来的，是一件带有强烈冒险意味的杰作。

差不多已是我们结婚的前夕，与我们密切相关的"三方"态度

不该对生活发脾气

似乎仍没有一丝改变。我的父母认为这个未来的儿媳体质太弱，手不能提肩不能担，对生活的负担必会束手无策，更无从谈起抽出身子照顾他们的儿子；妻的父母认为我这个未来的女婿是个书呆子，对这个时代茫然无知，把自己的掌上明珠交给这样一个人他们当然不放心，更何况"校园爱情"十之八九是目光短浅的……

师友们的心思也相当明朗：单考查我们中的任何一个都是好样的，但正如两件都相当漂亮的器物，放在一处却未必和谐，其深层原因则是现代流行的婚姻观念中极其推崇的"性格互补"定律在作怪。我和妻的性格太相像，都是很要强很上进不安于现状的人，工作起来拼命，这样的人一个家庭里只能有一个；我和妻都热爱文学，而文学是浪漫的东西，浪漫的东西是同柴米生活格格不入的，离婚的作家多似繁星……事实上与文学无缘的人，其离婚人数无疑更为惊人。

在大自然中，人类是最玄妙的；在人间，婚姻又是最玄妙的。在我们人生的每个时期，每种环境，我们都能找到一个比较令自己满意的异性，也许有意，也许无意，但终于被一个一个错了。而最后与你相守的这个，却在你面前落地生根，你可能毫不轻松，可你愿意为此付出从未有过的努力，轻视一切大大小小的磕绊，这努力的源泉就是两颗心卫护的深情。其间你可能佯装放弃，而不能欺骗的始终是这两个人，所以他们最终走到了一处。岳父岳母试图留女儿在身边养老，内幕消息是彻底拒绝这桩婚姻，他们十分急切地把妻的工作关系弄回原籍。可我们并未就此止步，于是乎就有了一桩百里婚姻。

个中的细节如今只能在当时的日记中才能找到，我这个女婿早就得到了他们的承认、重视，心中更无半点儿抱怨。我知道当初的当初，岳父岳母全然是出自一片爱女之心，从希望妻"嫁得好"这一点上，我们的想法是一致的，我还能说什么呢？困难是避之不及的，这早在我的准备之中，至于这困难的由来，我是不会计较的。

婚后，我便时常在百里行程中了，起点是小家，终点是讲台，起点是讲台，终点是小家，一年四季依次展览于我的车窗。我走出乡间，乡间又近在咫尺，这使我的许多思乡梦得以圆满；车厢内是时代、尘世的浓缩，我不再仅仅沉醉于文字世界，我很便当就触得到社会的气息。我在百里婚姻中长大了。

新潮家庭有许多奉行"5+2"法则的，即夫妻两人每周有两天在一处，有5天不在一处，据说对于减少家庭矛盾、增进夫妻感情是相当有效果的。这当然有科学道理，心理学上讲"相隔产生神秘"，美学上讲"距离产生美感"。我因为工作性质的关系，竟不得不奉行"4+3"这种更为新潮的模式，这当然要感谢百里婚姻了。

3. 等高夫妻

我至今只清楚记得女友的父母拒绝接受我的三条理由中的一个，那就是我的身高问题。大凡能铭记的东西，都是对人有所触动的。我听了那个结论很吃惊，因为此前从未有人说过我长得矮，我的身高是1.72米，站在人群中完全说得过去。

女友向我转述时，我先是惊诧，后是气愤。我说，若只看高度，也许烟囱和电线杆都更合适些。冷静下来之后，我开始认真地面对这个问题。"拔萝卜拔大个儿的，娶媳妇娶小个儿的"，这也是既具现实意义又具审美倾向的考虑，找个高身量的女婿自然也是很有道理的想法，更何况女友的身高接近1.70米，我的身高的确有些委屈了她。

我的与众不同之处是喜欢动脑筋。身高也是受之父母的，我没法改变，我只能用别的什么来弥补，想来想去，除了能力或本事再不可能是别的了。接下来是一大段沉寂，在这沉寂里我拼命地完善自己。后来，在我的身高和我的人品之间，他们选择了后者。他们成了我的岳父、岳母。

应该说妻还是相当能够照顾到我的情绪的，她把先前的那些高跟鞋统统收起，逛鞋店时眼光从不在高跟鞋上停留。我很感动，但我认为没有这个必要。生活中形式大于内容的东西原本就够多的了，我们自己还要参加进去吗？妻被说动，买鞋的标准变为半高跟。

我们是从不进舞厅的，因为我们不会跳舞，又怕别人请到头上尴尬，所以连看也不敢去了。读大学时，我观念守旧，对跳舞有偏见，不肯学；妻由于身高的关系，班上的男生都不肯教她跳舞，全都激流勇"退"了，这使得她成了一个舞盲。

只在说起跳舞的时候，妻才对我的身高流露出一些不满。我首先指出会不会跳舞在我们整个人生过程中实在无足轻重，若我们实在想跳，身高绝对不是障碍。接下来我便说了一大堆"个儿不太高"的益处，什么长寿，什么处事机敏，什么做衣服节省之类，并顺便找了一些例证，古今中外的全有。我的观点似乎很站得住脚。

我们常常忽略不计的问题，却常常被别人提起。和我们来往较多的亲友，几乎无一例外地问过我们的身高，说看起来好像差不多，干脆你们站在一起比一比。他们把我们拉过去，背靠背。这情形我已有些习惯了，总是乖乖的，第一个站直，之后会为自己"微弱的优势"沾沾自喜。连街边量身高的老太太都好奇了，竟拉着我们量了一次，免费。

妻曾问过我和她一起走路是否有心理压力，我说没有。身高并不能说明什么，山够高的，却总被我们踩在脚下。一个人心灵的高度是至关重要的，心灵无高度，那么他见什么都矮三分；若心灵有高度，遇到什么他都有信心超越。

我能这样想，我还会在意自己的身高吗？

4. 陪妻逛街

也许恋爱中的一切，在进入婚姻之后，都注定要发生些许改变吧。有人说恋爱中人信守的是浪漫主义原则，而婚后奉行的则是现实主义，这话虽不是箴言，却有极广的适用范围。

妻在婚前，就对逛街有着浓厚的兴趣，那时我并未觉得怎样，至多是损失点儿自己的读书或写作时间。她有兴致逛街，就是有兴致走进生活，这很好，这正是我盼望的。看到她在琳琅满目的小摆设前流连忘返时，我特别开心，我乐于看她那天真、欣喜的眼神，那里面正是我久违的童话，而这童话的主题是好奇，是善良，是对整个世界的钟爱。

这时我还没有想到，日后我将因此吃些苦头。

小家始成。妻逛街的雅兴丝毫不减当初，开始的时候，我尚能勉强应付，接着有些力不从心。到后来，一提上街，我简直要发疯。每次上街之前，我们都是和颜悦色，甚至是兴高采烈的，可回来的时候，一切都颠倒了，两个人比着噘嘴，看谁噘得高。一次我俩一前一后气呼呼地往回走，至少彼此相隔 50 米，不巧给岳母看见了。她老人家苦口婆心地劝了一回："才结婚就这样，那以后的日子怎么过？"

我在陪妻逛街的时候，事先总限定好时间，但到最后，先前的约法三章常是尽数作废，每次都是店内有人喊"关门了"，妻才恋恋不舍、一步三回头地走出来。最让我头疼的是那一大排三十几家的精品行，货色自是大同小异，看一眼就可以总览全局了，可妻却饶有兴味地一路走下去，那些重复多遍的种类，在她仿佛仍是第一次见到。我只得在她迈进第一家的时候，等在最后一家的门口。

尽管陪妻逛街我吃了些苦头，但日子长了也就释然了。记得有人讲男人是理智型的，而女人是感情型的。对于后者而言，纷繁复杂、五彩斑斓的世界，是一种难以抗拒的诱惑，她们喜欢自己看到的一切。她们认为一切都有韵味都有美，因此她们比男士更理解时代，更理解人生，她们的结论来自直感。比较而言，男士更像是这个世界的过客，但他们对此浑然不觉，并固执地认为自己要理智一些，只有自己是在过生活而非玩耍。

其实，能以童心对待这个世界的人，他的心灵便是一种非凡的境界，因为童心是一切美的由来。

5. 请不请保姆

生活本身真的不是算术，比如家务，众所周知家务的来源是两个人，但把这两个人住单身时的活计加在一起，则绝对少于家务，这一切真够玄妙的。我男大当婚，妻女大当嫁，再加上一种命运的巧合，我们终于走到同一屋檐下。小家其实再简单不过，家当少得可怜，但总归是家，有家的职能，一个明证就是家务，所谓麻雀虽小，五脏俱全。

第一闹心的是买菜做饭。菜市场远在二里路以外，多买会烂掉，所以只得一日买一次。这差使当然落在我的头上，妻是高三教师，"时间就是大学生"，实在不敢差遣。

接下来是洗碗、刷锅，人少东西也是屈指可数的几件，但要命的是一日三次，身子不累心累。还有洗衣服，我曾对朋友讲，婚前我洗一个人的衣服，婚后我开始洗两个人的衣服，他不信，我说这就像月亮挂在天上一样千真万确。

刘震云的《一地鸡毛》，看过的人都会受到一些触动。过日子可不就是一地鸡毛，有几件叫得应敲得响的大事？可就是这些琐碎兴致勃勃地围着我们打转转的时候，我时间的宝库竟日日失窃。我是有些志向的，这一切我不能容忍，已有三年时光打水漂儿了，我不可放弃我的路。

一日妻得闲，我说咱们坐下来，议一议请不请保姆。妻到底同情我，说实在不行就请一个吧，你也好分出身来像模像样地写几篇文章，我看你这阵子连话都说得没有伦次了。

看来，"请"是定下来了。接下来要议请个什么样儿的。年龄太小不行，什么也做不来，请还不如不请；年龄太大的不行，即便有些地方做不好，我们也不方便指出。要找就找个与我们年龄差不多的，容易沟通。

我们在讨论最后一个问题时，气氛一下子活跃了起来，但是这一"活跃"，也使得这件事成了挂在树上的风筝，看得见它摇荡，却不见它落地，有个结果。

妻说找个男的，男的事少，有心胸，也仗义；我说找个女的，心细，懂得照顾人。妻说女的爱使性子，没度量，容易产生矛盾；我说男的粗线条，毛毛糙糙，什么还不都给弄得一塌糊涂……

朋友大远一清早就来了，说他家丢了些首饰什么的，他怀疑是保姆干的。我说快报案吧，他说报什么案，只是千把块钱的东西，让人家知道家里就两个人还请保姆，肯定会笑掉大牙，二牙笑得直晃荡；肯定会说我们这是"烧"的，有点儿臭钱不知怎么花了。

如此说来，家务只能自己担着了，不理家务也许还是对家的疏远和冷淡。我暗暗地对自己说，家务要干得精彩，个人发展也不含糊，两样都出色，这才算好汉。

6. 来生娶谁

有人做过调查，差不多每个幸福的女士都曾问过自己的先生一个相同的问题："下辈子你还娶我吗？"而先生们也差不多都有一个相同的回答："当然。"这样的回答是令人羡慕的，因为它的背景常是一桩温馨、和美的婚姻。

应该说这些慷慨之中，也会有几位是在耍滑头，他们心里未必这么想，之所以嘴上敷衍，是为了讨妻子的欢心，而且这与日子过得是否如意、他是否深爱自己的女人无关。我自己就是这样，以己度人，想来还会有人同我站在一起，我相信，在这上头，我决不会是孤家寡人。

当妻再次问我时，我沉思良久："下辈子我有可能不会娶你了。"妻当时听了极为震惊。我接着说："今生我们有缘做夫妻，该属侥幸，这是老天在善待我们，我们不敢奢望太多，今生足矣。"妻的神色稍好，举起的拳头也慢慢落下来。我们开始沉默。

我们都是唯物论者，心里都很明了，在这世上压根儿就没有来生，"来生"是一句彩饰的谎言，是我们心灵深处的一种企盼。即使有来生，我也要重新作一番选择，妻也一样，因为在我们义无反顾地奔向这桩婚姻的途中，我们都有意或无意地伤了许多人的心，有些伤痛，恐怕一生都难以愈合。

我清楚地记得，那个男孩在最后一次努力失败后绝望的眼神，听他同寝室的人讲，他几日不吃不喝。他用情太真太深了。我承认，不

90
不该对生活发脾气

论素质或人品，他都不在我之下。而我的运气却占了上风。妻似乎也很喜欢他，他坦诚、热情，真够出色的。我分明见到妻拒绝他时，脸上带有几许无奈，几许凄恻。

而在我的身边，也曾有过那么多女孩儿，和她们在一起我是快活的，想起其中任何一位，我都心存愧疚。我不能同她们说抱歉，我不能同她们接近，更不可以给她们写信。我从不敢触碰记忆中的那一隅，那是遗憾，那是心痛。好在她们好像都找到了一个良好的归宿，我心里也有了一丝安慰。

至少到目前，妻跟了我很少得到过好的照料，更多时候是陪我受苦。我因为出身的关系，苦惯了，也不在乎了。妻则不同，她原该有更好的选择，但她没有去投奔。看到她劳累的样子我极为不忍，精神负担极为沉重。我常常想，若是她选定的不是我而是别人，那么她就可以过轻松、恬静的生活，而眼前的一切对她而言，是多么的不公平。

我愿意相信谁跟了我，我就会对不住谁。权势、金钱、享乐都与我无缘，我也没有兴趣，但我没有理由把别人也捆上。如果有来生，我会把妻这只入笼的鸟儿放掉，让她重新选择蓝天。

事实上，只有今生才真正属于我们，那么就让我们幸福地生活，最大可能地珍视今生，钟爱今生，把今生当成无数个来生。

7. 我家的"经"

德隆准备结婚，他告诉我和方儿届时早些过去。大家都是朋友，自是义不容辞。德隆是外地人，分到这座城市举目无亲，婚事也全靠自己操办。

我们进门时德隆正鼓着腮一丝不苟地在吹一个大号的气球。他坐在空洞的居室中央，丝毫没有觉察我们已立在他的身后。我的眼睛一下子潮湿了，我说不清是因为感动还是因为别的什么。"明天就当新郎了，我多少得有点儿作为。"德隆笑着说，那笑中并无半点苦涩。

我和方儿彼此对望了一下，我们分明地看到对方眼中那淡淡的泪光。

归途中，方儿忽然拉住我的手，颤声说："我们结婚吧。"我拼命地点了点头。这样的决定差不多把我们自己吓了一跳，此前我们从未想过这么快就给自己一个家。

一阵脆响的鞭炮声中，我们的小家诞生了。我一遍遍地暗问自己，一切就这样开始了吗？看得出今天新娘子很兴奋。她见我傻愣愣的，凑到我耳边悄声说："想有个家，精神准备比物质准备更要紧，别胡思乱想了！"她的情绪感染了我，我也一下子快活起来。

小家初成，她便向我宣布了一大堆"喜欢"与"不喜欢"，诸如喜欢素食，不喜欢鸡鸭鱼肉；喜欢本分的穿着，不喜欢见异思迁满街追时髦；喜欢喝白开水，不喜欢坐咖啡厅等等。听了这些我心里很受用，看来这本经还念得下去。

这似乎是个机会，我也该在这个时候有所表白：我对当书虫有兴趣，对烟酒麻将跳舞没兴趣；对自力更生自食其力有兴趣，对躺在安乐窝里睡大觉没兴趣；对创造有兴趣，对享受没兴趣……

这差不多是小家最初的"夫唱妇随"或"妇唱夫随"，如此一来，天空上的愁云渐渐失去了形迹。这些掷地有声的"不喜欢"和"没兴趣"，把我们的"财政"开支压到了"地平线"以下，我俩每月每人三千大毛的薪水竟可以蒙混过关，日子也还算平静。

前日德隆来，我们聚在一起闲聊。这个口没遮拦的家伙，兴致勃勃地讲起现在女孩谈恋爱多么看重男方的经济地位，没有票子和房子不结婚云云。我拼命给他使眼色，却无一点收效，只得偷眼看妻的反应，竟发现她的眼睛早在那儿等着我。遇到我露怯的目光，微笑着嗔道："看把你吓成那样儿，不就是房子、票子嘛，我可不急，你呢？"

单位给我们分了一间寝室，妻高兴得不得了，连说"挺好，挺好"，而同我一起分来的同事早已经分到了平房。又过了不久，有关部门因我们在"家"里开伙开始频繁敲我家的门，终于"抄没"了我们的煤气罐儿，还扬言不接受"教训"过几天就来断电！

面对将至的断炊，一向乐观的妻子一下子沉默了。可当我想摔一只廉价的水杯发泄一下愤怒时，她劈手夺了过去："你没听人家说家家有本难念的经吗，讲的只是'难念'，可不是'不能念'，你就多点儿耐心吧！"

还能说什么呢，我只得虔诚地握紧这支笔，向心中的目标迈进，"经"总要念下去！

8. 今天是你的生日

那日翻找东西，突然见到一条短围巾，上面绣着"love"。这是妻在还不是妻的时候送我的，那时恋爱中的女生送男友东西，大体有两种，一是一满瓶的"星星"，一是一条围脖，当然是一种浪漫一种现实。妻选择了后者，她说"星星"只能在温室里端详，而围脖却可在寒风中帮你。我们的恋爱也没有弄得轰轰烈烈全世界都知道，但它却像这条围脖以最朴素也最生动的形式温暖着我们。送我时，她说："今天是你的生日。"我早忘了那天是我的生日。

在遇到她以前，我的生日只有母亲记得。每年的这一天，她都煮上一个鸡蛋做上一碗面条，然后说："今天是你的生日。"儿的生日娘的苦日，我觉得这点好吃的应该属于母亲，可每次我都无法推掉。这似乎是母亲和我之间的一种约定、一种秘密，在困难年月母亲给我的已是最好的盛宴了。乡间的鸡蛋并不是稀罕物，但是我的生日极为特别——腊月初七，母亲总是选择深秋的鸡蛋，因为只有这时下的才能保持长久。此后，母亲会想尽办法把鸡蛋放到一个冷不到热不到的地方，就这样能完好地留到最后的所剩无几，我生日吃到的那只鸡蛋实在得来不易。

婚后，妻接过了母亲的担子开始照顾我。城里的生活到底不同，更何况时代早已变了。妻总能让我的生日过得有些味道，只是我的头脑里守旧的东西较多，对形式主义的生日一向反感，否则她会有更充分的发挥。后来，她也受了我的影响，一切从简，有时我们实在忙不开，她早晨离开时，只会说上一句："今天是你的生日。"她笑笑，我也笑笑。她没有歉意，我也没有什么遗憾，我们没有忘记这一天，这比什么都重要。

几年下来，我的生日礼物差不多已挤满了屋子，冰箱、微波炉、DVD……每次约莫要过生日了，我都会说"这次的礼物我要……"，于是家里就会添上一件，妻当然高兴，她说你的生日成了咱家大规模采购的节日。我说："这不挺好吗，什么时候买的什么就不用再另记了。"妻有时也会神情黯然地说："想想也真有些对不住你，你的生日太缺少设计了。"无妨无妨，设计好平时的日子才更有意义。母亲过六十岁生日的时候，我给她买了一部手机，这样我听她的声音就会很方便。

女儿两岁以后，突然迷上了奶油蛋糕。她开始关注自己的生日，还有我们的生日，没办法我们的生日又多了一种花销，那些奶油属于女儿，蛋糕则归我和妻，大家倒是不争不抢。女儿的生日我们总要细细地想一回给她买一样什么礼物，她的小朋友们要和她比一比的，她不应该落后，不应该自卑。在儿童，虚荣心与自尊心有时难以区分，我们只好努力把握一个分寸，让女儿既不走近奢侈又能拥有真正的快乐。

许多个生日就这样走近又走远了。一想之下，居然发现一桩咄咄怪事，那就是这些年来，我和父亲母亲，和妻从来没有祝贺对方生日快乐，我们惯讲的竟都是"今天是你的生日"。对于那个讲话的人来说，生命里一个特别重要的人在若干年前的今天来到了人世，这种铭记已然说明了一切。祝愿并不能改变痛苦，而快乐是不必说祝愿的。所以，我永远会记得在我的所有亲人面前，深情地说上一句："今天是你的生日！"

不该对生活发脾气

9. 我家的钱

我还在一心一意地教我的书，并且每月拿三百零九块七角的薪水，妻亦走了与我雷同的路。她拿比我多一点儿的钱，好在只是多一点儿，不然就会有一个大丈夫心里不是味道。两个人的收入合在一处，自然就是我家的钱。

郑板桥的名言"难得糊涂"给人用烂了。我曾遇到过一个"贪官"（后来他伏了法），日里他的嘴上总少不下一句"难得糊涂"，细一思量，此公糊涂的是为官和做人的原则，而在钱上决不糊涂，真是脏了一种境界。婚前，书生的我钱上糊涂，并自以为身上没有铜臭，现在想来，那时的超脱和大度道理实在简单，钱是父母的。

当家始知柴米贵。面对许多避之不及的现实，我脸上的笑容一下子就收敛了。一番"三三得九"、"六六三十六"之后，我家那尊原本就瘦弱不堪的金佛只剩了一个手指甲。没奈何，在人类没有发明喝西北风和穿阳光雨露衣之前，我们的经济权限就是那指甲了，我一半，妻一半。

我的惯例是买邮票。我不想与文学彻底决裂，而最方便的救命稻草就是邮票，捞到它我就总有一线生机，所以在这上面，我特别慷慨。对"邮票能铺出一条作家的路来"这一点，我深信不疑。我在问过了缸里是否有米之后，接着问到的一句就是邮票是否有存。

妻的积习是买零食，这是她最耐用的陪嫁，而且越用越花样翻新。昨天是饼干吃掉邮票四十，今天是香蕉歼灭邮票八五，明天是巧克力斥退邮票五八。任我捶胸顿足亦无济于事。事情还没有到此为止，被我救来的邮票，她又跑来"分一杯羹"，她竟也渐自悟出了邮票的妙用。

我噤若寒蝉也罢，啸若猛虎也罢，终是改不了饱受欺凌的厄运。也曾想过报复，可是我不行。一来我对零食颇多忌讳，生活已然够零碎的了，我还要把三餐再肢解开吗？二来我不忍心下口，在我欲有所行动时，总有一种感受：我是父亲，而她是年幼的女儿，我从至亲的弱小者口中夺食成什么样子。种种顾虑与尴尬，使我只能在"吃亏不要紧"的自我安慰中翻掉日历的一页又一页。

毕竟是夫妻。她决定从她的零食里拨出部分资金为我做点事：办一张报纸，不定期发行。因为我的心境阴云晴日难以捉摸，但有一点是可以肯定的，就是在我情绪不管怎样恶劣时，若有篇东西突然变了铅字，那么世界一下子就阳光明媚。若能在我发脾气之时，及时地发一件作品，旋即就天下太平，何乐而不为？

我到底是逊妻一筹。

有女如花

1. 女儿的照片

英国的教育家洛克说，"人就是一种模仿性很强的动物，是染于青则青，染于黄则黄的"。而"模仿"就是照某种现成的样子学着做，这里面有没有自己的意志、自己的个性，有多少很难说，大多数人心甘情愿地做自己心中偶像或榜样的影子，或盲目从众，从而最终失去了生命的鲜活和色彩，失去了自己。

女儿暖暖八月龄，常常就对着一件简单的玩具饶有兴味地玩上一天，我们特别奇怪，这件玩具实在看不出有什么意思，暖暖则一会儿拿在手上把玩，一会默默地、专注地望着它。我和妻便笑暖暖的傻气，笑暖暖缺乏好奇心，笑暖暖的原地踏步和不思进取。

我们在暖暖的相册扉页上题名曰"暖暖的旅行"，相册里会清晰地记着她成长的每一个足音，之所以称"旅行"自是我和妻的一个小小的愿望，盼着暖暖的人生洒脱、轻松、适意，路的两侧是无尽的景色，而她始终有的都是超拔的心境，远离生命的重轭，人生像旅行一样释然。我们也知道，这当然是我们的一厢情愿，暖暖也可能不喜欢，因为别人的设计总会让自己失去许多自由。

暖暖的赤子形象始终没有改变，她在每一张照片里，无所顾忌、一往情深地度过那些瞬间，我们以为这种瞬间有特色，有意义，应该留下来，也许暖暖却认为这些瞬间实在平常，与别的瞬间并无不同。照片中，找不到我们对她的影响，我们见到的只是扑面而来的天性。我们煞有介事，在她看来可能只似柳枝牵了下衣襟。展看相册的时候，我格外小心，生怕惊扰了她童稚的梦。

前不久，家族有过一次规模较大的聚会。暖暖漂亮、乖巧，给这次聚会增色不少，她成了其间的核心人物，婶婶的镁光灯时常就对准她。数日后，一家人坐在灯下品味这些照片，竟不约而同地得出结论：暖暖照得好，胜过所有人。再翻看暖暖先前所有的照片，竟也是一样，没有一张不好的。大家都说暖暖真聪明，真会照相。

我们这些成年人就大为逊色了，翻烂几本相册，似乎也找不到一张可心的，照片中的我们要么一脸庄严肃穆，要么手足无措，要么"强颜欢笑"，要么颇有"搔首弄姿"之嫌……照相时，我们怎么了？好像给人慑住，丢了真魂。

我能找到的自己最早的一张照片是十四岁时拍的，那时刚刚开始建起规范的学籍卡。我们排着队，依次到墙上挂的红布前照张相。那日我只穿了背心，同村的二子把他的上衣丢给了我，领子小得不行，差点没把我勒断了气。我在镜头前总是控制不住要眨眼睛，我太紧张了。摄影师没鼻子没脸地说了我一通，我就流了泪，现在拿起这张照片还见些泪迹。

我现在对照相也没有兴趣，就像在家里吃惯了粗茶淡饭，反倒对山珍海味多了种排斥的心态。我的影集中，很难找到自己的单人照，大都体现着集体精神，我则看不出其中的我哪里像自己。

暖暖的照片里有她的举手投足，有她的一颦一笑，她与任何背景搭配都显得和谐，好像她就该是其中的一部分，而且是最灵动的一部分，不需要装扮，不需要点缀，一切就那么自自然然的，没有那种夸张的美化。

弟弟说最不喜欢看我的照片，他说你本来长得挺可以的，怎么就照不出效果来，严肃得让人透不过气，好像总有人检阅你；我也不喜欢他的照片，在每一个镜头里都张大着嘴笑，似乎这个世界除了笑就没有别的，这是不是把生活作以简单化处理了，是不是有点异想天开了？总笑也是很累的。

暖暖的相册里，有一张是她骑在我的脖颈上照的，如果有题目，该叫作"孺子牛"。记得当时母亲极力反对这么照，照片是一种永久性的定格，母亲说她会骑你一辈子，我说一辈子就一辈子吧。暖暖的表情很平静，似乎没有作威作福的神气，也找不见若有若无的不安，她就那么牢牢地坐在那里，又牢牢地抓紧了我很难抓紧的短发。

评论者往往说张承志的《北方的河》标志着他的成熟，我则不以为然，我更喜欢《黑骏马》，后者弥漫着自由的空气，弥漫着最粗朴的纯真，而前者的技巧太过圆熟了。成熟，有时是可怕的。

暖暖的照片中，她是她自己，而非别人。原因很简单，八月龄的她，还不知道怎样模仿，怎样学会照相，她压根儿不知道何为照相。

我们则不同，我们懂得照片的照法，还懂得一些别的。许多东西都是人后天学来的，包括给自己戴上一副假面。

2. 暖暖之初

看来，真的注定是暖暖要来同我们结这场尘缘了。

我们同许多将做父母的年轻人一样，早早地、煞费苦心地在一种亢奋中为自己的孩子想一个响亮的、与众不同的、正好一百分的名字。

我突然想到"日暖"。

妻说这是一个女孩的名字。

我们又开始挖空心思为一个男孩设计称谓，可直到暖暖出生，我们一直一无所获，恰巧，是个女孩。

"日暖"：

其一，"林"与"临"谐音。暖暖出生时太阳很大，这样的情绪太炽烈，取名"日暖"，我们是盼望太阳多一种温和的暖意，更生动，更安详。

其二，人间亦有一枚太阳高悬着，不愠不火是最好的分寸感，我们遥祝自己的女儿一生总有祥和的"日暖"来抚慰、来照耀。

其三，李商隐《锦瑟》中有"沧海月明珠有泪，蓝田日暖玉生烟"句，这是大自然的奇境，我们今天说"日暖"，便有点古色古香，远古的太阳也来关注我们的暖暖，这不能不让人心上生出莫名的感动。

本以为为暖暖的来临所做的准备已十分周到，谁知事到临头，却还是措手不及。

结果，在某一次奔忙中错过了我与暖暖的及时谋面。待我汗飞如雨奔上楼时，暖暖已在一张婴床上静静地等我了。

妻到底是近水楼台，在产房（其实是手术室）已先行吻过暖暖了，麻醉剂并没有使博大的母爱有一丝一毫的缩减。

暖暖一落地便是清晰的双眼皮儿，大大的眼睛似乎从一开始就什么都瞧得见，暖暖的眼光能随着姥爷的手指移动。

暖暖的手指细细长长的，像妈妈；暖暖的指甲也生得圆润饱满，不像爸爸。

这样的手大概正是弹钢琴的条件，若暖暖真的走上音乐道路，我们是会很支持的。

我和妻会是挺不错的作家，我们的藏书也正日渐丰富。若暖暖对书没有兴趣，我们会觉得很遗憾，但这遗憾我们不会让暖暖知道。

暖暖的梦想始终要由暖暖自己变成现实，暖暖更该有自己的、真正属于自己的梦想，因此我们是不会干涉的。

暖暖，我们要建立一种平等关系。

暖暖，我们要做好朋友。

我和妻一丝不苟地轮流给暖暖写《暖暖日记》，我们会一直坚持到暖暖自己能够驾驭文字的那一天。暖暖已开始自己走路了，暖暖的第一个鲜亮的脚印刻在《暖暖日记》的扉页上。

我拟了一联：临日暖四时齐泰，慕文从三生同心。

这是给暖暖的，也是给我们这三个人的深切祝福。

3. "坏蛋"暖暖

暖暖半岁时，动作比先前灵活了许多。也就在这时，先时文文静静的她似乎又换了一个人。

她的好奇心简直永无止境，所有的目标她都感兴趣。一个花点，一个线头，一个晃动的饰物，她总要摸一摸、碰一碰。把我折腾得直想倒头便睡，而她正兴致盎然，令你气愤得不行，又感动得不行。

我们遇到了家在外地的年轻父母所遇到的普遍问题。孩子嘛，最好是找人看，或者是不得不找人看。我的工作轻闲一点儿，可以考虑由自己来。于是，我成了暖暖的保姆。

我们也知道暖暖不适合看电视，可暖暖活动的空间实在太狭小了，所以就允许她少看一点儿吧。可暖暖竟然不喜欢看电视。电视里每出现一个人头部的特写，她就大哭起来。一切对她都太陌生了。

这时我发现，除了好奇心之外，暖暖似乎还多了些破坏心。第一次接触电视遥控器，她就毫不客气地把它摔在地上，依我看那是她故意的；她撕碎了布娃娃的花裙子，还去扯它的金发；她真是个名副其实的"啃书本"——把书页撕下来，送入口中……

暖暖变得越来越不友好。春天来了，许多生命都开始活泼起来。那日，我居然在书桌上看到了一只行色匆匆的蚂蚁。我要教暖暖认识大自然，便把蚂蚁指给她，暖暖果然眼睛一亮。暖暖的纤指很有分寸地跟着蚂蚁的行踪，像蚂蚁的影子。我很高兴。可暖暖很快就不甘心做影子了，她突然出手。我毫无戒备。那只蚂蚁便赔了性命。这是暖暖第一次"杀生"。

有女如花

渐渐地，暖暖不再满足安静地坐在那里。等到妻一勺一勺地喂粥，她开始跃跃欲试，准备亲自动手。我们时时提防，但还是防不胜防，怕是再也没有比暖暖想做成一件事更专一的了。

一次，一只我和妻都喜欢的小花碗被她摔碎在地上。暖暖好像也愣了一下，她大概奇怪有些东西竟是那么脆弱。小小的暖暖与蚂蚁、瓷碗相比竟是强大的，轻而易举就打败了它们。近日，我和妻都挂了"彩"，成了"伤号"，伤在脸上和手上，出去时还得同人解释，这是我们的女儿暖暖小姐的杰作。

暖暖8个月了，还是太小，对什么都茫然无知。她何时学会善良、懂得珍惜了，我们才会长出一口气。

4. 女儿是个六龄童

女儿去姥姥家只住了几日，便吵着回来，这与她先前的表现大为不同，以往她待上几个月都有没有关系，我和太太去接她时，她还赖着不走。这次岳母只得送她回来。我去接站，远远地见她们下了车，可走到闸口时却被拦住了。我猛然意识到女儿该买半票了，这是此前我们从没想过的事情。女儿特别高兴，逢人便讲她补票的经历。

如许多现代人一样，我对脂肪也产生了一定恐惧。父亲带些肥肥的马肠过来，我们进行了一番较为彻底的"脱脂"之后才吃掉。母亲说马油不要扔掉，可他们走时又忘了拿。三天后我对太太说："扔了吧。"太太说："妈问起怎么说呢？"女儿突然接道："就说当水喝了。"这是以前的事，那时的女儿已开始想办法，只是她的办法还走不了太远。

女儿更小的时候，我给她讲过《两个朋友》的故事。两个朋友到森林里去，就在一个人拼命夸说自己对朋友如何真诚、如何可以和朋友共患难的时候，他们遇到了一头熊。刚才舌灿莲花的这个人，飞也似的逃开，三下两下爬上了一棵树，丢下朋友一个人悬在生死之间。在我讲到那个人爬树的时候，女儿插了一句："他可真像一只小猫咪。"这个故事没必要讲下去了，她不理解那个人的虚伪，更不会懂得"患难见真心"的主题。

六岁的她与五岁的她差别很大，不再抱怨我不给她梳小辫子，她甚至还曾经同太太牢骚过："爸爸是男生，根本就不梳小辫子，也不想学。"每天送她去幼儿园时，我总要极不安地低声对老师说："我不会给她梳头，麻烦您了。"现在好了，清晨的镜子前多了一个专注的小身影，我的一种尴尬也就画上了句号。

我同许多大男人一样，实在做不到天天洗脚。女儿开始重视起这件事情，我们两个也换了位置，由我督促她变成了她督促我。有一天，我特别不想洗，她见不可能说服我，也只得作罢，但她说："爸爸，明天我给你洗。"我敷衍说行行，之后就什么都忘了。第二天，女儿竟打来了水，我不答应她就哭起来，我只得听命。和女儿的小手相比，我的脚太大了。

女儿喜欢读书，也许有些太喜欢了。从很小的时候开始，她就一个人沉浸在各种故事里，我和太太都忙，也少有时间管她。她写作业更是主动，真的是个乖宝宝。偶尔她也有烦的时候，谁写作业都有烦的时候。那天，她兴奋地告诉我和太太她终于想到了一个好办法——如何快些把每字半页的生字作业写完。

女儿拉着太太去看她的杰作。与其说是她在写字，不如说是她在复制。她先把每个字的第一笔写上半页，第二笔再写上半页，如此这般，没一会儿她就结束了战斗。她的这点小聪明，真的让我们哭笑不得。我们不赞同老师这样给孩子留作业，而女儿用流水线的方式来应付显然更是大错特错了，她还不知道每个字都是有生命的，它不可以肢解。

不见人长，只见衣短。女儿在不知不觉中一天天长大，她也一天天懂事起来。记得一次她患上了胃肠感冒，吃什么吐什么，一天吐了十几次。每次吐之前她都拼命地忍着，太太告诉她想吐就吐，没关系，吐过再吃，女儿说那就浪费了，你们还得花钱去买，听得我的鼻子酸酸的；那天我送她去幼儿园，天正下雪，出发前我给她整理了一

有女如花

下书包，坐在驮架上的她不断地用手拂去我车座上的雪，可雪太大了，根本拂不过来，她的小身子索性趴在了上面，她说她不想让爸爸坐在湿车座上。

能有这样一个乖巧、善良的女儿，当然也会有一个幸福、骄傲的爸爸。

断水的日子

突然之间断水了，这令我们猝不及防。

此前，水像一个极守规矩的仆人，呼之即来，挥之即去。在这平常的呼喝的过程中，我们什么也不觉得，一切都似顺理成章，我们也就无从认识水的真正意义。

而这次，我们是实实在在地领教了一回水的厉害。断水的时间并不长，只是三昼夜多一点儿的光景，我们却表现出了一种从未有过的不安，甚至是恐慌。

第一天中午，面对枯竭的水龙头，我不得不同一位邻居一起"出洞"了。我们借了一辆三轮车，让两只特大号的水桶屹立其上。幸好断水的只是我们这个楼区，我们还可以出去求援。那个小区的门卫先是冷了脸说不行，毕竟人家的水也是走表的，又不好为了这两桶水另收我们的钱。为了水，我们只得低声下气地哀求，他总算同意了。

我和邻居谁都没骑过三轮车，身为知识分子的我们根本就不曾想过自己有一天也会同它打交道。回来的路上，水洒不断，我们连说可惜。进入自家的小区，我长舒了一口气，却不料就是这不合时宜的放松让我们的车一下撞到了墙上，水溅了一地。惋惜的心情让我们走出好远还在频频回顾。

小区门口卖菜的大姐知道我们闹了"旱灾"，在接了钱之后，并没有立刻递上菜，而是回身在自备的水盆里帮我洗了又洗，她真是个好人，我一辈子都会记得。那几日，我们吃饭差不多都是在外面打游击，同事怜我，一个接一个地请我吃饭。每在此时，我的心上总会生出一点浅痛，这恐怕是每一位接受救济的"灾民"都会有的一种心态和感受吧。

吃饭总还是一个好解决的问题，如厕就麻烦了。我们的城市已相当发达了，发达的一个表现就是抽水马桶的普及和公厕的减少。时下的公厕说是极少一点也不过分，很远也找不到一个。可断水的日子里，偏偏内急的次数似乎比平时多了好多，真让人哭笑不得。有一个下午，单位没事，但我还是去了，同事问及，我说在家里憋闷，就出来转转，而最真实的情形却是，我花了二十分钟赶来单位只是为了去一回厕所。同事当然猜不到这层，身在福中的他们怎会想到世间还有受苦的人呢？

再想到洗衣服，人的头就更大了。可女儿一如既往，不消几分钟便可以弄脏一身衣服。同一个四岁的孩子，我没法解释清楚"断水"这一问题的严重性，一如此前，我没有想到水资源真的像环保人士所说的那样耸人听闻，那时我没有被说服，他们讲的那些东西似乎与我无关，至少离我还很遥远，可现在，我感受到了一切。小女儿那一副无所谓的样子，让我怒火中烧。妻一句话也没有说，提起一大包脏衣服，顶着夜色去单位了。

第三日一早，居家男人的责任感让我再也坐不住了。我找出两只积着厚厚灰尘的10kg的塑料桶，坐在那里一丝不苟地用仅存的一点儿水刷洗干净，用去这些水是为了得到更多的水，我觉得值。上班带去，下班载回，20kg的水够我家生存一天的了。在把装满水的桶运回的途中，我的心中是一种莫名的悲壮。

在新闻媒体的干预下，物业公司同自来水公司的纷争暂时偃旗息鼓了。当我的一位记者朋友打电话把恢复供水的消息告诉我时，我一下跳了起来。我忙碌了一个中午，结局是我家能盛水的器物皆洋洋大满，决无一例外。

好在断水的日子只是三天，我们的耐力还能够承受，若是三个月、三年呢？我的脊背开始发凉。水真的是我们的血液，少了它，我们断无"生"理。我开始节约每一滴水。

不该对生活发脾气

过　年

　　也许只是北方还固守着传统，报上说广州等地的餐饮业春节期间十分火爆，特别是年夜餐早已被抢订一空，动作慢一些的竟寻不到去处了。为防止类似的事情发生，有些人干脆现在就把一年后的那顿年夜餐订下了。大家在上班的路上常要小跑，为了适应这种快节奏，看来"传统"也得改一改了。

　　我算得上是幸运的了。在满了三十岁之后，才独自过年。我原以为过年没有什么，不是说年节好过吗？这一天与别个似乎也没什么不同。在父母执意回家过年并几次欲言又止的时候（他们太想让我们一起回去了，只是念及乖孙女太小，受不了路上的辗转，才没开口），我甚至觉得他们有些可笑了。

　　父母走后，整幢楼的住户也相跟着走了，因为他们的父母几乎都离得不远，自然也容易回去团聚，更重要的是他们一直有这样的惯例。我家也有这样的惯例，每年到这个时候，我们兄弟姐妹都从四面八方赶回来，像雏燕一样依偎在父母的身旁，到后来我们都做了人父人母，也没有改变这种积习。

　　腊月二十九这天早晨，楼里除我们之外的最后一户突然找到我，说他要回老母家过年，可是他第二天却轮到值日，问我是否能同他换一下。我当然是答应了，与人方便自己方便嘛；况且我亦无事，过一个全然不同的年不是很有意思吗？

　　可一切并没有像我想的那么简单。这一日显得特别长，我在椅子上坐不住了，就到地上走，到最后走也走不动了。我只能靠那张报纸熬时光了，那张报纸我看了不下二十遍，但上面的内容我一点儿也没有记住。我总在想老家的年这时在做什么那时又在做什么。

我终于明白了，有些事是不容易被忘记的，而这些事常搞得你心比身还疲惫。年就是这样，它的惯例是热热闹闹，受不了冷清，冷清的地方也就找不到年的身影。这么说我是给隔在年之外了，还有那些南方人，年已失去了最初的意义，年只能火火热热地在自家的檐下过，没有第二种选择。

回来时，妻已做好了年饭。她的眼睛红红的，说是烟呛的，我也没有在意。桌上三个人两双筷子，女儿用勺。大家都没有胃口，她在努力地劝我吃。我一边哄女儿，一边胡乱地吃了一点儿。吃的是什么滋味也不知道。妻几乎没吃，我以为她是想家了。

妻的祖母去世了，就在这一天的午时。妻是在祖母家长大的，她对祖母的感情甚至超过了对自己的母亲。妻是怕影响我和女儿。我们哭了很久，后来我对妻子说："你回去吧。"

家里就是我和 18 个月大的女儿了。我始终没有忘了给女儿做饭、喂她吃饭，但是我自己吃了没有、吃了多少，脑子里没有一点儿印象。有朋友们的几次电话来，心上多了一点儿平静。但放下电话，我又回到了原来的自己。

女儿要么紧紧地拉住我的手，要么牢牢地搂住我脖子，片刻也不肯离开我。我的父母在这儿的时候，若妻也在家，我总是女儿的"第四个选择"，她不喜欢我的硬胡子。

望着熟睡的女儿，我暗暗地说："明年要好好过个年。"

热爱的意义

作为一名清洁工，她让人们觉出了太多的与众不同。也着蓝色工作装的她，颈上却多了条别致的丝巾，人一下就多了一种说不出的神采。遇到有居民走过，她并不像同伴们那样低了眉惶惶地避开，而是仰起一张化妆入时的明净的脸，柔声地问一句："您出去？"她要负责几栋楼，一天的辛苦可想而知，可每天在她收工时，人们总能在她的脸上看到明媚的笑意。一个同伴问她："为了把自己收拾利落，要起得更早，这值吗？我更愿意多睡一会儿。"她说："我觉得干这行也很荣耀，咱们也有理由同别的女人一样美丽。"

曾读过一篇名为《为自己减刑》的文字，里面讲到了公共汽车上一个年轻的售票员，说一眼就可以看出他非常不喜欢这个职业，懒洋洋地打招呼，爱理不理地售票，不时抬手看看手表，然后满目无聊地望着窗外。作者说："这辆公共汽车就是这位售票员的监狱，他却不知刑期多久。"人群中有肢残、智残之外的另一种残疾——人格精神的残疾，此类病者不知何为感动，不知何为热爱，对人对事一团冷漠，他一直囚禁着自己，所以走到哪里都没有自由，他被隔绝在一切快乐之外。

前不久，本地一名大学生从五楼的教室毫不犹豫地飞身纵下，却只因一次求爱未果。他的父亲从千里之外的乡间赶来，抱着儿子的遗体不禁老泪纵横。这位健康已严重受损的父亲一直靠赶马车给人拉货度日，儿子高昂的学费只能从口里节省，只能靠低声下气地求借。儿子高考前，父亲被砸成重伤，卧床的那些时日他没有告诉儿子，只是为了不耽搁他的功课。儿子接到录取通知书的那一天，父亲高兴得像个孩子还流了泪。可今天，那个无知的人想都没想就把那张叫做生命的单程车票撕掉了，他没能做到热爱他的父亲，也没能做到热爱这个世界。

一名青壮男子骑马要到河对岸去，可那匹马却在水边使开了性子，无论如何就是不肯过河，男子只得四处寻人帮忙。他终于找到了一户人家，但推开门就立即失望了，床上只有一个病卧的老妇。她听清原委之后，就说："你把我扶上马背。"当这个颤巍巍的老妇坐上马鞍，奇迹出现了，那马立时就变得乖巧可人。男子大惑不解，老妇说："道理很简单，你把它当作一匹马，我却把它当成自己的一个孩子。"

有人问登山家，冒了生命危险去攀那一座座山峰，究竟是为了什么。登山家说："因为山在那里。"太多的人不能理解登山家的"怪癖"，因为他们读不懂登山家对山的热爱。热爱可以在不自由中寻找自由，可以在不快乐中寻找快乐。或许我们常摆脱不掉一种苦楚的捆绑，或许我们总因为什么愤愤不平，或许我们偶尔失望多于希望，这时我们不妨去叩响"热爱"的门环。那扇门里扑面而来的必是最生动、最温暖、最亮眼的阳光，内心再无一丝荒凉。

尴尬往事

那时已临近高考了，老师没有像督军一样催我们更加紧锣密鼓地磨枪，而是想方设法地让我们放松，安排那样一场篮球赛正是基于这种考虑。男生里只有我一个不会打球，我们这一队缺的这名队员就换成了我们的班主任。班主任问了几个常识性问题，觉得我回答得还可以，之后我的权力就大了——成了裁判。

比赛很快就开始了，双方各施绝技，场面很是好看。我们的班主任已是近五十岁的年纪，可拼抢起来竟还常常占上风，他体力不弱，又经验多多。我这个裁判也表现不差，走步、撞人、三秒都吹得像模像样儿。比分交错上升，双方难分高下。一长段时间之后，大家的体力都消耗较大。找了一个空当儿，班主任跑过来问了一句："到时间了吧？"我看了一下表说："还没有。"他又杀入重围。当他第三次跑来问我时，脚步已明显有些零乱，其他队员情形则更为狼狈。我说："上半场还有五分钟。"

大家的脸上满是惊讶。班主任说："不可能吧，我好歹也是个老运动员了，打半场球从没这么累过。"我把腕上的表举给他看，他立时就明白了："你说半场球是多长时间？""不是四十五分钟吗？"大家一屁股坐在地上："你说的那是用脚踢的球，今天的这个是用手玩的你没注意到吗？"我一下傻在那里，回过神后就开始四处寻找自己能钻进去的地缝儿。

读大学以后，我的功课很好，各科老师也喜欢提问我。宋词一直是我钟爱的，再加上"落花人独立，微雨燕双飞"一经我们那位可爱的老师吟出，便多了一种极特别的余味，我们一直觉得他就是为讲宋词而生的。这一次是讲李清照，而且有各级领导来听课，坐了满满一屋子。室内温度一点点升上来，我的头脑一点点混沌下去。也不知过了多久，似有一个来自天外的声音在唤我的名字，我开始惶悚地站起来，同桌指给我："老师让你读这首《声声慢》。""寻寻觅觅，冷冷清清，凄凄惨——惨戚戚……"我的下文被满堂大笑淹没了。老师失望极了，他摇摇头让我坐下了。

我知道这节课对我的那位老师很重要，我是能帮着做点什么的，尽管微乎其微，可是我最终只帮了个倒忙，虽然他后来还是拿到了那次公开课最好的名次。那位老师很快就把这事忘了，因为数年之后我重提旧事时，他听着像是说另外一个人，可我一想起这件事还是觉得对不起他。有了这次尴尬之后，课堂上我的眼睛总是圆睁着，觉得有些懈怠有些坚持不住的时候就狠狠掐自己一把。然而丢脸的事，到这时还并没有了局。

前日，妻应女儿的请求，给她买了几个核桃。此前，我只闻其名，未见其形，至少是未拿到手上端详过，下班归来我一下就注意到了这包物什。"核桃"——"桃核"，南边的人真会做买卖，略施小计换个名儿，就把自己吃剩的东西又拿出来换钱。在我的想象里，生着"核桃"的大桃的桃肉被一只只馋嘴香香地吃掉了，我自然因之心气难平。

在我给妻和女儿讲述自己的气愤并大说"就有你们这样的人上当"时，这两个人立刻笑作一团。良久，已笑出眼泪的妻终于忍住了，她决定让我好好长长见识，接下来便给我讲了二者之别。我总算明白了：一个是水果，一个是坚果，它们连远亲都沾不上，就更别提什么是一家人了，而且本地的山里就出产核桃。看来是我误会了，是我异想天开了，尤其还因此看低了"南边的人"更不应该。六岁的女儿还在一边不失时机地做起了助教，那一刻我窘得不行。

看来，丢脸的事我真做了不少，特别是在一些"常识"的门槛前也栽了跟头。其实人若多一份细心，多一份热忱，许多尴尬就可能

不该对生活发脾气

避免。但是忆起曾有的那些尴尬时我并不后悔，因为那里面总有一个真实的我，至少比这个似乎在许多人面前无所不晓、无所不能的我更真实。

杀手生涯

　　我现在已不能确知自己做杀手最早是在哪年了，想到这个题目是因为看到了女儿惊骇的表情。我把一只行色匆匆的蚂蚁赶到她面前，她便目不转睛地盯牢它的每一个活动细节。女儿才八月龄，动作还极不灵便，她试着阻挡蚂蚁的去路，可是因为一个跟跄那只小胖手整个压在了它的身上，蚂蚁立时丢了性命。女儿一下愣在那里，她没想到自己这个友好的表示的背后竟是一场杀戮，那一刻我看出了她的手足无措。

　　我的童年时代是在乡间度过的，最初做杀手的时间肯定比女儿还要早，因为乡间是一个生命样式远比都市丰富得多的世界，人的任意一次举手投足都可能会干扰一种生命的自由，很难说清什么时候我一脚下去踩死了多少比蚂蚁还要小得多的爬虫。稍长，我自然成了蚊子、蝴蝶的杀手，到我掌上的它们鲜有幸存者。蚊子可恨，杀之则后快；蝴蝶虽然美丽，但据说它们都是一个个骗局，对它们当然不可手软。我一直对蟋蟀和蜻蜓另眼相看，没有蟋蟀的低吟乡间的夜晚就不是夜晚；没有小飞机一样的蜻蜓在晴空下荡来荡去，乡间的秋日就不叫秋日。所以这两种小虫我并不讨厌，也绝不去伤害它们。

　　让我陷入无边追悔的常是记忆里的那个少年。他皮肤黝黑，眼睛发亮，被推为那个小集团的领袖。他有几十副夹子，每一个夏日他都收获颇丰，都会引来无数艳羡的眼光，一种神气差不多贯穿了他少年时代的所有情节。有些情景，他一直津津乐道，比如某一次他一副夹

不该对生活发脾气

子竟同时捕到了两只争食的鸟；某一次他赶到时，那只说不出名字的大鸟还在那里挣扎，他费了好大的力气才把它弄死……同伴们越是频频点头，他便越是得意。那个凶狠的少年便是我，往事历历在目，每一次想起我的心都会恻恻地痛。今天的故乡已再难听到昔日的鸟语了，这里就有我的一分罪过，我不敢忘记。

那以后整整十年，我未做杀手，直到那一年我登岳父的家门。还不是岳父的岳父像个城市里的渔民，从室内布置上看，怎么看怎么像一户渔家，或张或挂极目全是渔网。我的手又沾血腥是因为他递过来的一盆欢蹦乱跳的鱼，我知道不可推辞。这是第一次上门，更何况婚事还在两可之间，我的表现显得特别重要。端上桌的鱼味道很苦，妻说苦胆没摘干净，多训练几次就好了。那以后，收拾鱼便成了我的一门必修课，鱼不再苦了，因为我已是一名熟练的杀手了。婚后，我总是在菜市场"现杀"的招牌下选定一只鸡或一条鱼后便急急走开，待回来拿时心上会坦然一些，到底不是我做的。那还会是谁做的呢？我意识到了自己的一点虚伪。

那日同几人吃饭，一个朋友对所有的肉食都不动一筷。他说是谁给人的特权，两条腿不吃活人四条腿不吃板凳，想吃谁就吃谁，从某种意义上说人就是一种食肉的恶魔；他说他要做一个素食主义者……他的话招来的是一浪高过一浪的怪笑。我不想做素食主义者，我知道那样也于事无补，在我们大食植物根、茎、叶、花的时候如果肯竖起耳朵，必会听到数不清的呻吟，那同样是一种深沉的抗议。我们注定都是杀手，都是罪人，不过有程度轻重之别而已。只有一生拼命做个有益于时代的人，才是在拼命地挣脱杀手生涯，才是在拼命地朝着善的方向投奔。

碗碴，洋辣罐儿及其他

男孩子从不照镜子。

我第一次照镜子，在里面看到的，已是一张成熟男人的脸孔了。那以后再看到弟弟用心地扎蝈蝈笼子，就觉得好笑。说心里话，若有蝈蝈跃入我的掌心，我都不会理睬。

二十岁以前是在乡下过的，一边读书，一边劳动，所以常以半个庄稼人自诩。可这次回来，却给了我不小的震撼。也就是几年没摸的农具，现在竟用得笨手笨脚，气喘吁吁了，这是我始料不及的。看见五十几岁的老父，担水如飞，我不禁暗暗吐了舌头。我当时还在想，在这上头，我应该是个外行嘛。可经历了后来的两件事，我便不这样想了。甚至让我找到了这许多年一事无成的原因。

外甥女春娃五岁，姐家附近没有同龄孩子，所以常常见她孤零零一个人在一处玩，却玩得极有兴致。那日我从她身边过，一种景象简直让我惊呆了。这儿竟有一个碗碴儿世界，各式各样的碗碴儿，都进行了严格的分类，其中是能见到许多匠心的。乡下的孩子没有玩具，也少有父母过分关心。有些乐趣是要他们自己找的。玩碗碴儿就是一样儿。春娃表现出极庄重的态度，快乐烧红了她的桃花脸。

我拼命地回忆，在路边或者某个角落，都没有见过一块碗碴儿；而且我在做事时，近乎是除了枯燥、乏味，再没别的感受了。

我是喜欢一个人在郊外逛的。这次回来是春三月，田野还没睡醒，脸上也还没有涂上春天的脂粉。远处是一群孩子，正伏在黑土上，我蓦然记起，这是找洋辣罐儿的季节了。随即嘴里也似感到了那甜丝丝的滋味。我是西装革履，很费力地弯下腰，竟是一无所获。看看旁边的孩子，都是一身泥土，可手里已攥了满满的一把。看来，我空手而归是天经地义的了。

我曾给自己设计过许多美妙的前景，然而它不久便一个一个远我而去，对此我只能无可奈何地叹气。我无力把握很多机会，只为我过分注重形式而忽视内容，有的只是浮躁，少的却是一种韧的精神。长大以后，我常以为许多是孩子的事，许多事带孩子气，遂嗤之以鼻，做深沉状。殊不知，越是我全心学着做的东西，反倒是我不需要的；越是我不屑一顾的东西，却正是我缺少的。这是怎么回事？

还记得儿时在雪地里疯跑的情形，那时我穿着露着脚后跟的棉鞋，日日在寒风里飞来飞去，脚不冻不说，连感冒都一次没有过。后来，我也阔气起来，蹬起了皮鞋，可是每个冬天，我的脚都要冻伤，而且感冒起来没完没了，像吃家常便饭。人长大了，生存能力却大不如前了。

一直以为吃药片是件滑稽的事，吃什么不好偏去吃它。在当时我真的不知道药是何物；更不相信它能让人摆脱痛苦（其实连痛苦是什么，我也没体会过）。现在情形不同了，我的床头，总摆着胖胖瘦瘦的瓶子，里头是花花绿绿的药片，随时用来有效或者无效地对付我的苦恼。

我终于能够悟到，成长的岁月，让我对世界有了一个深层次的认识的同时，也在另一个侧面，让我变得麻木，失去许多原本最轻而易举的分辨能力，我还学着蚕的样子，用茧把自己包裹起来。只是我不是为抽丝，而是为了让别人看不清我的面目，让自己看不清自己的面目。细一想来，人真好笑。

还好，我又开始铭记那些碗碴儿和洋辣罐儿们了。

碗碴，洋辣罐儿及其他

家有长姐

姐一直有做王的愿望，尽管她的臣民只能是三个小弟，可我成了姐这种最初的自我实现的第一块拦路石。父母忙，五岁的她就开始照顾一岁的我，但我并无感恩之心，大一些后，她的每一次管束都会遭遇我的对抗。有关断掉的烧火棍的旧事，在我们都成年之后，还屡屡被她提起。父母去山里买木材了，爷爷碰巧也出去了，那次我们冲突得极为激烈，起因不外乎她要给我捉虱子，我偏不让。我用烧火棍来对付姐的腿，事实证明还是姐的腿硬一些——烧火棍断了。在姐的叙述里还有爷爷对我的"深刻"教育，他还专门列举了几辈知孝悌的古人，可惜我什么都不记得了。

姐读到初二便执意辍学，她环顾班级发觉自己的个子最大，功课却不最好，其时老师爱用"傻大个儿"来挖苦那些身高与学习成绩极不协调的孩子。姐的功课还好，可她还是惧怕那一种概括。我觉得姐回家务农，是家里的贫穷让她再也看不下去了。每年我家都是最后从队里领回口粮，被人挑剩的口粮里有很多杂质，每餐姐都要从自己的碗中拣出十几个小石子。姐说"再上学，宁愿死"，家里就同意了。学校里少了一个学习很用功的大个子女生，队里多了一个披星戴月、多苦多累都不吭一声的新人。姐的个子在初二以后没再长。

姐爱唱几段《梁赛金擀面》，这则兄妹历劫相认的故事被她演绎得荡气回肠，听了让人觉得姐就是整个事件的见证人。姐善良、美丽，是个人见人夸的姑娘，她也并不缺少两小无猜的玩伴，也许是因

不该对生活发脾气

为她的"太好"反倒使许多人望而却步，而她更不肯说出自己的真实想法，婚事因之被动起来。在已逃出了"父母之命，媒妁之言"的时代，姐却因袭了旧制。姐夫倒没什么不好，人踏实，有情有义，更一门心思待姐。父亲说："你姐孝顺，可是她太听话了。"我们兄弟三个的婚姻，父母都曾反对，但都反对"无效"，现在看都还算幸福。

姐在三十八岁的时候又做了一件傻事。在女儿天舒十四岁之后，姐又为她生了个弟弟凯传。我们曾苦口婆心地劝过，但都没能说动她，她表现出了异乎寻常的决绝。这件事她酝酿了好多年了吧，她居然一直怀有给姐夫"留后"的热望。她说在乡下，没有儿子就会被人欺负，而有了儿子心里就有了底，你看马家的哥儿四个就敢霸下这儿的半个天。说这话的人好像生活在一个久远的时代，我觉得很陌生。那是一个现代文明渗入不多的小村，坏事干尽的那个人做着联防队长。我在校园里学到的那点知识，此时派不上半点用场，也就噤了口。因为家里繁忙，天舒只得去二舅那里远读，姐把女儿送出村，归来时一路落泪。

每次我们回乡，姐都塞给我们的孩子一些钱，说是做姑的心意。她家的日子很不容易，我们不拿她便流泪，这让我记起小时候姐总把她积攒的硬币给小弟买冰棍糖葫芦什么的，而她只站在一边看我们吃的情形。许多年，一直是姐给父母过生日，这类事是近些时候我们兄弟几个才重视起来的。姐常给父母买衣服，尽管乡间没有太好的质料，但父母穿得干净、漂亮。同她相比，我们太过粗心；同她相比，我们满心愧疚。

第一次在电话里听到姐的声音感觉很陌生，因为我们从来没以这种方式交流过。以往她总在电话边吃力地听姐夫与我们通话，可待我说我要和姐说两句时，每次她却惯于说告诉他我不说了，都挺好的。我能够想象她当时的紧张与局促，肯定是拼命摆着一双粗糙至极的手，这双手曾剪出无数绝美的窗花和笑声。我也就不再坚持。那天，我拿起听筒，对方震耳的声音吓了我一跳，惊魂稍定才弄清，"陌生人"原来是姐。她在打手机，电话打得极为熟练，她说她总有说不完的话。这之后要么三天要么五天，就会有姐透亮的嗓门儿在我耳边骤然响起。

前几天，姐的脚踝又疼了，那是那年她为我掏鸟窝儿留下的后遗症，我特别想看看喳喳叫却高不可及的那群雏鸟是什么样子。姐要顺着一根斜撑的圆木爬上屋顶，结果她在要到未到时摔了下来。从那以后，只要稍一着力姐的脚踝便痛不堪言。

歌手建民

建民是我的大弟，中学时代他的辉煌让我望尘莫及。那时，建民是本校著名的歌手，每次只要他登台别人就没有拿第一的机会，我用的所有精致的本子都是他唱歌或演讲得来的奖品，每次当我提及本子要用完时，他都会说："别急，又快有歌咏比赛了。"其时我一方面有所期待，一方面脸上也有些发热。

限于条件，他学歌，都是从广播里听。一首歌播过一两遍，他便会了，他唱出来几乎不差分毫，他在这方面确有天赋。他从不羞口，让唱就唱。一次在露天电影开演之前，他竟同本村公认的歌手打起了擂台赛。建民因获胜，险些挨打，那输掉的一方脸上实在挂不住了，四十年来他还没丢过这样的人。

认识建民的不少人都说，国家怎么还不来招歌星，若来立刻就会把他选走的。小村闭塞，建民超群的歌喉只能托付给山石明月，我们一直在替他惋惜。直到现在，一遇中央电视台有歌手大奖赛，一遇有并不比建民高明的选手拿了大奖，我就会为他叹一回气，可此时他的嗓子早被各种应酬和烟酒撕扯得不成样子了。

家里有了电视以后，曾有那么两三年的时间，我们一直在坚持做一件事情，那就是一起记歌词，确切点儿说是我帮他记歌词。我记一三五句，他记二四六句，我们依着顺序拼在一起，就是一首完整的歌。冬夜奇冷，躲在被窝里倒也无妨，可歌词记完了要走出四五米远关电视，他不想吃这个苦，又不好总让我去。尽管我是大哥，但到底我是在帮他。他想来想去终于想到了一个好主意，那就是在电源插头上拴上一根长绳子，不用电视时在被窝里用手一拉就成了。

我们就读的那所中学有一台录音机，但这台录音机归校内唯一的一位英语老师专用，确切点讲是归他的夫人专用。他的夫人喜欢唱"二人转"，每天我们从她家门前走过，都能听到从录音机里传出的很拙劣但特别响亮的唱腔。建民说真是浪费了，言语之间有愤愤不平，也有强烈的羡慕。

读高三那年，我病休在家。我同家里说，学英语很重要，而买台录音机对于学英语来说也很重要，父母便满足了我的愿望。但这台录音机我基本没用过，每一张磁带里都灌满了建民迷人的歌声。开始母亲还有些不高兴，问我："你不是用它学外语吗？"后来就不怎么说了，亲朋好友听了建民的录音之后，都夸说母亲生了个了不起的儿子，母亲便笑得合不拢嘴。建民读高中离家后，母亲让那个小院每天都飘荡着她二儿子的歌声。

我长建民两岁，但从外形、从成熟程度上看，他更像是我的哥哥。高考这年，我因提醒一个同学不要在教室吸烟而得罪了一个功课极差、专门滋事的同学，这个同学发誓说要给我好看。我并未在意，但建民说这你得当回事，可我还是不久就把此事忘了。我从考场出来，建民问我考得怎样，我说挺好，他说挺好就好。后来我才知道，那个同学先后同建民较量过几次，都没讨到半点儿便宜，就又把报复的时间选在高考这天，反正他自己也不想参加考试。来到考场门前，当这个同学抬头看见怒目圆睁的建民的时候，他只得取消了自己的所有计划。我不知道勇武地立在门前担当卫士的建民，还是不是那个有些矮小、有些瘦弱的爱唱歌的孩子。

前几天，建民来电话说他露了一次脸。几个单位联合搞了一台晚会，在组织者到他的单位统计节目时，单位领导很犯难，也没问建民就把任务交给了他，建民年轻，唱不好还唱不坏嘛，要紧的是本单位有人参与。建民说他唱过之后，场上先是一小段寂静，接下来是雷鸣般的掌声，经久不息。领导说建民你有这本事怎么早不说，这时建民在这个单位已干了三年。建民打电话时并不兴奋，相反我能听出一种苦涩来。

　　如今建民家的歌碟堆成了小山，却没有一张是他唱的，歌碟也早积了厚厚的灰尘，他说他对它们已失去了兴致。他是个铁杆电视迷，他的头把床头磨掉了一大块油漆，却不是因为歌曲，而是因为足球。

诗人老三

待老三建勋成长起来，乡间的童年已变得极为寂寞了。早年一望无际的柳条丛，其时已荡然无存，在事隔多年我和建民大讲一桩桩柳条丛传奇的时候，他便会睁大眼睛，好像听一段久远的故事，脸上写满了神往。挎一篮新出生的毛茸茸的小鸭子去寻找蝌蚪，成了老三儿时最重要的使命，那时他当然没有什么环保意识，每次鸭子们在溪里吃得快活，他仰在草滩上看蓝天流云，几年乐此不疲，似乎还真有一点诗人气质。

幼儿期的老三异常聪明可人，长睫毛足以令所有人自卑，熟悉的和不熟悉的大人见到他都禁不住要过来抱一抱。隔壁的崔振海长老三两岁，大人的举动极大地引发了他的好奇心，他也伺机抱了老三一回，只是那时的许多小男孩手上常拿一把小刀子，崔振海也不例外，那把小刀子在老三的胳膊上留下了一个永久的纪念。

老三的好奇心一点也不比崔振海少，甚至更多。一次邻家花狗生产，他见几只小狗都牢牢地闭着眼睛很是纳闷，就想把它们抱出来看个究竟。可窝里的母狗却不配合，在老三刚把小脑袋探过去的时候，母狗便狠狠地咬了一口，洞穿了老三的鼻翼，疤痕至今仍至为分明。

老三的功课很棒，可考学之路却不平坦。初三他读了三遍，为的是考取中专，其时只有佼佼者才可如愿。老三像一个阅尽沧桑的诗人，失败绝不能把他掀翻，相反会让他多一次微笑。我却没有他的耐心，反复思摹问题的症结所在，但一无所获。最后，我帮他改了一个名字——林恒举，"恒"是"永远"，"举"当然是"高中"，我总算尽了一点当哥的心意。这个名字老三只用了几日，就脚印一样被他随意扔到了某个不可知处。有一年，我和老三正走在人头攒动的街上，突然有人在街对面高喊："林恒举。"那个人是在叫谁？我们并未理会。这个人几步奔过来，一把抓住了老三的手："林恒举你不认识我了?"诗人老三抽回了手："问题是我不认识林恒举。"来人很惊诧，我狠命想了半天对老三说："你就是林恒举。"

　　读中专时老三学会了跳舞，各种各样的舞，他专门学了一回培训班。他说在舞里有又更真实的自己，跳舞比该死的功课好玩一千倍。看来他对学习表现出来的那种痴迷，纯属惺惺作态，哄老爸老妈开心，他自己早烦透了。老三喜欢上了熊兴农的字，假期回来，他把我手上的那本借去了，后来他来信说字帖丢了，我很心疼，此后想方设法试图再买一本，却无结果。老三在他中专时代的最后一个学期开学时，又带走了我极喜爱的那本席慕蓉的《时光九篇》，此书在席的作品中更见功力一些，可之后老三对此书绝口不提，我感到事情不妙，去信问："又丢了吗?"他回信说："正是。"我从未去过老三家，我不希望他家的书架上大张旗鼓地摆着我那两本书。

　　也许是《时光九篇》起了作用，老三迷上了诗歌；也许是老三迷上了诗歌，他才意识到了《时光九篇》的佳处。总之给我的每封信里都多了一叠诗稿，有时干脆只有诗稿没有信。与此同时，他又陷入了一场恋情，并最终成就了一桩遥远的婚姻。迟子建写过那个白银纳，对一般人来讲，都是梦一样的遥远。老三则拼命夸耀那里的山川秀美，讲他一段段钓鱼的掌故，总之那是一个可以大面积种植诗歌的地方，我听了自然会流些涎水。

　　老三的职业是教师，但他的学生里有几个特别过分，不仅对他的一番苦心熟视无睹，甚至把学校也不放在眼里。一次老三在课堂上批评了一个同学，下课后还没待诗人在办公室坐稳，那同学就拉了校长来，他自己则一屁股坐上了桌子。该同学一边吸烟一边指着老三严厉地对校长说："你把他给我开除。"老三笑了，他慢条斯理地说："要想办到，你还真得好好学习，等当上教育局长，你再说也来得及。"

回家后，老三写了一大组讴歌校园的诗，很少有人知道他除了是一名光荣的人民教师，还偷偷地写诗，还偷偷地发诗。

一次老三一家到我这里来，我们一道去逛公园。公园里多的是人的创造，少的是天工，侄儿林乔却喜欢，根本就不想出来。老三走过来，很熟练地给了儿子一记耳光。我狠狠地训了老三一回，诗人红涨着脸不置一词，显然是并不服气。老三身上担着各种角色，角色与角色之间纠缠不清，让我觉得他已变得有些陌生了，那个遇到一棵草一朵花都停下来都要端详一大阵子的小男孩，真的只留在我的记忆里了。

揽镜自照

父亲的军旅生涯因我结束。那时他已做了班长，母亲说探家时父亲看到刚刚落地的漂亮的我就下了复员的决心，我相信他看到了家里的艰难才是退伍的主要原因。多年以后在听说那个副班长当了军长时，他轻轻地叹了一口气。我知道父亲是留恋那身戎装的，做军人时的那些照片，他一直珍藏着；连给我起的名字也与此有关，可惜后来让我改掉了，我担心重名率太高。父亲做了近四十年的教师直到退休，他没有走另外一条也许更辉煌的路，我要承担一定的责任。

父母对我的疼爱真的多一些，姐姐和弟弟对此很有意见。这些倒没有表现在物质上（也就是我没吃到穿到好的），而是在情感倾向方面。我听话，从不惹祸，又热爱劳动，至今我的脚背上仍残留着一些伤疤，最早的可以追溯到我三岁，那时我便趁人不备，拖着"二齿子"去翻园子，结果有好多次都翻到了自己的脚上；最晚的则是我已登上大学讲台的第四年，那个假期我照旧回乡割麦子，脚上又多了一次劳动的纪念。那个捡硬币的梦，我曾重复了无数次：一枚，两枚……每次捡到第十枚的时候，我就会在梦中告诉自己别再捡了，又是一个梦。捡钱，表明了我对家快些挣脱贫困的热望；只捡硬币而不是大面值的纸币，恰好说出了一个孩子的眼界。第二天早晨在我说又做捡钱的梦时，父母总是沉默。

在早恋的年龄，我曾喜欢过一个女孩，并且知道她也喜欢我。她是我的初中同学后来又一起读了高中，只是不在一所学校。自始至终，见面时我们聊的都是读书和学习，包括在影院里话题也未出格。不像现在的一些孩子，该说的不该说的都说了，该做的不该做的都做了。"放荡的青春之花必结出悔恨之果"，我愿意以至真至纯之心为那段柔情保留一块领地，那时我们真的不懂爱情。婚后，妻数次拷问我是否有"前科"，我都坦然说"无"。前阵子，那位女生带她的儿子路过这里，她在电话里说"离开车还有三个小时"。我并没有去看她，我知道这么做很可恶，但可恶却有可恶的理由，这种可恶对我们各自的婚姻都是有好处的。

读高三的时候，学校组织了一次体检，结果一中多了一个绰号——"结核"中学，全校师生中竟有60多人患上了肺结核，我也在其中。休学在家的日子，母亲每天都为我做上一顿鸡蛋糕，这是家里最高的营养标准了。我的身体恢复很快，可是对功课全无兴趣，而是突然发疯般做起了发财梦：钱真的是太容易赚了，你可以从一直被视为废物的人尿里提炼价格昂贵的尿激酶，你可以在身边的动物身上小投入大回报培植牛黄狗宝，你可以淘金一样轻而易举地提取胆红素……我的书桌上由原来的题海书山变成了推不开揽不开的暴富信息。父母苦劝了三天三夜，我只得答应帮他们拿个高中毕业证回来。

考大学并不像想的那么难，我又得去拿一个大学毕业证。数年的大学生活，让我狠狠地领略了一下什么叫作自由。我的自由就是一个人躲到角落里埋头文字，不看窗外，不看世界。大家都不相信我能写出小说来，我也不愿意抬头看一个又一个冷笑。一有空闲，我就去看操场的夜色，这时狂欢与拼杀已远，操场的夜色是一池静水。再幽闭的窗子也会有爱情的阳光俯冲进来，她说："有志气的人常会招人笑的。"知音破门而入，招架不住，只得举了白旗，听任摆布。我从没送玫瑰给她，她还是成了我志同道合的妻，她也钟爱文学创作。老天待我厚道，他老人家与我的见解也惊人地相似——爱情与浪漫无关。我坚信："当一个人的满足与安全变得和自己的满足与安全同样重要的时候，爱就存在了。"总之我多了一处饿了可吃困了可睡受伤了可以得到抚慰的名唤婚姻的佳境。

在一篇小说的开头我说："其实命运就是一粒苍耳的孩子，在你行走或奔跑的某一个片断，悄悄牵上你的衣襟，待你发觉为时已晚，或者干脆自始至终你对此一无所知。"泯然众人的我，能够站三尺讲台课徒，却做不成名教授，每届200余学生觉出得遇良师的十不及一二；能够比较轻松地发上一些作品，出报进刊却注定与名作家的名分无缘，只能在"等"外徘徊。妻嘱我就做一只鸡腿，鸡肋弃之可惜食之无味，鸡脯肉厚却味如嚼木，凤翅凤爪名即不俗不妨敬而远之。鸡腿可吃，有肉，味又不差，倒也是一种比上不足比下有余的像样活法。尚有事可为，一想心上释然，能做个不错的儿子不错的丈夫不错的父亲不错的职工不错的公民，我也许就是自己的圣人。

不该对生活发脾气

林语堂云："人类的快乐是感觉上的。"人生亦如草木，须历春夏秋冬，这是大自然赐予的节奏和韵律。而人到底是万物的灵长，足以令万物仰视的是人能更加清楚地解读自己。这"解读"就是"感觉"，就是"品"。

不论是圣贤还是草民，不论是英雄还是小丑，都是一列疾行的列车，遵循着同一轨迹，即从始发至终点。然而，究其细微，人与人竟是千差万别，正如面对黄叶，有人会想到考察气象，有人会想到人的暮年，有人会扫起生火。我们不便品头论足，一切都顺理成章。这是人对自身命运的品尝方式。

战争已离我们远去了，和平时期便再难把人严格地区分为"好"与"坏"，许多界线都变得模糊不清。尤为严重的是，时代更加看重效率和改进，这导致人人都把自己忙成一团，失去了彼此照看和监视的机会，人生变作一杯酒，摆在每个黎明或黄昏，等他自斟自酌。其中的滋味除了自己还有天知地知。品味人生，是另一种意义的自觉查考，简易地说便是：看你自己的了。

人们都有一个怪癖：易于铭记坏的遗忘好的，所以很轻易就做出了"世风日下"的结论。的确有一些人被花花绿绿的物欲击沉了，的确有时正义跌入血泊，而邪恶站在一边狞笑，可是大多数人仍在洁身自好。一些人会迎着凶险前行，另一些人则留在原地一脸苦色、心上不安，还有一些人当了逃兵，为余生备下数不清的羞愧。人们终究找到了一面属于自己的镜子。淡品人生，"淡"，不仅是超然风度，而且是人们留给自己的冷静。所有人品味人生的结果都是一致的：我们欠世界的太多，谁也没有理由沾沾自喜。

人们不可避免地演着自己的戏，悲哀的或是欢乐的。十七世纪印象派大批评家金圣叹，曾计划出了"不亦快哉"三十三则，历史潮涨潮平，一切都留在昨日。人们在一种迥然不同的环境里日出而作、日落而息，不约而同地寻觅着"不亦快哉"。有人找到了，有人没找到，这就是人生，这就是那段艰难的航程。

人生还似一支针剂，在进入社会的脉管之后，会程度不同地影响着它，有的驱掉了病变，有的带来毒副作用，有的什么也没带来。倘我们的人生是后两者，那么我们只有在那张一次性消费的履历表上记上这样四个字：无效生命。

最后，让我们一道心平气和地淡品我们的生活、我们的世界，并一道暗暗给自己一个决定：不再对生活和世界发脾气。

想买电脑

有一个想法似乎一天比一天热切，那就是——买电脑。广告词上讲"赶时髦不如图实惠"，我认的也是这个老理儿。所以这样的念头与时下的电脑抢购风潮无关。

从刻刀到毛笔，从毛笔到硬笔，再从硬笔到电脑，人的步子越迈越大，越迈越坚实有力，有幸遇上这个时代，实在不应错过。我和妻都热衷于写字，这种热衷几近狂热，无可阻挡，有了电脑，在我的想象里就是肋生双翼。

在我把这个美妙的计划和盘托给妻子的时候，意想不到地，她竟摇了头。她说我们的日子本来就不宽裕，你咋敢这么想。我说，正因为没钱才买，这是条出路，天天坐在那里敲打，我不信老天会不感动，如果老天感动了，那面包会有的，一切都会有的。她依旧摇头。这个小家是二人的世界，一比一未分高下，此事只好暂时搁置下来。

这以后，每逢见到有人坐在那里专注地操作电脑，我心中的渴望便浮出水面。我仿佛回到了童年，只是这时诱住我眼光的不再是喷香的吃食，而是那一阵阵动人的敲击声。幸好我早过了流涎水的年龄，终于没有失态。

不久，朋友阿锋从省城回来。阿锋差不多总处在流行消费的前沿，还是在大学时，我们就送他一个雅号"新潮一族"。我很羞涩地讲了自己的苦衷。他很潇洒地弹了一下烟灰："电脑没的玩儿，我早腻了；更新的又快，跟不起。"妻一下又多了一个站脚助威的，脸上

不该对生活发脾气

是一副自己果然高瞻远瞩的得色。

作家老河到底是"阶级兄弟",始终同我站在一个战壕里。不仅如此,他还当了开路先锋,自己先买了台电脑。大加称赞之余,还不忘到我家做做广告。我又心有所动,但还没有更实际的作为。公说公的理,婆说婆的理,叫我一时怎样决定呢?

老河说我正是那匹要过河的小马,别人说什么都不管用,你自己不下水试试,永远不会有结论,小学二年级就懂的道理,你却到今天还在嘀咕。我苦笑了一下:"别说二年级懂的,就是一年级懂的,我们长大了以后也可能明知故犯。"

邻居是一对新婚的夫妻,都是外地人,双方的父母都不能在物质上对他们有所帮助,他俩的日子过得很清苦,条件远不如我们。但是,他们狭窄的居室里,却堂而皇之地摆着一台电脑。他们说,电脑是现代家庭的起点。

直到今天,我们的小家里仍然没有电脑。对我而言,我缺少的已不是电脑,而是斗志或云勇气。我也在一遍又一遍地问自己:蜀之鄙的二僧,我究竟在做哪一个呢?

小民乱弹

1. 岂可轻 "让"

　　"六尺巷"的佳话流传久矣，版本也极多，一般认为主人公是清代学高官显、草书被誉为 "一代之冠" 的何绍基。一天，他突然收到紧急家书一封，说邻居强占了他祖屋的三尺地基，现在已将此事告到官府，要他利用关系打赢这场官司。何只淡然一笑，命笔写下那首极为有名的 "让其三尺" 的诗作："千里修书只为墙，让他三尺又何妨？万里长城今犹在，不见当年秦始皇。"家人带回后邻居受了感动，也 "让其三尺"，于是就有了 "六尺巷"。这个经典例证，在后世化解一些利益纷争时，频繁被援引，功劳实在不小。

　　这个故事是有史实佐证，还是只表明了老百姓对好官的期待，我们都不去管它。显然故事的价值在于告诫官员要清廉自守，不要以势压人。作为个案的处理方式，或许还可，但该做法不宜推广。我们可能从来不曾想过，那起纠纷的最终解决用的正好是 "以势压人" 之法。只是这次压的不是邻人，而是自己的家人。事实上不论是家人还是官员自己，都完全有理由主张自己应得的权利，这不但不丢人，还特别光彩。当官的也没道理吃亏，也不应该受委屈，更不需要比别人矮一头，一碗水端平了对大家都好。眼睁睁地看着别人把祖传的宅基

不该对生活发脾气

抢了去，而不去理论，不去弄个清楚明白，这开的不是一个好头儿。在这件事情上，何绍基做人不但失去了一种维护真理的原则，也使世道公平失去了一条准绳。

"让"几乎是祖训，从远古走来，又向未来蹀去。从一室之内，扩而大之推而广之至全天下，"让"一直被我们视为处理许多复杂关系的重要的社会经验。"孔融让梨"极似人生起始处的一句叮咛，逼真地映现了我们特有的教育理念，我们从未怀疑过它是否失当，也许美国版的"孔融让梨"能够使我们重新端详那则永不衰老的故事。一位美国母亲拿来几个苹果，问她的两个儿子想要哪个。哥哥刚想说要那个大的，可被弟弟抢了先。母亲瞪了弟弟一眼，责备说："要学会把好东西让给别人，不能总想着自己。"哥哥灵机一动，立时改弦。母亲特别激动，亲了哥哥，还把最大的苹果奖给了他。哥哥因为说谎得到了他想要的东西，此后他又学会了打架、偷、抢，为达目的不择手段，直至锒铛入狱。由此我们知道，"让"也是一种说谎，而多数谎言都是有害的。

媒体上总不缺少一些先进人物捐献自己所得奖金的报道，这能看出当事人的高风亮节，我们领略到了一种人格的大境界。但捐奖金绝不是定规，他们完全可以不捐，不捐对他们的形象也不该有半点儿损害。奖金是他们劳动所得，不是骗来的不是抢来的，是对他们突出业绩的一种回馈，他们拿着也心安理得。而现实的情况是不管当事人高不高兴，他都要"让"出一点，都要让别人分一杯羹，不然就可能会招来议论。有时我们周围的谁只得了不大的奖励不多的奖金，可等他请吃的人也排成长队，好像那个人根本就是发了意外之财，根本就是占了便宜。

更为常见的景观是，某某因"让优"、"让房子"、"让位子"而赢得啧啧赞叹。可仔细想想，有些情形是要喊声"且慢"的。评"优、先、模"时你"让"，导致不是最出色的人当选，群众对照学习时就会多些偏差；提拔重用时你"让"，逊你一筹的那个人就会履行本该你履行的职责，那么国家和人民的事业就会或多或少地蒙受损失。你的"让"欺骗了组织，个人得了好声名，倒霉的是集体。是

"让"使假象浮出水面，是"让"把情况变得糟糕了。

"让，懿行也，过则为足恭，为曲谨，多出机心。"意思是说谦让原本是一种美德，可若过分就会显得委琐、胆怯，就有了好用心机之嫌。《菜根谭》里处处可见"让"的主题，"让"来"让"去，作者自己也有些不耐烦了，洪应明终于按捺不住讲出了心里话。也许是自己不敢承担责任，也许就想瞧那个人闹笑话，实际上是让这块事业出丑，这么坏的人可能极少，可"过让"是易于令人起疑的。"过"与"不过"的分寸，并不好拿捏，往往费力不讨好，并且只要"让"就会造成一种不合理的格局，而较好操作的是"当仁不让"。如果"当仁不让"成为一种处世惯例，那么我们的社会必会少一些偏颇，多一些公道。

2. 谁该仰视

老鹰追赶兔子，兔子拼命奔逃。正巧遇到一只蜣螂，兔子便向它求救。蜣螂叫兔子不要害怕。蜣螂看见老鹰飞到跟前，便向它恳求，不要抓走已向自己求救的兔子。老鹰瞧不起微不足道的蜣螂，当着它的面儿把兔子吃掉了。蜣螂记住了这回的侮辱，从此总是盯牢鹰巢，只要鹰一产卵，它就飞上去，把卵推出来打碎。老鹰四处躲藏，后来逃到宙斯那里，恳求这位最大的神给它一个安生的地方孵化小鹰。宙斯让它把卵产在自己的衣兜里。蜣螂见了，就滚了一个粪蛋，飞到宙斯跟前，把粪蛋扔进了宙斯的兜里。宙斯想把粪蛋抖掉，就站了起来，一不留神把鹰卵也抖掉了。据说从此以后，凡是蜣螂出现的时节，鹰是不孵化小鹰的。

这是一则来自《伊索寓言》中的故事，老鹰因为傲慢尝到了苦果。在现实生活中，我们的一些领导干部也因为傲慢，也因为瞧不起小百姓，让群众大失所望，从而失去了小百姓的有力支持，处处碰壁，处处被动。领导干部理应是人民的公仆，既是公仆就应该把腰弯下来，把眉低下来，把眼顺下来，这才是一副仆人的样子，这才是随时准备为人民服务的样子。可我们平时总能见到这样的领导干部，他们只习惯于坐在自己威严的办公桌后面金刚怒目，根本不肯离开座位半步。这种情形显然会拒人千里之外，百姓自然也失去了同他交心的机会。加之此前来访者已受了一肚子气，因为想见一些领导干部必走"华山一条路"，想进他的门，必经几道门，必经一次次严格的盘问，来访者被一次次假想为坏人，不说清楚休想过关。如此大费周折，多高的来访兴致，也会一扫而光了。百姓想来不会像蜣螂那样去报复，但是他们看清了你，再不肯拥护你，他们从你的身边走开了。偶尔能听到个别领导干部慨叹"世风有变，百姓无情"，究其实"无情"的不是百姓，而恰恰是他自己。

　　北宋文学巨擘苏轼一次去游一寺院，寺里主事见他衣饰平凡，貌不出众，只对他冷冷地说了声"坐"，又对小和尚丢了句"茶"。小和尚未动，苏轼也未坐，他又随意地同主事谈了几句。主事听他谈吐文雅，便说"请坐"，又令小和尚"敬茶"。待主事知道此人是名震当时的大文豪苏东坡时，便诚惶诚恐地说"请上坐"，又急命小和尚"敬香茶"。苏轼离寺时，主事请他题诗留念。苏轼信手写了一联："坐——请坐——请上坐；茶——敬茶——敬香茶。"主事看后，面红过耳。这则故事一直流传至今，千百年来人们始终在责骂那寺里的主事以貌取人，有眼不识泰山。殊不知，那主事的毛病也出在"俯视"上，只遇特殊人物时他眼皮才往上撩，总之是平素惯以主人自居，这易于让人联想起一些领导干部的相似的工作作风。苏东坡还是幸运的，他谈吐不俗，才会有个喜剧结果，平头百姓未必能舌灿莲花，如遇到惯于居高临下、须仰视才见的领导干部，那结局也许就会不同。

　　《菜根谭》中有一句话："平民肯种德施惠，便是无位的卿相。"这话里包含两层意思：一是总为他人着想的百姓，与身居高位的卿相无异，世上的大善大美常在民间，我们的领导干部不能自视过高忘记虚心学习；二是种德施惠乃是卿相的本分，领导干部不忘自己的使命，就要放弃特权意识倾听百姓的心声，就要变"爱民如子"为"尊民若父"，就要对百姓改"俯视"为"仰视"。这样，官架子降下来了，我们在百姓心目中的威望却升上去了。"俯视"不可取，"平视"也还不足以表现诚意，只有"仰视"才是掏出我们的一颗赤诚的心来。既是如此，对待百姓我们的领导干部就该养成"仰视"的习惯，并且一往无悔。

3. 叫鸡不下蛋

"木秀于林，风必摧之；堆高于岸，流必湍之"，这话不像在为谁鸣不平，更像是一句告诫：不要与众不同，不要太出格，不要弄得太显眼，大家都沉在水下多好，干吗要浮出水面惹是生非呢？特别要注意的是——不可自事声张。

我们的民族从来就十分推崇老黄牛，因为它终日头在朝阳尾在夕阳，总是默默无闻地干完一堆又一堆的活儿，我们得出的结论是它有一种任劳任怨的精神。而在这同时，我们十分讨厌母鸡，因为它每产下一枚蛋后都要咯咯嗒嗒地叫上一阵，满世界地为自己做一番广告，于是我们相应的评价便是母鸡爱慕虚荣，干工作是有目的性的，动机不纯。

人不是鸡，其实并不见得真的知道母鸡叫的是广告词，还是别的什么东西，但是人们对母鸡的坏印象到底是有了。不知是哪位先哲干脆就说了"叫鸡不下蛋"这样一句话，这句至理一下子流传开来，到今天已差不多成了合情顺理的用人原则。可是如果我们稍加留心就会发现，有些场合还是需要叫一叫的，并且随着社会的进步这种场合也越来越多。

朋友张是位书法家，提起他圈内的人都会不由自主地挑起拇指。张的人品绝对没得说，而且年纪轻轻便已是国内最高级别的书协会员，发过数量蔚为壮观的作品，获奖证书也摞出了吓人的高度。可就是这样一个可以称得上书坛才子的人，却出乎意料地经历了一次应聘的失败，而那所高校聘的恰是书法教师，张可谓再合适不过了。

张是个寡言的人，也少与人应酬，一有余暇就用笔墨来演绎自己的内心世界，他觉得自己的话已在作品的字里行间说得够多的了，所以平素他很少启齿，正应了那句"贵人语迟"的俗语。这次应聘，他依然保持着自己的一贯风格。校方问："你认为自己的字怎么样？"张谦虚地回答说："很一般。"对方又问："你在书法界能否占一席之地？"张回答："书法博大精深，我还只是一个无名小卒。"在作如上回答的时候，张根本没想正面陈说自己取得的成绩，他怕给人留下骄傲自满的印象，但也正是这些对自己失于公正的评价让他不可避免地失去了一次很好的机会，也许他还会因此失去更多的机会。

高中时有位学兄，人是大家公认的狂妄。就在大家都面对高考惶惶不可终日时，他却没有一丝一毫不安的表现，每天都是这样一句口头禅："考大学就是个玩儿，不算什么，我注定是要在清华园里散步的。"人们都认为他是忘乎所以，并在心里说蹦得越高摔得越疼，不给自己留后路，看你怎么收场。

高考发榜时，这位学兄竟然真的在众人的目瞪口呆中高中清华，让许多人气蓝了眼睛。后来，学兄曾在一封信中解释了自己当年的狂妄。他说当年之所以逢人就讲，与其说是自信，倒不如说是在给自己加油，人有的时候需要公开为自己加油，逼着自己朝着梦想的目标去努力。如此说来，我们竟不能断言母鸡是不是也在为自己加油。

牢骚方是我的授业恩师，方老师的习惯是一刻不停、喋喋不休地发牢骚，什么生不逢时，什么待遇太低，什么没有地位……但这并未影响他的业绩，他的高足不仅遍中国，而且有许多走到了国外，他的学生当中像我这样不争气的极少，他的牢骚也决妨碍他成为大家公认的良师。如果说他也是一只"叫鸡"，那他的"蛋"还少吗？

仔细想想，看来并不是"叫鸡不下蛋"的问题，而是太多的偏见让那些会下蛋的母鸡也只有委委屈屈地噤若寒蝉，在想叫也该叫的时候也绝不敢叫一声，怕担虚名嘛！到了时下，在张扬个性解放和看重真才实学的新时代里，我看这句满街都是的俗语也该改一下了，就叫作"该出口时就出口"。只要多多下蛋，"叫"就有了最根本的保证和最正当的理由。

小民乱弹

4. 我的心会知道

二百五十多年前，我们曾被孟德斯鸠狠狠地妖魔化了一回。他在《论法的精神》一书中说中国人"生活完全以礼为指南，但他们却是全世界最会骗人的民族"。真是冤哉枉也，这样的结论实在让人心气难平。"吾日三省吾身"、"知耻近乎勇"、"民无信则不立"，这些响亮的叮咛从历史深处穿空而来，始终规范着华夏子孙的言行，也许只有我们才更有资格诠释诚信。

幼时母亲就曾给我讲过尾生抱柱的故事，长大后我在《庄子盗跖》中读到了它的原版："尾生与女子期于梁下，女子不来，水至不去，抱梁柱而死。"一个古代的钟情男子，在履约与生命之间慨然选择后者的壮举，足以感动我这样一个现代人。庄子说："无行则不信，不信则不任，不任则不利。"我任教是的中文系，好多学生写作业时敷衍了事，一些老师在批改时也就不再认真，空荡荡的办公室里常常只剩我一个人在埋头苦干。一个同事拉我出去，说："你少用点力气也没人知道。"我说："我的心会知道。"

我七岁的女儿是一年级的小学生，她也曾给我讲过一个她看来的故事：一个国王没有自己的孩子，决定从百姓中选择一个继承人。他给每一个应征者一颗牡丹花种，种的花儿最多、最漂亮的那个人就会被选中。到了规定的时间，几乎所有的小孩都捧着争奇斗艳的牡丹，只有一个小孩看着手中的空花盆簌簌落泪，他没有种出花来。但是，恰恰是他做了王子，因为所有的花种都被煮过了，是不可能发芽的。女儿说她也想做那个没种出花来的孩子，却不要去做国王。数天后，一向穿戴干净的女儿进门时却一身泥水。同学和她约好，大家都要到水洼里踩一踩，可女儿踩过之后别的同学却已一哄而散。我问女儿："你伤心了吗？"女儿说："我不但没伤心还很高兴，因为那一群里只有我没有说谎。"

我不相信我们的时代已有了诚信的危机，正如我不相信一些倡导诚信的活动是为了挽救诚信。曾在报上读到过关于南京师范大学举办"诚信伞"的一则新闻，记者不无欣喜地说："一个多月过去了，令当初的活动组织者意想不到的是，200多把'诚信伞'的回收率竟是98%，且无一损坏。"同样，这里测试到的也不是一个真实的结果，试想工作人员身上"诚信雨伞，风雨同行"的绶带，与其说是暗示，还不如说是要求。虽然我也知道制假售劣、坑蒙欺诈、逃税毁约、躲债瞒报、违规操作等失信行为，在许多行业都能找到例证，我甚至还在一篇名为《遍地羊群》的文字里，读到为蒙骗上级对原本子虚乌有的养羊基地的检查，地方竟然上演了让村民头顶化肥袋在山坡上扮羊的丑剧。

但这些到底还是个别现象，还不能动摇我对整个社会的信任。我的单位也有钩心斗角，也有各种各样的不公平，我几乎从未被评选为"优、先、模"。可以没有鲜花和掌声，我依然在一心一意地做一个好老师，这是我的本职，我必须无条件地努力下去。我相信各位也都是这样做的，而且比我做得更用心。

诚信是爱和力量，有了它我们便永远不会绝望，颓丧。有一件事至今令我难以忘怀。表姐开了一个鞋店，那天她有事出去，让我帮她打理。突然外面人声嘈杂，有一个陌生的中年男子风风火火的闯进来，指着门边的摩托上气不接下气地说："借我用一下，那人把手包落在了我这儿，我要追上去还给他。"我想都没想，就抓起桌上表姐的摩托钥匙递给他。表姐回来得知详情后，直骂我昏头，接着又给我讲了一大堆她听来看来的受骗的故事，她让我早点回家，别在那儿做傻瓜了。我被弄得一头雾水，心里也开始犯嘀咕，真的有一点后悔自己的冒失了，可嘴上还在坚持："我再等等。"表姐垂头丧气地离开了。当我在表姐家门前停好摩托时，她惊得嘴巴张得大大的，过了好久，她才甩过来一句："这次算你走运。"

"诚"、"信"二字都有从"言"的重要内容，由于意义相近，常被互换互用，到东汉许慎的《说文解字》中，仍然是以诚释信，以信释诚。在我们这个时代，"诚"则多指"内诚于心"，"信"则偏重于"外信于人"。也就是说"诚"用于责己，"信"用于待人，事实上诚信并不是人生的高标，更不是什么人格的大境界，它只是尽我们做人的本分。它带给我们的是灵魂的安宁和欣慰，它让我们行走人间路的时候不再脸红、满心坦然。有了它，孟德斯鸠的话才吹面不寒；有了它，不论是叱咤风云的巨子，还是寂寂无名的庶士，我们都是天地间当之无愧的圣者。

5. 莫让甜李寂寞

《世说新语·雅量》载："王戎七岁，尝与诸小儿游。看道旁李树多子折枝，诸儿竞走取之，唯戎不动。人问之，答曰：'树在道旁而多子，此必苦李。'取之信然。"

也许早有人怪我太麻烦太啰唆了，这则典故谁个不知？后世每每叹服王戎的高明，并把"道旁多苦李"奉为至理一路实行起来，直到今天，"苦李哲学"似仍是牢不可摧的。

人类能走出僵局的努力大都是由怀疑开始的，那么就让我们壮起胆子作一番假想：倘若路旁真的生了一棵甜李树，会不会有人光顾呢？想来不会了，因为"竞走取之"的诸儿已被耻笑了近千年，还会有哪个傻瓜来重蹈覆辙吗？那条古训始终在那儿定定地瞧着你呢。这样一来，这棵甜李树只能在苦苦的等待中走向绝望了。

一位中国人到美国南部的一个城市去，他看到街道两旁都种着柑橘，果子正泛着成熟的金色，而路人却视若无睹。我们这位先生先是猜到了罚金，很快这个推论就被他否定掉了，最后他胸有成竹地认定"那柑橘必是苦的涩的"——那则苦李的故事他六岁时就知道了。后来，他问了当地人才知道：路人之所以对它们态度冷漠，是因为本地的柑橘便宜得要命，根本没有必要去"劳动"自己。

是王戎太自信了，还是我们太迷信了？对一位古人我们无从同他争辩，可太迷信往往会使人失去一双眼睛、一副头脑，这一点我们是该铭记的。一家中型机械厂的经济每况愈下，有人出点子说搞微型车。厂长思忖一阵说："不行，我们周围就有几家军工大厂，他们的

不该对生活发脾气

实力不知是我们的多少倍，他们的那些智囊人物也不是吃干饭的，连他们都不干，看来此路不通。"半年以后，一家资金、技术、实力都不如这家中型厂的小厂，竟义无反顾地开发了微型车，结果一炮打响，钞票滚滚而来。这时，中型厂的厂长后悔不迭，只得浩叹自己没有"发财命"，他真的是没有"发财命"吗？

读过一篇散文，作者写的是自己的父亲。父亲退休前供职于某工业局，他早年留学过苏联，业务能力相当强，人又干练，有非同一般的组织和领导才能。可就是这样一个人，最终只以副科级的身份退休，始终没有机会施展自己，惯于一门心思做事的父亲对于这些没有过多去想。直到退休两年后的一天，父亲与局里刚退下来的老秘书在一处喝酒，一切才真相大白。

原来，这个工业局的领导更换频繁，第一任局长因为父亲年轻，没有升他的职，五年之后，就在他想提拔父亲时自己却调走了。第二任局长又干了几年，他也觉得父亲是个人才，可是前任局长为什么没有委之以重任呢？也许这个人在大优点的背后还隐藏着大缺点，切不可掉以轻心，父亲又没升职。后边的局长都想到自己的前任不提拔父亲是"有原因的"，于是一律"向前看"，"看"来"看"去，就把父亲"看"过了60岁。这里面当然是我们的某些领导干部的思想观念和工作观念有问题了，而在这些"问题"之中"苦李观念"无疑起了很大的作用。

如此，道旁甜李的"寂寞"可见一斑了。"想当然"使我们的事业乃至人生失去了许多宝贵的机会。事实上，想验证道旁之李是甜是苦，不过是举手之劳，可人们没这个热心没这个兴趣，既然结论早有了何必再去"折腾"呢？弄不好自己失败不说，还会留下个笑料，那岂不是太不值得？被这些顾忌打倒之后，我们只能一次又一次地与好运气失之交臂了，而与此同时，我们的视而不见充耳不闻也使许多美好的东西自生自灭了。想想，实在让人心上难过。

城中有美女，体态、才智都胜人一筹，可因为一句流言或什么都不因为，大家竟都奇怪地认为她"不好"，不肯接近她，约好了似的"敬而远之"。美女一年一年地衰老，一生形影相吊，直到有一天她孤独地死去。恐怕这世上只有她一个人知道，自己并无半点错处，并且真的很出色。如果我们不能尽快从"道旁无甜李"的迷雾中摆脱出来，那么这则听起来有些离奇的故事，很容易就会变成活生生的现实，而且就发生在"不远处"。

6. 不妨"封耳束身"

民间有一个传说，讲的是有一个农夫在山野中挖到了一座价值连城的金罗汉。他的家人和亲友都乐不可支，可是农夫却终日愁眉苦脸。人们困惑不解，便去问农夫何以如此。农夫忧心忡忡地说："因为我不知道另外十七座金罗汉在哪里。"这是一则耐人寻味的故事，讽刺的是那些贪心不足的人。在这里，我们把它移借过来，用以提醒那些不谋一点私利就心痒的为官者应该十分恰当，须知"为官堕落贪字始。"

《晋书·袁宏传》曰："居上者，不以至公理物；居下者，必以私路期荣。"意思是说当权的人不以大公无私的精神处理政务，下属官员必然会通过拉拢私人关系的渠道来达到他不可告人的目的。要想清清白白做官，踏踏实实做事，必须堂堂正正做人。当官一阵子，做人一辈子，我们要珍惜党和人民的信任，在位子上无所作为就属害民误国，若有被权力迷失本色，被金钱动摇信仰，被美色诱惑心灵之行，则罪更不可赦。"没有一流的人品做底子，做官从政很容易跌跤子"，要想做到仰不愧天，俯不愧地，内不愧心，就必须管住自己的心，管住自己的手，管住自己的嘴。动了心，伸了手，张了嘴，则我们的清名难再。

"俸金以外都是脏"，这话虽出自一个封建官吏之口，却是一条至理，在今天它同样是一记响当当的警钟，为官者理应铭记于心。百姓常说"一个廉字，就七分人了"，同样"一个贪字，就七分鬼了"，为官者岂可掉以轻心。若只信奉"天下熙熙，皆为利来；天下攘攘，皆为利往"的庸俗的处世哲学，一切唯"利"马首是瞻，见利就上、就抢、就捞，无利就让、就躲、就拖，为了私利，大肆排斥异己、安插亲信、贪污受贿、腐化堕落，全然忘了自己的身份，全然忘了党和人民的重托，以致在违法和犯罪的泥潭里越陷越深，难于自拔，甚至为自己掘了一个墓穴。

古希腊有一则流传甚广的神话。西壬的海岛上有许多女妖，她们专以美妙的歌声迷惑过往的水手。有不少原本意志坚强的人，也难抵诱惑，情不自禁地跃入大海，扑向西壬岛，结果无一生还。有一位叫奥德赛的水手行船路过此地，在靠近海岛时，他先将同伴的耳朵用蜡封住，然后又令同伴把他自己绑到桅杆上。船过海岛时，尽管海妖的歌曼妙无比，可同伴们因听不到而无动于衷，奥德赛被缚着也难以挣脱，一船人因为"封耳束身"而幸免于难。为官者应从这则神话中获得多方面的启示。现实中种种膨胀的物欲，就是海妖的歌声，表面上迷人，其实是一种镣铐和陷阱，如果不能用党纪国法"封耳束身"，我们迟早会翻身落马。

切记"贪"字是悬在为官者头上的一把刀，而"封耳束身"是从政之宝，它会在关键时刻为我们指明为官、做人的方向，使我们不至迷路并且挺直脊梁。

狗　们

古人说到两村和睦，总用得着"鸡犬相闻"一句，看来一个村庄少不下鸡少不下狗，否则就少了祥和与宁静。更何况"打不死的孩子饿不死的狗"，养狗村人不搭赔什么，是以老家人养鸡养鸭就养狗。我家自是不甘落后。

1. 胖姐儿

我们那里是烧秸秆的，家家房前屋后都有个大柴垛，秋天时像座小山，可一到开春，柴栏也就空了。我家的在屋后，没了狗窝，四眼就占据了柴栏。

我出门读了七八年的书，家变成了客店，一年也住不上几天，家里的许多事就不怎么清楚了。我提着包儿，刚从院门挤过来，就感到旁边有一束眼光，在我脸上扫来扫去。据说高科技已证明光是有重量的，难怪我一下子就察觉了。那眼光生在一张胖乎乎的脸上，不善意也不恶意，倒是有一点儿居高临下、挺傲慢的意思。我顶喜欢心高气傲的品性了，对这条狗陡生好感。

在炕沿上坐定，同母亲讲起这件事。母亲说这是胖姐儿，排行老三。我立时记起，在我离家之前，四眼已有些行动不便了。四眼已经很老了，留下胖姐儿是接继香烟、寄予厚望。我说胖姐儿好像不怎么管事。母亲说你错了，胖姐儿挺好的，该它管的它总不忘，今天你来它没开口，是认亲吧。保不准我们真有种默契，不然第一次见它怎么就似曾相识呢。

胖姐儿平日少言寡语，走路轻手轻脚，与吃的和玩的都留些距离，这样不贪心又肯干活儿自然受欢迎。胖姐儿似什么也不惊动，开始我想到这是有谦有让、彬彬有礼，可我读了一些小说，读到关于一些人对社会和人生的态度，登时想到，胖姐儿的冷静是不是对什么的漠不关心呢？细细一想，也没有什么热情不热情的，来在天地间一回的多的是，真正能轰轰烈烈的寥若晨星，而更多的是默默无闻。如此一说，"管好自己"的胖姐儿还活出一种境界来了。

胖姐儿是肉身子，连脸都像小馒头。我愿吃狗肉，母亲说胖姐儿肉一定香，我咽了口水说肯定。母亲可没打算让我吃胖姐儿，谁不小心踩了它，母亲都要立起眉毛的。

"大雪"这天下了大雪。扫帚扫到了柴栏，却没有胖姐儿的影子。我丢了扫帚四处去找，胖姐儿每天都在的。

当时狗中间正有一种流行病。

房东面靠的是林带，在林带的西南角，我找到了胖姐儿，它蜷作一朵莲花，平平稳稳，安安静静，不改往日的模样，它勾着头像在甜睡。

我敢说那是世上最美的雕塑。

2. 妞子

四眼一生忙着生儿育女，到了暮年还生了个罢园瓜妞子。在人，年纪一大把了还生育会遭笑话的，四眼就不计较了，而且它生下妞子便死去了。

妞子长得高过膝的这年，我家搬进了新房子。这房子盖在村庄的东南角，地势极洼，这块房场谁都抽鼻子不稀罕。院子西侧，靠着邻家的一堆陈年的柳条茬子。这里是老鼠的乐园，多种颜色多种款式的老鼠，看着挺好玩儿听着就闹心了，整夜整夜地大叫，大嗓门的竟有像小孩哭的，让人头发竖起来。

这一亩三分地，猫都望而却步。间或有只胆大的冲杀进去，居然是有去无回。后来邻家搬动这堆茬子，在里面找到了好几堆细碎的猫皮。恶虎还怕群狼，在这儿猫的威慑力已然没有了，倒让老鼠占了上风。

妞子对茬子堆有着浓厚的兴趣，一有空闲就到这儿绕圈子，日子一久，踩出了一条环形道来。妞子原来营养不良，还厌食，换季节毛总不能及时换。可自从它相中了茬子堆，身子日渐丰腴起来。

我很快瞧出了门道。

妞子竟是个逮鼠能手，它捕鼠的功夫同猫比大概也是上乘的，妞子瞄上的没有侥幸逃脱的。鼠的叫声一天天稀落，因为妞子顿顿美餐。一个冬天过后，那茬子堆再也没有什么声响了。

管一不管二，妞子只惦记美食，看家护院的事就变得有心采花无心戴，本职工作倒变成了第二职业。这也不能全怪妞子。妞子是个鬼机灵，很能看出人的脸色。当初它也是挺严肃、挺卖力气的，一身陌生气的人别想蒙混过去，可主人家总呵斥它，甚至再补上一脚，脸上全是愤怒的表情。妞子便觉着没趣，费力不讨好的事谁爱去做？

女大当嫁，对妞子有意的还真不少，吵吵闹闹的。妞子也风光了一回，最后把一颗心给了一只叫豹的很威猛的雄狗，做了几日夫妻。然后妞子就安静下来，看着渐渐隆起的肚子，做起母亲的梦来。

鼠害重到了让人不能容忍的程度。乡上运了一大批鼠药，药三辈儿，鼠便陡地少了。常能看到一只吃药的老鼠蹲在街角上。妞子不识厉害，又操旧业，结果中毒。

死时，妞子的孩子仍在它腹里很活跃。

3. 南山

我们那里全是矮墩墩的丘陵，山是没有的。我们说的"山"大概是"野"的意思，比如说"东山"，就是指村子东面的那些离村较远的地。我家的狗在妞子这儿断了香烟。一次母亲到南山割稗草，捡到一只半死的狗，就唤它"南山"。

母亲把南山投到猪圈里，让它和大白猪一起吃，也没作太多的指望，能活下来算它命大。南山还真就是命大，不久个儿就长了。人多好吃饭，有南山跟着抢，大白猪食欲大进，并且觉着南山很顺眼，晚上就让它靠在身边。

大白猪一肥，就不再圈着了（它已不便四处乱跑），后面跟着南山。大白猪稍走远点儿，南山便及时提醒它，该回头了。该往左拐南山就衔它的左耳朵，该往右拐南山就衔它的右耳朵。这一年年猪丢得厉害，有的住户外间屋的冻肉也给偷了。

有一天早晨，父亲起来，看见南山牢牢地护着一块馒头，大白猪在一边哼叽，要抢。那是块酒馒头，偷猪人用来醉猪的，很灵。大白猪平安无事，当然是南山的功劳。

入夏，庄稼开始起身子，这正是捋猪菜的好时节。父亲教书，我们几个求学，家里就剩母亲一个，但这没有挡住她每天提着袋子来来回回。母亲说，我不害怕，一低头总能看见南山的粗嘴巴，胆子自然就壮了。

农家正月闲死人。人们就利用这个空当儿，看亲访友。一遇来客人，而父亲正巧到村上的谁家串门了，我便一挥手，南山飞出去。一会儿父亲就回来了。父亲说，南山扒人家的门怪有节奏的，人见人夸。

在我家养过的这些狗里，南山差不多是最懂事的一个，我在一篇小说里写的那条狗，原型就是南山。在你下地时，它能把鞋叼到你的脚下，更高明的是左脚的放在左脚下，右脚的放在右脚下，你说再见，伸左手，它伸左前蹄；你伸右手，它伸右前蹄。真是乐死人。

我身上也不知犯"丢"病怎么的。我每次回家，家里总要丢点儿东西，什么鹅啦，什么毛葱啦，什么辣椒串儿了。南山丢的时候，我也刚好在家。

南山丢后，家里人曾八方寻找。直到现在也没得到一点儿消息。

狗
们

家家养狗，也就家家都有一堆关于狗的故事，上面所述在老家人实在没什么新鲜。我从那个环境里走出来，回想起这桩桩件件，却是常常感动得不行。

不该对生活发脾气

命里有你

方，记得你跨进教室时，大家正在争先恐后地怨天尤人，个个脸上涂着痛苦的神色。见到你的笑意，人们都彻头彻尾地惊诧了一下，再一打听，你竟还是应届考来的，我们可是清一色的老"补"。你正"年轻有为"怎么也到这地方来了？

初进大学，入学教育之后，便是一次次的讨论会，一次次的联欢会，前者似是伤口没人喜欢，后者似是弥合的药剂让人舒服了一些。我因为能唱几嗓子的缘故，给推到了文委的位子上，不得不绞尽脑汁时不时更换些新鲜点子。在这上头，你总是魔高一丈，我佩服得不行，恼得不行。

很快，我就露了"搞文学"的馅儿。女生们对我都敬而远之了，一致的意见是搞艺术的男人没一个好东西，她们又刚从《文学概论》上学到文学是语言的艺术。我自是在劫难逃了。在我正尴尬着的时候，你豪爽地走出来同我联合主持。在节目的最后，你朗声说我们两位主持人给大家准备了一段《天仙配》。措手不及，我一下子成了丈二和尚，你却在一边窃窃地笑；我紧张得高不成低不就，你却一派从容、字正腔圆。

在班头填点名册时，你执拗地要求把"芳"改作"方"。后来你同我说，"芳"多了些淑女气、文弱气，比不得"方"有棱角、有个性，这样叫容易区别于别人。你确实有点不同。那次中秋晚会，连男生都搬一把椅子，可你竟吃力地拖着两把，我欲帮你，你说我行。我只好望你艰难前行的背影。

你也写诗，并有了厚厚的几本自编的诗集。我们的写作教师对我俩偏爱有加，他是一位极深刻的人，他的课是一只悬着香饵的钩，谁都不忍开小差。那回是几位同学读作文，我便放松了。有两位读到伤心处都泣不成声了，我听了几耳朵，觉得所述情节差不多，似曾相识，就嘀咕了一句别是抄来的吧。侧目一瞧，你正用泪眼虎虎地瞪我，樱唇愤愤……

总见你偷吃东西一样在本子上小心地记些什么，你说是在收集生活的鳞片和羽毛，这些生命的轨迹不录下来实在可惜。你把十八岁女孩子的眼光和思维，都借助那支灵巧的笔，以云的形状铺上自己的天空。一看到你凝眸思索的认真劲儿，挤到嘴边的戏谑的话也得生生地咽下去了。你建议我也写日记，到暮年时，再翻看这些记忆，会发现自己比别人多了一种财富。我从不轻信别人，却信了你。

方，班级男生分作两个大寝，不知为什么两者竟鲜明地搞起了对立。你为此奔忙跑腿费舌，以求我们能握手言和。那日的晚会，我们是准备好冷他们场的，时间早过了，我们仍稳坐钓鱼台。班长、支书三顾茅庐，我们却岿然不动。你风风火火地跑上四楼，扯着我们的耳朵一个个把我们揪出去，又斥责道这哪像个男子汉的样子。你盯的那一眼，我现在回想起来，还觉无地自容。

一同学滑冰摔坏了腿，他平素不招人喜欢，虽然这次大家都表现出了应有的关心，但送行动不便的他回家，却开始犯了寻思。照顾人得心细，少不得女生。你一昂头说我去，又拉了两位男生，就匆匆踏上了北去的列车。你只想到治伤要紧，别的都不必计较。也就是从这时候起，一向以高风亮节自诩的我，不得不对自己再度审视一回了。

方，我们两个都是与烟、酒无缘的人。班级里的一些女生喝酒同喝水一样痛快，又用不到一会儿就能沐浴在自己一手制造的烟雾里。一遇这情形我便逃之夭夭。出门一瞧，我跑了五十步，你已跑了一百步。电影院里充斥着男女柔情和各派武功，我总是远远地躲

不该对生活发脾气

开。在夜的马路上常与你不期而遇，彼此笑笑错开，或是在灯光里站定神聊一回。

我们没有借助烟、酒为盟，也没弄捧土为炉插草为香的玄虚，我们有自己的默契，文字是最好的沟通。我给文字搞得焦头烂额，你却立在局外，沾而不染。每到文学课讲到精彩处，偷偷地望你，你亮亮的眼睛早在那儿等我了。你曾说我们不过是彼此的过客，于我你只有一事相求。你确信我以后能是一支硬笔杆子，人又真诚，不失为一位佳友，倘能求得一篇我手书的祭文就是高攀了。我当时很感动于你的侠气和你的信任。我真傻得可爱，一丝一毫也没有想到别的。

也许是因为我们两个的自我意识都太强了，刀来枪往的舌战，几乎成了我们的必修课，结局总是一个人落败才停，唯独关于异性之间是否存在友情的争论相持不下。你是这类感情热情的认同者、忠贞的捍卫者，我持的是完全相悖的看法。我把异性的这种感情分作三类：其一是朴素的人际感情，就是彻底抛开人的性别、人与人之间都能产生的同类之情（区别于人对物的感情）；其二是兄妹情或是姐弟情；其三就是男女恋情（爱情）的不同阶段，有些是可能发展的，有些是不可能发展的，仅此而已。我正为自己的头头是道自鸣得意，你忽然插问一句我们的关系是什么阶段呢。我一时噎住，这问题我真不曾想过，更没法自圆其说。

方，我开始逐渐警觉你的笔了，你写来写去的，那里面有没有我，其中的我是什么样子？大二末期的一天，许是你疏忽，许是你有意，你的本子就那么朝整个世界敞开着。日记是秘密，是隐私，同桌的我自该出手助你。举手间，瞥见纸上是这样一行字：我不只渴望得到一篇祭文，还盼着在我离开人世前最后看到的一个男人是他。你推门进来，很小心地把本子放入桌内，倒把我羞得面红过耳。事后旁敲侧击地搞了几次火力侦察，你总是顾左右而言他，我疑心是自己发了神经。平日里你对别人都极宽容，独得对我毫不留情，常常搞得我下不来台，这会是对我情有独钟？昏话。

我的长相尚可，再加几分狂傲，大概就有了一点神秘色彩。偶尔也有女生给写个书啊信啊什么的，也算不得什么稀奇的（还有瞧着秦桧顺眼的呢）。一有这事我必告诉你，你是红颜知己，话到你那儿就了，到别人那儿就不成。你也常评说一回，甚至劝我些别错过什么的。郑州有位文友，用情最诚的怕就是她。恰好南边有个笔会，我可以顺路过去看看。我把这个打算同你讲了，你一直沉默着。待我月余回来，班级变了模样，是你一手操办的，一个男生旁边的空位子正等着我。冤枉！我压根没碰上什么桃花运，不过是在铁岭的叔叔家小住了十天。塞翁失马，安知非福？空间距离的拉长，才暴露了两颗心的趋近，我终于窥出了点儿端倪。

其时新加坡的电视正在这儿风行。校园里的许多女孩子纷纷给他们的小朋友叠幸运星。这一样儿你也没有脱俗，而且是很热心很虔诚的一个。一周下来，这些星星总也装得满一罐了，怎么不见你送我？直到我们真正开始相恋时才知内幕，我原是做了黄粱梦，你的星送给了另外一个人。他同我太像又不像，太像的是他的才气，不像的是他能坦然地说出喜欢与不喜欢。我依旧不露声色，却对此耿耿于怀。

方，我是大丈夫能吃能装，仍是平静地与你大侃特侃。你讲了你的三次奇遇，极相似的三次经历，都是你在去哈市的列车上，同一个男学生聊得对脾气，你感到旅途愉快，接着他们三个不是到奶奶家就是到学校来找你。你伤心，你气愤，以近乎冷酷的态度对他们一个个下了逐客令。我说人际交往是有层次的，有个"度"的，一旦超过了，人便难以接受，你们的缘分只是聊一次天，打发几小时车上时光。那我们呢，你的眼里是认认真真的探问。我们的缘分是一场好夫妻。我的嘴向来没遮拦，你早已习惯了，也不必当真。

当一切水到渠成的时候，时令正是金秋，我们站在黄叶上，接受季节和爱情的层层覆盖。初见你便觉我们前生相识。回头望望，我的脚印旁边一直没脱开你的脚印。在这上头，我愿意相信宿命和天缘。

可你的父母离不开你，你似面临一种宣判，父母和我之间你必须选择。我知趣地走开了，我不忍见那双老人纵横的泪水。你在桌上抟了两纸，在口中默念一阵，便让我从中替你选一个。拿在手上的写着"双亲"，我知道另一张纸上也是"双亲"。我怎忍揭穿呢？你是我今生今世的至爱，忘掉我自己才会忘掉你。

打开你送的礼物，是一缕散发香气的秀发。这是一种感天动地的壮举，我醉心于这炽烈古老的表白，并在心上深刻一句任何风雨都颠扑不破的誓言。

离家渐远

　　父亲把我领到一幢挺高大的楼房前，给我正了正帽子说，你将在这里生活三年。从那天到今天，屈指算来，竟有了十个年头，这期间我很少听过牛哞和天边的鸟鸣。

　　离家的第一年，我没有改掉好玩好动的脾气。一日兴起，竟同人在课堂上军棋对阵，结局是我们每人交一份检讨。有一个受株连的，统共三个人，在讲桌前站好，高声地诵读我们的认罪书。这几个伙计平日在一块舞文弄墨，写出来的东西像打文字擂台，大家笑出了眼泪。我们自是又交了一份，给罚了个二罪归一。父亲听说，一脸怒容。可在我微黑的脸膛上，却找不出半点儿悔过的意思。

　　班级里渐渐形成两大阵营，城镇的一伙，乡下的一伙。我们的言行都有很多的分别，是以每每有勺子碰锅的时候。那日我同城里的同学打到一处，食堂的泥地让我们都成了泥水人。布告上赫然是我们两个的名字，但我毕竟是把那伙计打败了，他们以后不再敢轻举妄动了。"山炮"这词那时极流行，大抵是说我们土头土脑、啥也不懂。我想自己不缺胳膊不少腿，打台球、玩麻将、再穿点儿奇装异服，谁比谁差呀。

　　县城离家只有四十里路程，母亲仍是思儿心切，隔一阵子总要来一次，带些西红柿、烀苞米之类。母亲一走，我们就来一回小面积会餐，那些吃食一下子化为乌有。这些东西不稀罕，摆得满市场都是，母亲也真是，还大老远送来。我穿的总是颜色较浅的衣服，这样子能看出一点"层次"来。回到家中，我一遍一遍地擦净炕沿，才肯坐上去，田里的活儿我看都不想看了。手一天天细嫩，也就一天天没力气，还好，大家都热火朝天谈恋爱的时候，我没有掺和进去，还多多少少看了点儿书，结果考进了一所不太起眼的学校。

在这里别人不给你强调功课和专业，我自己又不要强，所以很快就随波逐流了。逛公园、看电影、坐音乐厅，丝毫不比别人逊色。父亲、母亲都有一个习惯，就是他们都穿不得新衣服，所以终年是一身衣服，从他们的服饰上你难看出季节的转换。可姥爷说，父亲、母亲都是有心穿着的人，现在为了供你的书，他们才这样说。我又想到在父母千叮咛万嘱咐的时候，我每每心里发烦，什么都似耳边风吹过了。

读书的时候总能读到"乡风淳朴"一词，我总是不解，更无感受。父亲脸上的皱纹一日多似一日，母亲竟致积劳成疾。而终日神里神气的我，对父辈的艰辛和浓浓的、深入血脉的亲情居然茫然无所知。

今天涉世之初的我，已尝到了许多苦楚。有一幅画在我的头脑里日渐深刻：母亲追着我的背影，以她慈祥的白发送我。我的路渐行渐远，却走不出母亲的关爱。我已深深知道，母亲忧心的不是我身影的模糊，而是我的心对一种朴素和一种美好的远离与背弃。

偷　瓜

在我们这块坑坑洼洼的地皮上，现今有了几十岁的男人，都能随口讲一段他偷瓜的掌故，除非他忌吃猪肉炖粉条儿。

麦秋之后就轮到瓜秋。

瓜园四周早是齐刷的眼光了。全队就这一块瓜地，大人小孩已盼出了许多口水。钟声一响，泥墙上的木门纷纷打开，长长短短的口袋一下排个大长队，盯牢管理员手中的秤星。可这已是二茬瓜、二悠儿席儿。

儿时学到一句诗叫"春江水暖鸭先知"，很见些意思，可要把"东野瓜熟谁先知"答复周全，却要费些思量。第一当然要推老瓜头（这只是个称谓，看瓜的口边无须，或者干脆是个女的，都不例外），近水楼台嘛。还有，就像厨师，菜出锅他得尝一口，品品咸淡，合情也入理。

第二要数到看青的。草芽是春天长出来，看青的是秋天长出来。这时苞米刚蹿出红缨，送人都不要。他们就大摇大摆地看瓜园，看瓜来了。腋下用来壮胆和表明身份的镰刀，正好派上用场——削瓜很见灵便。

第三是谁恐怕就难猜出，是我们。谁能挡住田鼠啃咬住庄稼吗？不能，那他就别想挡住我们偷瓜。

在地图上，在《中国地理》书里，都说我们这儿是一大片黑土区。偏村东有块黄土岗儿。种五谷不旺兴，苗儿苦不上地皮，可种瓜却是宝地。瓜脆、香、甜占个齐整。

游牧民族哪儿日子安稳就在哪儿定居。我们的瓜也是，看好了那块黄焦焦的土。瓜生了根，瓜棚也生了根，而且越来越坚实，初时是"人"字形马架儿；接着是泥屋茅草顶儿；后来是一面青儿，正面是红砖，背面儿是拉哈辫儿。瓜地的四周挑起了大壕，伏天充上水，说固若金汤是有些夸耀，说易守难攻，却是一板一眼的实话。

本地有句话称，"不怕贼偷，就怕贼惦记"，这样一说，瓜园天险仍是挡君子，不挡小人了。人的头脑就是有办法，高深莫测，单是对付那大水壕，得以一见的就是搭横木、撑杆、用马车胎等等。幕后还有更绝、更见心机的。我们惯用的是狗刨泅水。

麦子一黄脖子，瓜园就有香气。也许月挂柳梢头，也许只有一天星斗，月黑头是窃贼的艳阳天。几个很小的脑袋，倏地从某个联络点分开，像黄鼠狼搬家，一个咬一个尾巴，一路不露声色。手里捏紧一只布袋，或是一条扎了裤脚的单裤。

把衣服丢壕这沿儿，就轻手轻脚地旱鸭子下水，笨笨磕磕，但大家都能过去。瓜躺了一地。瓜族的人口极多，这里年复一年种的，都是这几年街上叫卖"甜香瓜"的那种。人们三下五除二，布袋和裤腰就已合不拢嘴。用备好的绳子束了口儿，把另一头搬到对岸。人过了水壕，一拉绳就赢了。单桶儿的贴在背上，双桶儿的骑在肩上，这就"打道回府"。

这不像是偷队里的瓜，倒像是摘自己家园里的茄子。这是顺风、这是得手，偷过瓜的不讲这些。这很像人们聊起西红柿，有红的，黄的，绿的，那太一般、太乏味；若说到有黑的，就见稀罕，人也不发困。偷过瓜的津津乐道的常是逆风、翻船的经历。

牛羊能把胃里的草团再送到嘴里，人也能，只是人的草团是桩桩往事。在我的头脑里，有关偷瓜的记忆就有很清晰的几块。

初试刀枪是我在八岁上。邻居崔家是从辽南来的新户，房无一间，地无一垄，就麦熟偷麦、瓜熟偷瓜。崔三当时是十七八岁，小脑袋小眼睛一转就是点子。他一挥手，后面就坠了我们七八个，雄起起地往瓜地开。那年夏里大旱，是以防守贼严，大壕里的水才没膝。

我们天不怕，地不怕。看瓜的是老赶和曲四。老赶早年冻掉了两只脚，只长跪着走路；曲四浑身只一把骨头，小风一吹就晃晃荡荡，夜里还是个跳脚，就是不管多平的道儿，他老觉得一棱一坎的，不敢迈大步。这样，我们的胆子就大过了倭瓜。

队里总是挺照顾一些人。老瓜头轻闲，又不少工分，就由"困难户"、"残疾户"、"新来户"轮流分担，今年是你，明年是他，也似大田的轮作。困境里人都无怨言，前两"户"是说儿没有，新来户原先也一准是日子难过，要不脚掌踩热的地儿谁舍得离开？

月暗风高，对面还可以见人。我们像一种虫子，一弓腰一弓腰往前爬。这也是崔三的点拨，他还特意拿一条那样的虫子让我们见识一回。瓜刚够个儿，还没有拉瓤儿。黑地儿摸瓜，能省的过程全省，什么弹，什么敲，什么闻，都来不及，块儿头大就成。

有瓜秧搅着，爬起来还没有蜗牛快，一会儿我们就没了耐性，齐刷刷直起身，只这一下子就现了行踪，一声喝骂跟过来的是一条消瘦的身影。我们扯了口袋四散奔逃。曲四八成是借了风威，一站脚他就到，我们就差没把尿扬到裤子里。

我是背向村子跑的，半路上一扯袋子底儿，让瓜跑瓜的，我跑我的。小半夜才转到自家门前。第二天一早我们都到崔家会齐时，看见崔三攥着小刀，腮上全是瓜子，靠着墙角儿还立着半口袋。我们吓丢魂时，崔三窝儿都没挪，结果摘个实惠。现在我知道了，崔三是用了《孙子兵法》里的调虎离山之计，我们也给他涮了。

没过几天，我们又行动了一回，也遭人撺了。瓜可摆上了自家的炕沿。崔三一边挥动右胳膊，拿出头儿的派，一边用塞满瓜、鼓囊囊的嘴教导我们，再不兴顺着毛道儿跑，往边上的苞米地里一躲，累折裤腰带，他也没辙儿。

瓜地边上种的是大豆、土豆和苏子，它们身量矬、得眼照料。日子一久，这地里就有了一条条歪歪斜斜的豁子，酷似冬天雪地上野物们的杰作。后来人就着这方便，也少糟蹋些豆秧什么的。

最后一次丢丑时，我在读初二。天时、地利、人和全应。我们几个做得不温不火，看不出一点儿潦草来。我们头顶南瓜叶子，一垄一垄地、很有分寸地逼近瓜地。可一只肥大的农田鞋碰了碰我的鼻子，我一时呆住，并觉得脸上红热，我们这群蝈蝈，敢情是早已在笼子里给人逗弄的。

那年岁偷瓜是乐事，我说起偷瓜就脸不变色了。

白天，我们常到壕这沿儿，老瓜头在那沿儿。我们说，昨儿晚上，你睡的也太死了，先把瓜罢园，再把你捆壕里，你还得睡个日月无光。他就笑笑，昨儿风不硬，蚊子却硬。集体的东西，该较真儿较真儿，可偷瓜不算。

不用藏头盖脚，常在河边站，哪能不湿帮子。偷瓜挨抓和不挨抓的次数，扳扳手指头数一数，差不多是半斤八两。只是罚的不重，大家就将其置之度外。

待一只粗大的手捏住我们的刀螂脖子，我们就知道自己给人抓了俘虏。审问照例是这样进行："是你家大人让你来的吗？""不是。""你这是第几回？""第一回。""一块儿来的还有谁？""就我一个。"落难英雄一梗脖子，一副绝不贪生怕死、杀剐由你的神气。

老瓜头用右手的食指和中指夹紧俘虏的耳朵，像拧螺丝帽一样拧一下，俘虏的脸就成了一张苦瓜皮，立时招供，刚才的患难同志全上了黑名单。老瓜头还可剥光我们的衣裤，不说？你就这么回家吧。我们就说了，大男人了光着露着可不成。

我们最怕的还是老瓜头说罚钱。家里穷得要命，连口粮还领不回来呢。他问啥，我们答啥，全忘了斗争立场，与甫志高和王金彪看不出两样儿来。

白脸关公走麦城的时候，皮肉从不受苦。可一个老瓜头一个花样儿，也够一瞧的。

曲四贴到墙上就是一幅画，脑子却不糠。瓜棚的南面，有一个长四方坑，挑好的瓜种摆了一堆。曲四先数了我们偷的瓜，按这个数再数种瓜。那些瓜在你的脚边一堆，你就吃吧，种儿淋到坑里，壳儿填进肚子。别以为这是便宜，一大堆瓜和一个小胃较量，一会儿你就脖粗脸红，一会儿你就眼泪汪汪。可这买卖，不到太阳下山不告一段落。

老赶来得和气。瓜垄头儿都种着倭瓜，风一吹会翻秧。他每人发一把小铁锹，压蔓子。倭瓜不多人多，眨眼就完事儿。老赶一辈子没家没口，就稀罕别人的孩子。小的，流了眼泪才放手；大的，他雁过拔毛，在屁股上掐一下、揪一下，他收回小铁锹时，额上红亮的皱纹一松，"来来来，大叔摸个鸡儿。"

金朝鲜看到我们在夜色中遁去，就对着我们的后脑勺骂个痛快。我们也没心思去听他用的是朝鲜话，还是日语，反正这两样他全会。

金朝鲜平时话少，逮住我们麻烦也少。跑趟腿儿就拉倒。几块打糕，一碟咸茶，或者一条狗腿，不过得先涂上辣椒酱，才能用黄钱纸包来。

我们驮在牛背上，我们哄一群小鹅，或是提着袋子去捋猪菜，都不忘了在手上拿一块瓜，边吃边比试，谁进瓜地没害怕，谁弄的多，手头儿准。各自脸上是满足或不满足的笑。

大人们也吃我们偷的瓜，但他们自己不偷。偷瓜，是小孩子在要闹，和抓蝈蝈、打鸟、钓蛙没分别。若他们自己动手，那是犯国法，这一层他们认得明白。他们当中的谁偷了瓜，大伙就朝他的脚后跟吐唾沫。

对于集体和个人大家心里都有个小九九，队里的瓜啦果啦，孩子抓一把也就抓一把了，对个人家房前屋后的园子，即便邻家的果枝伸进自家的窗子，也不能动一根汗毛，对别人家的东西，看都不要多看一眼。也许是因为这个，那么多人沾过"偷"边儿，可一长起来，就寸草不摸了。

许是"饥饿好下饭"的道理，现在的瓜怎么嚼也嚼不出那时的滋味，而且能打死人；钱来的东西又不抗吃，只几天袋子就见了底儿。至于烧麦子、烧豆子、烧苞米更是少见了。

前阵子，老家来人说，那地早包了，换了好几家，如今还是年年种瓜。村上吃瓜，也像城里人一样，吃瓜得花大头钱了。偷？孩子们都不敢了。去年徐秤砣的小子，刚到壕东沿儿，就给一棍子打下水。他一怕，犯了抽风病，两人深的水就没了他的顶。今年看瓜的，又在窝棚边儿添了条狼狗。

　　窝棚也说惯了，那窝棚已是三间瓦屋了。

偷

瓜

无关初恋的故事

　　每次听到李春波的《小芳》，我都热泪盈眶，都受到一次心灵的震撼。并不是我有类似的下乡返城的经历，更不是我有那样一段甜蜜也痛苦的恋情，但我却有一种莫名的感动，深信那个久远的故事是为我而写的。

　　那时，村里多了一家山东新户，使我们接连不断地听到"娘了个×"的对骂。我们支起耳朵听完刘兰芳的评书，就齐刷刷贴到那参差不齐的柳条栅子上换换口味，这是我们的第三件乐事。在如火如荼的成年的男声和女声的空隙里，我们又听出了一种时断时续的嘤嘤哭泣。这哭泣来自莲儿，是个女童音，莲儿是她娘的叫法，后面还跟个挺怪的尾音儿。

　　莲儿高出我们半头，竟和我们是同龄。冬天我们玩得最多的是钉钉子：分两伙儿，一伙跑，一伙儿追，追到的摸对方一下，口中说"钉"，他便钉住，不得再动，除非有战友来救。莲儿跑得最快，我们动用了一个营的兵力（我们全员出动）才勉强擒住，接下来我们要看牢这个俘虏。我们打退了敌人一次又一次的进攻，保住了胜利果实，便敲着得胜鼓唱着得胜歌扛枪返家乡了。

　　就是这一次，莲儿的脚冻掉了一块皮。莲儿的娘来寻她时，她还钉在那儿。莲儿说她的同志还没来营救呢。莲儿的娘把她拖了回去，嘴上一个"娘了个×"接着一个"娘了个×"。我觉得莲儿很坚强，莲儿是我的敌人我也佩服她，坚强就好，应该把莲儿拉进革命队伍。

莲儿的家很穷，逢年过节也看不出喜气。莲儿的爹习惯于坐在炕上调兵遣将，他的兵将终日马不停蹄地侍候着还不能令他满意。兵将只是莲儿一个人，莲儿的娘只管说"娘了个×"不管别的。我想把莲儿从水深火热中解救出来，可莲儿的爹实在太强大，那次还没待我把他家的柴垛点着，他就一脚把我踢翻了。母亲缝了两个花书包，一个给我一个给莲儿。

我想同莲儿坐同桌，可我们按大小个坐。莲儿排在女生的最后头，我排在男生的最前头，我们就失去了机会。我讨厌那个坏牙的老师，他一张嘴，就让人想到他的裤裆，斑斑点点的，总也没见他换洗过那条蓝单裤。我和莲儿都说恶心。莲儿的眉毛出奇的弯出奇的黑，让人瞧着心里甭提多受用。有一天放学，我说莲儿，咱们手拉手回家吧，莲儿说好吧。我那天太高兴了，第一次没有在路上耽搁，母亲还夸奖了我。

第二天阿二向坏牙老师报告说，莲儿当了我的媳妇，昨天我们真不知羞。坏牙老师动员大家哄了我俩一顿，又让我俩对着墙站了一天。那口铁钟敲过了，他才把我们放掉。出了门，我问莲儿还拉手不，莲儿说偏拉。路上遇到了坏牙老师的独子砖头，我同莲儿同时想到：向敌人讨还血债！我们正对着砖头拳脚相加的时候，坏牙老师来了。第二天，我们又站了一天，还吃了坏牙老师的"鼻酸"，他用拳头在我们的鼻子上用力一蹭，我俩的眼泪就哗哗流下来。回来时，我们把这一手绝活儿在砖头身上"以血还血，以牙还牙"了一回。我们再次面壁的时候，坏牙老师一讲课，我和莲儿就咳嗽，她能咳出她娘那样的尾音儿来，引来阵阵哄堂大笑。坏牙老师的课上不成了。我同莲儿成了生死同盟、患难兄弟，无时无刻不并肩战斗在一起。

这事的收场是因为砖头，这小子掉到了一个粪坑里，正好我和莲儿遇上。我问莲儿救不救，莲儿说救，要不他就淹死了，阶级仇是阶级仇，民族恨是民族恨。莲儿就把砖头从粪坑里拎了出来，坏牙老师不再反对我们手拉手了，我们的斗争取得了决定性的胜利。

莲儿的家里差不多只有四面墙，没有什么好玩的，我们每次都是摆弄那个香炉，莲儿说那是她家的宝贝。我抱来我家的花猫说这才宝贝。花猫坐在那里把香炉弄得飞转，我同莲儿在一边拍手笑。门一响，花猫一惊，香炉就摔了。进来的是莲儿的爹，他操起棍子问谁干的，莲儿跨前一步说是我。棍子便雨点一样落在她的头上。我瞅个空子"战略转移"了，可我心里默念的是莲儿待我的好。

那时候我的梦里常是扫也扫不尽的树叶（可以烧火），还有挖也挖不完的婆婆丁（用来喂鹅），再就是一只旋转的花皮球。花皮球一直荡在我的梦里，总想有一天我要得到。我看见阿二在桌上拍，心里很难受，我把这事告诉了莲儿。

放晚学时，莲儿竟把那只花皮球放在了我的掌上，这以后的十几天，我同莲儿总到后山的隐蔽处拍花皮球。这事到底给人发现了，坏牙老师问谁偷的，莲儿说是我捡的。坏牙老师说捡东西为什么不交公，还不快点还给人家，阿二冲上来，把花皮球抢走了，并丢下两个字：小偷。

莲儿这样的好媳妇打着灯笼都难找，我觉得是结婚的时候了。那是在后山，花堂是一片柳棵子地，土台是天地桌，高香是三根艾蒿，子孙饽饽是一块窝头，长寿面是几根好吃的柳条芽子。我是新郎又是大全福人，我们没落掉一样规矩。莲儿这天更为好看，脸红扑扑的。

邻居曲四再次把他的瘦手伸到我的裆下吃鸡儿的时候，他抽回来的是一条流血的胳膊。大丈夫可杀不可辱，为了莲儿，我应该雄赳赳气昂昂了。

期末考试的成绩，坏牙老师是张榜公布的。我同莲儿一同踏进教室的时候，扑面而来的是"坐椅子"的哄笑。在榜的最末是两把大椅子，上头坐两个人，肚皮上分别写着我同莲儿的名字。放学时，坏牙老师在我和莲儿的脸上各画了一个"鸭蛋"。这次我们没有反抗，更没有"以其人之道，还治其人之身"。

莲儿热衷的是丢手绢、跳格，我喜欢的是玩打仗、打鸟。有时我同莲儿一起踢毽子，有时莲儿同我一道逮蝈蝈。我们常去的是坟地，那里蝈蝈最多。钻进坟洞的蝈蝈，莲儿也要把它抠出来。

莲儿有一个好嗓子，又不羞口，让唱就唱。"毛主席的书，我最爱读，千遍那个万遍下功夫，深刻的道理，我细心领会，只觉得心眼儿里头热乎乎……"每个可以打开窗子的季节，莲儿总兴奋地坐在窗前，她的歌就同紫燕一道四处穿行了。我总会在这个时候，爬上小北炕启开小窗。我那时对这歌儿的深意知道不多，但从莲儿口中唱出的甜甜的字句，却让我万分痴迷，那支曾经万民皆唱的歌儿，到了莲儿这里，又多了一种莫名的色彩，竟是说不出的悦耳。

我家同莲儿家的泥屋只隔着一条满是大车辙印儿和牲口粪便的土路，我家在前，她家在后。那时乡间的草房都在后墙开个窗子，这使得我们离得很近。村人的嘴上一流露莲儿的名字，我的心里就美滋滋的。每个黎明和黄昏，那首歌就让我忘掉一切。

我的个子高过莲儿这年，我俩再也不一起走路了。班级也不再是男女一桌。也就是这一年，莲儿的家搬到辽宁去了，走时，我流着泪把自己精心制作的冲锋枪送了她。莲儿的爹到那儿帮人杀猪，日子好过多了，可莲儿的爹很快多了一样脾气：赌钱。莲儿家又满屋子是"娘了个×"的骂声了。这局面并没有维持多久，莲儿的娘便撒手归西。家塌下一半儿来，莲儿只得丢下书包。

原想这辈子再难见到莲儿了，她已走了六年，我也要把她忘了。这一年我读初二。校长的公子是年级的一霸，偏我不受他的黑暗统治，我连把他摔了几个仰八叉，他掏出了刀子。虽然很小，但总也是刀子，闪亮亮的很怕人。突然有一个人横在我的前头，是莲儿。她几乎是个大姑娘了，立在那里像英雄董存瑞。那次我同阿二打架，莲儿也是这样护住我，听任阿二的拳头一下下砸在她身上。

莲儿家又搬回来了。莲儿学会了抽烟，我觉得她生疏了许多，我们的话题很少了，总是提小时候也没意思，况且这时我们也还没有长大。我总有一大堆作业，莲儿总有一大堆地里、家里的活儿。到后来我们见面只剩一个招呼、一个点头了。

我在重点中学读高二这年，莲儿的爹正式向我父亲提起了我同莲儿的婚事。父亲说，那是小孩子在耍闹，我们也不用认真，莲儿也不小了，早点儿找个人家，别等我家小子，没年没日的，保不准到后来还不等个空地。莲儿的爹就红着脸回去了。

我知道了这件事，心上难受了一阵子，但也没坚持什么，似乎事

无关初恋的故事

情就该这样处理。莲儿呢，听说哭了几天，只是默默的。我正忙着参加一个省级联赛，待我回来时，莲儿家又搬了，单知道是山东，挺远挺偏一个地方，再细节的就不知道了。本以为莲儿至多也就是我的一个要好的玩伴，在经历了许许多多变故之后，我知道我错了，我分明感到，莲儿在我并不仅仅是一个抹不掉的回忆，而且更深刻地影响着我的人生旅途。

母亲一直很担心我的婚事。其实每到一个新环境，都有一个让我心生好感的女性，然而一切也就停留在"好感"上。在一个黄叶满天的秋日，我终于悟出了其中的缘由，那就是那群女孩子身上无不烙印着莲儿的影子，而当我稍稍走近时，却发现她们与莲儿有那么多惊人的不同。我是在苦守莲儿的美好吗？

莲儿的形象早已模糊了。我此时的参照只是那张黄皱的旧照片，那上面有一个叫莲儿的小姑娘：长长的睫毛、苹果脸、凝重的神情。这些同现在相隔遥远的莲儿必会有一段难以想象的差距了。人生与路的本质区别就是人生不能原向返回。如今莲儿是在某个地方平凡地相夫教子，或不平凡地有一番作为，但一定不再是我当年的莲儿了。

那首歌在寂寞了多年之后，重又被热烈地唱了起来，这旋律已不再是莲儿的了。莲儿的《毛主席的书》是属于八岁的小姑娘，是属于1978年那个小村庄的。

伤　痕

　　左腕子上有两道疤，已然陪了我二十多年。每逢有人问起怎么弄的，我总是玩笑一句，"地主老财的柴刀砍的。"这当然是吹着唠，我只有二十五岁，地主老财？我只在小人书里、电影里见过。

　　老家人那些年越冬是靠泥火盆的。黄泥、马粪、麻秧子制胎，用火烘烤即成。家家炕上养只猫，户户炕上摆只泥火盆。谁从寒风雪地里走回来，都到泥火盆边站一站、烤烤火。我腕子上的疤，也正是这泥火盆的杰作。

　　待到落雪，农活就告煞尾。庄稼院里无闲时，所以猫冬时节，也有农活儿酷似淅淅沥沥的小溪，看断没断。大人们仍然很忙碌。那年我满一岁，一头拴在窗框、一头拴在腕子上的行李带儿已然解除，我一下子自由了许多。看见大家都围泥火盆转，大概也很觉奇怪。

　　终于寻到了机会。一家人到外面去扬场，只留下我。许是盼望太久的缘故，我是扑向泥火盆的，接着我就知道了，这东西根本就不好玩。我那时一定哭破了嗓子，这两道鲜明的伤痕就是明证。

　　听姑姑讲，当时母亲抱着我的胳膊哭，几日没吃饭，几日没睡觉。直到现在，母亲见到我的伤疤，还在说我怎么这样不小心呢。类似的事后来还有，诸如在窗台上睡觉摔下来，少了一颗门牙；给小马驹踢肿了左脸……母亲是一次次的自责、一次次的叹息。

　　事隔多年，腕子上的疤全不影响吃和睡，只是那次验空军时给挡了回来。

前些日子，碰到一位文友，我们年龄相仿，更让人惊讶的是我们的经历也相仿，在这上头我竟寻到了知己，所不同的是他伤的是脚、是右脸（牛顶的）。我们差不多同时想到，其中的根由并不是家人的粗心和懈怠。

其实往四周瞧瞧，就什么都明白了。日子好过了，疲于奔命的情形也少了。当初父辈们只有拼死拼活，才能维持生存，谁还能顾得上在炕上爬的小娃娃呢？

邻家的小娜，婚后生一子，学步车、儿童车，都及时购置齐当。爷爷、奶奶、姥姥、姥爷转的不再是泥火盆，而是那小乖乖。在那小孩子幼小乃至以后成熟的心灵里，也不会有关于泥火盆的记忆，左腕上也不会再有我这样的疤痕。

一日姐姐说，老爷子老太太怕你丢了找不到，就在你的左腕上留个记号。母亲听了就开始沉默。我就笑她总爱在一个地方转圈圈儿。我有一副强健的骨骼，我有一次沐浴人间阳光的机会，这就比什么都好。谁能说那些曾有的苦难，不是另一种意义上的财富呢？

红辣椒

老家的檐下总少不下红辣椒。

我已做了数年市民，而在远方，母亲的惯例还是在每个秋天为我穿一串红辣椒。一番阳光与秋风的沐浴，到漫天飞雪时，它成了这个时令中最为艳丽的点缀，更使严寒的底色里透出一丝暖意。

同我的父老乡亲一样，红辣椒也是我生命的固有部分，不论我的生活如何变化，心中总有红辣椒的位置。想起母亲盘腿坐在土炕上，以侍弄儿女一样的认真态度，把红辣椒的兄弟姐妹组成一个个大家庭的情景，所有的感动就全部哽在我的喉头。

早些年，我们村比周围富裕一些，于是就有许多人争着来落户。河南人明达大爷一个人来"闯关东"，村长清远大爷递给他一盘红艳艳的辣椒，明达大爷虽然给弄得鼻涕眼泪一大把，却始终没吭一声，让那盘红辣椒顷刻见底。一片掌声，明达大爷成了本村村民。

老家人论亲戚、攀交情，一律用红辣椒，不用酒（也就没有杯盘狼藉）。老家人说，红辣椒更烈性，更实在。红辣椒能随处派上用场，本村出去卖甜瓜、白菜、毛葱、猪肉，都要插上一只红辣椒。人们一望而知这是老郑村的，东西上好、秤上没手脚。所以村里人的生意煞是红火。

也曾有过假冒"红辣椒"的事。那次，那个尖头尖脑的小伙子被认出来以后，众人抓过来一把红辣椒，他一个也吃不下。人们就踹了他的摊子，赏了他一顿拳脚。待他讨了饶，众人方才作罢。

云狗叔和二秀姑是本村第一对自由恋爱的。二秀姑的姨没有儿女，二秀姑很小就被接了去，在城里长到十九岁，高中毕业才回来。在村人眼中，清清秀秀的二秀姑肩不能扛，手不能提，谁都在背后唤她"绣花枕头"。

　　秋收的季节。庄稼地里的人都是一头豹子，迅猛地向前奔突。二秀姑被远远地抛在后头。手帕被汗水浸透了，她一赌气把手帕丢进垄沟。黄昏时，云狗叔把那手帕又交到二秀姑手上，并递上一只红辣椒。二秀姑一闭眼睛，生生地把那辣椒嚼了下去……

　　转年，样样农活儿二秀姑都冲杀在前，别人铲一垄她铲两垄；别人铲两垄，她铲四垄，村人大饱了眼福。云狗叔得了个八面威风的媳妇。

　　待我把女友的照片寄回家，并说她模样还凑合，只是高高瘦瘦体重刚过百斤。母亲回信时，问过了女友的家风、女友的性格，接着问到的一句便是"能不能吃红辣椒"。吃红辣椒的功夫同老家人相比，女友自是大为逊色，但同她周围的人相比也算是个高手。

　　从老家回来，女友为这次侥幸过关长长舒了口气，她说："还好，你们那里不讲生辰八字，只讲红辣椒。这没准儿也是一种新潮呢。"

信　痴

　　父亲害怕写信，每次只一页纸，还要空半截。这样，从小学三年级我便开始写信。写信帮了我的大忙，每次作文都得到表扬，在生活中更把信视为珍宝，而且觉得信实在是个大世界，人世的方方面面都涉及得到。十五岁那年，我想自己是个小伙子了，凡事该由自己独当一面，这话用嘴难说，我就极郑重地写了一封信，父亲母亲也确是认认真真地思考了一回。

　　在学习和工作中，不顺心的事有时像季节雨，应时而至，这个时候，安下心来，端端正正地坐在桌边，面对洁白的信纸，也就是面对一个心地高洁的朋友，他一直在静静地听你诉说，并且透过纸背的那双眼睛正在热情而真诚地望我。信到结尾，我的烦恼，总做烟云散。不日，有朋友信飞来，那份浓浓的情谊，深深的理解，早使我那些不快像脚印一样丢在了脑后。

　　日记是写给自己的信。每日的阴晴雨雪，每日的所遇所感，都整整齐齐地排在那些精美的本子里。发信的是我，收信的是我，中间少了时间和金钱的周折，时过境迁，再翻看那些日记，往往别有一番滋味。日积月累，到了今天，那一大摞花花绿绿的本子，已是搬着费劲了。对于这个预备在文学路上一个跟斗一个跟斗摔下去的人，这未尝不是一种不惜千金也买不到的收藏。

　　我离故乡越来越远，像三月里的风筝在一片蓝色的天空中飘荡，而父老乡亲的书信，竟是牵引的绳线，太多的叮咛和恩情，让我很好

173

信
痴

地继承了老家人的勤劳和坚韧，除了乡音，那些善良、美好的品质，并没有因为奔波，并没有因为碰钉子，而改变些许本色。

高兴与悲伤，茫然与镇静，都可以对着信纸一吐为快，对着这面镜子你可以正容貌，正脚步，坚定、清醒地走以后的路，父母、亲朋、恋人，一直在你周围让人感到温暖和欣慰，生活并不是让人望而生畏了。信竟如风，在我的世界里，无处不在。

婚后最初的一段时间，两个人是分居的，一年里只有几十天能在一起。电报费吓人，电话费打人，人包裹似的车上车下扔来扔去恼人，而信便是最好的使者了，庄重又文雅，为这段时光带走了急躁和牢骚，还平添了无限诗意。对于这些信件，我们都爱之若命、惜之若眼，珍存起来。粗算一下，这几年两个人合起来居然是近千封信，这个数目我们自己也感到惊奇了，接下来便是觉着有点不好意思。把这些青春的花瓣叠放在箱底儿，留作他年之想，他年之读，一定是件极有情趣的事。

爱屋及乌，我对纸、笔、信封、邮票都怀有深情，甚至对邮局、邮递员，还有收发室的老太太都另眼相看。有信飞来，我总要尽快地回信，饭可以晚吃一会儿，觉可以晚睡一会儿，父母的慈爱与教导，亲朋的关怀与信任，都使我不能有一点敷衍、懈怠的态度。

几年前，我的文稿变了铅字以后，我书信的空间又空前扩大了，用稿信和退稿信，同样让我欣喜。我像个玩具店的老板，也摆上一橱窗玩具，可却不厚着脸皮硬去掏人家的钱袋，只要走过这儿的孩子，仔细地看看，脸上有了花样儿的笑容，我心里也就美滋滋的了，并不在乎是否卖得出去。用稿信是能够卖出的，退稿信是换来微笑的，同样让人振奋。

词典上说，"沉迷于某物近于愚，近于傻者，为痴"，我可以自诩"信痴"了。

曾做过这样一个梦，我的信纸积作一座青葱的山峰，而信上的行行字迹，流成条条小溪，这里竟是别样的山明水秀。

团支部书记

团支部书记姓周，同我们这些老补相比，他还是年轻一代，可他却少年老成，据说这与其家境有关，他父亲早亡，很早他就开始独当一面了。

最初我们相处得极好。那时正军训，虽然分了班，但还不是真正意义上的同学。大家天南地北地胡侃之后，就光顾门左的小酒馆。周同学总是抢着付账，我们就认定这小子仗义，选班干时，众人不约而同地投了他的票，他就成了团支部书记。

团支部书记一下从平民进入官僚阶层，并不时站在讲台后面严肃地开些没意思的会，语气更居高临下。人们就觉得他变了，并下了结论说：不可让小人得志。团支部书记再没踏进过小酒馆，大家恍然大悟：当初让这小子给涮了。

先生们都对团支部书记敬而远之，却有些女士仍同他来往，我们自是对这类人嗤之以鼻，她们真浅薄得要命，压根儿就不知道什么样的男人才是好男人。

后来的两件事证明了我们的预见。一是团支部书记短命的恋爱。班上的玉极为出众，团支部书记对她亦极有好感，有人在中秋节的夜里遇到幽会的他们。谁向校团委吹了风，马书记问起时，他竟矢口否认。本校规定，谈恋爱者不准入党。看来在党票和爱情面前，团支部书记选择了前者。

二是团支部书记的临阵脱逃。本市大学生当家教的极多，团支部书记亦在其中。邻班的女生和他同路，所以他们便双出双归。女生就同姐妹们说，有他当保镖什么样的险情都无所谓了。谁知有一天，他们在归途中遇到了三个歹徒，团支部书记臂上挨了一刀之后就落荒而逃了，幸好三个歹徒被下晚班的工人冲散了，才没酿成什么大祸。团支部书记事后解释说，他知道不远处就有应手的家伙，鲁迅先生讲过壕堑战。谁信团支部书记的鬼话。

四年大学生活正是弹指一挥间，我们很快就到了本次列车的终点。大家都准备了一本精美的留言簿。唯独团支部书记没有留言簿，他的桌上也没有高高摞起的本子，因为谁递来本子时，他都只是在最不显眼的地方签上自己的名字。大家也不计较，本来也不对他指望太多。

最后一批党表也下来了，却没有团支部书记的份儿。他依然是同往常一样的平静。强子说，我敢断定他内心正在进行万分激烈的思想斗争，这人隐藏得真够深的。消息灵通人士说，团支部书记没能填上表，是系里的领导们普遍认为他不肯同群众搞好关系，入党动机不纯。

团支部书记在大学的最后一天表现不错，他楼上楼下几十个往返，把同学们一个一个送走，他说他最后一个动身。来子说，人出息也说不准什么时候。

毕业分配之后，是找对象结婚，这一番忙乱各人体重都有所减轻。这时团支部书记的死讯传来，他死在岗位上。他只在邻城，过去的恩怨都不重要了，我们几个结伴前往。

高中时，团支部书记因徒手斗闹校的流氓伤了脑血管，他和他的家人早已知道死神随时都可能找到他。

穷亲戚

从祖父率全家东迁到现在，怕已有了三十多个年头了。祖父在时，嘴里总是这样一句："偷空儿得回去看看。"然而这话最终也只是个理想。因为我家不富裕，亲戚也穷。

父亲是个小学教员，早些年叫挣现钱的，农家的钱收的比庄稼还晚，常常是一大年见不到进项，从东数到西，差不多没有一家没花过我家的钱。亲戚里，老叔同姑夫最是常客。姑夫家一炕孩子，大小没多少分别，年年入不敷出，他到我家一低头，母亲就赶紧问："需要多少？"

老叔来就不同。老叔养成了赌的恶习，把里家值钱的东西都输了个精光。到这儿来，他照例是一番哭诉、一番忏悔，钱一到手就再难抓到他的影子。母亲心肠软，见不得眼泪，每次都不让他空手。老叔一走，她便开始犯愁，家里也难支撑了。一次老叔说："若是这些钱送到银行，还能有点儿利息不是。"十岁的我接过来："你家不也是银行吗？"老叔的脸立时紫胀起来。他走后，父亲狠剋了我一顿，骂我坏了良心。老叔再来时，手里总拿点儿什么，比如一支木枪、一串鸟儿。老叔家的阿崇比我小三岁，一定更需要，可我每次都推辞不掉。

父亲出钱给老叔家买了头母猪。正是这头母猪，帮老叔家走出了困境。那时终日忙碌，老叔根本就没有一点儿空余时间，更别提登赌场的门了（其实，还是他自己下决心金盆洗手了）。开始，老叔还隔些日子就来坐坐，后来就不了。我心里想：哼，有钱忘亲朋。姑夫也少来了，表姐妹们全长了起来，他家也过起了抬头日子。

大包干以后，我家是非农业户，就没有几亩地了，只靠父亲那点儿工资，生活一天天拮据，同周围的人家都比不了。老叔和姑夫家已是一色的红砖房了。一年夏季多雨，我们兄弟几个在外地读书，家里地便荒了起来。只偶尔有一两个晴天，一家人愁眉不展。天气预报说六月里只剩最后一天好天气了，而我家那块地是得干五六天的，大家已近绝望。母亲走到地边时，姑夫和表姐妹们的锄已到了地头。

幼时翻过《增广贤文》和《大实话》之类，印象鲜明的有那句"贫在大街无人问，富在深山有远亲"。曾经以为这话命中了要害，现在想，它近乎一文不值了。我们这儿盖房讲帮工，你帮我，我帮你。一场雷雨之后，我家的房子再也敷衍不下去了，父亲唇上立刻起了火泡，从不帮人家，房子怎样盖起来呢？正在一家人茶饭不思的时候，老叔带了二十余人来，个个是盖房子的好手，水不喝烟不抽，直接上墙。一天的功夫，新房子就很精神地站在那儿了。

这几年我们兄弟几人高昂的学费，都差不多是老叔和姑夫承担的。我们能做的，也只是在信里说几句感激的话。他们回信的主题都是一个："亲顾亲顾，是亲就少不得要顾了，说别的就是不认亲了。"想想当初我的难为和挖苦，真是羞愧难当，幸好我那时是不更事的年龄，只能给自己找这样一个借口吧。

穷亲戚，穷亲戚，亲戚除了一种血缘关系外，还有一种友善和爱心，后者是更为主要的。

不该对生活发脾气

习字旧事

　　直到现在，父亲还在写他一板一眼的仿宋体，我的字当然就和他没有太大的渊源。两个弟弟人长起来，字也长进起来，我曾是他们两个的老师，后来他们就青出于蓝了。而我自己差不多是无师自通，字怎么样自己不敢恭维，看着顺眼又与众不同，也就说得过去了。

　　太早的记忆已模糊了，我三岁时的事，母亲帮忙记着。我有空就站在齐下巴的小桌边，开始纸上是旁不相干的笔道儿，后来是一个个歪歪斜斜的方块字。时下的小孩子，多喜欢画画和音乐，尤其喜欢画画，大概是因为这个东西很形象。我的习惯是依葫芦画瓢，葫芦是随便一页有汉字的纸，瓢在我的习字本上。我那时大致是含一会儿笔头儿，写一阵儿，头照例歪向右边，这些我是从那张旧照片上看到的，母亲说那小孩子是我，我说不像。

　　我的眼前总是工整也死板的铅字，十六七岁才知道世间原来还有专门供人摹习的字帖。我的字帖是我自己，依着性子写下去，回头一瞧，总有些许的不如意，人心里有把尺子，这尺子是一种要求，是一种约束，更是觉得什么东西还欠火候，还不完美。我乐于比较，今天的字同昨天的字，今天的我同昨天的我。见人夸我的字，我的小平头也跟着神气，笔和纸我最钟爱，可以随便送人别的东西，这两样儿不行。

　　我写字上瘾，却半点也不想当书法家，个中道理也说不准，能在《班级综合表》、校板报上施展一回也就行了，自我陶醉也就行了，每次书法比赛我都只是看客。这种心理，让我后来理解了一些人，他们终日拼命地写，却一篇不投，不拿出来发表，或者干脆在临终前付之一炬。这是自己精心侍弄的一棵生命树，绿意和生机自己明了就可以了，未必要拿出来张扬，"自娱"二字足矣。

不知哪日始与文学纠缠不清，对字形的兴趣变作了对文字的那种特殊底蕴的厚爱。患上了文学病，举手投足都是文学色彩，笔一到纸上就是飞奔，似是去急着赶着拼抢什么东西，总之是笔一搭纸就想到头，日子一久，写字的情致竟自疏淡了。朋友阿权拿着我的手稿端详了半天，"这还是你的字吗"？我也细看了一回，连自己也惊诧了，那排排如蚁的字给我的是一张张不伦不类的脸孔。

阿权是个挺有意思的人，脸上满是认真，"你得到了许多你不该得到的东西，也失去了许多不该失去的东西"。初听挺玄，细一品倒简单，就是说那些成型或不成型的东西是我不该得到的，而那一手漂亮的字是我不该失去的了。铺开纸，很耐心地写了一回，字迹竟真的大不如前。

王安石的那篇《伤仲永》我读过，也很细心地想过。单从写字这一点考虑，我其实是走了他的旧路了。细思量，方仲永也该有他自己的生活道路，未必只得当一代文匠，也就未必值得"伤"。我们在行路时，有时遇到山，有时会遇到水，只要能发现其中的妙处，遇山遇水都是不必计较的了。

垂钓的幽默

1. 鱼钓人

垂钓常在湖山胜地、林泉溪涧之间，可以摒开欲望，怡然自得，回归大自然，得身心之益。而人要奔波于生计，垂钓也渐自成为可遇而不可求的奢侈之举了。

那次出差到 A 市，离家万里，我是"烟、酒、麻将、跳舞"四盲，自是寂寞"无计可消除"。与其孤独困于斗室，不如出门四处逛逛，看看外面的世界。

A 市依山傍水。听说西郊新辟了人工湖，便一路换车而往。这日白云拭天，垂柳拂水，天的情绪好，人的情绪也跟着晴朗起来，湖边英雄排座次一般拥满了钓客。这儿虽不是"两溪得交欢，一往情深水"的所在，倒也不失为一处绝妙的钓场。我立时钓瘾发作。

上前一问，钓民们有的办了"长期执照"，有的临时性缴了费。湖水至为清澈，鱼的游窜历历在目，我再也按捺不住，可一摸口袋，实在羞涩不堪，熊掌和鱼、钓竿与缴费同样不可兼得。我上街买了最廉价的一把竿，未余分文。常言道：办法总比困难多。

我刚把钩抛入水中，屁股还没坐牢，那个灰眼睛的管理人员就奇迹般地立在我的身边。没待我反应过来，他已相当流利地背完了

"规定"，并递上罚款单据。

我只得苦笑着提起那把竿——那钩无尖儿更无饵。正是：人笑姜公执钓钩，锦鳞不钓钓四周。

2. 人钓命

《声律启蒙撮要》有"两鬓风霜，途次早行之客；一蓑烟雨，溪边晚钓之翁"一联，很见些意思，看开世界的往往是老者，能得"鱼相与忘于江湖间"之趣的也就常常是他们。我自是个例外，初援钓竿时，我还是个黄口小儿。

那是在乡间，老家不是水乡，却也有十数条小溪蚯蚓一样爬来爬去。八月天，红日将落未落，明月将升未升，头上是一片薄明的圆云，脚边是一条无声无息的细流。我坐在一块高地，远可望隐在榆杨间的农舍，近可察溪中的蛛丝马迹。这样的钓位，足可以馋出"老钓"的口水。

田中的农人渐渐散去，黄昏已深。抛诱食，装钓饵，垂钩下钓。老天果然大加赏赐，鱼儿们饥不择食，三把竿便忙得我上气难接下气。天好风和，鱼篓渐满，心绪是别样的激动，近醉近痴。对面尚可见人，心中把"再钓一分钟"默念了无数次。此时此境，傻蛋才舍得走开。

"兔崽子，你要鱼还是要命！"

这样粗鲁的断喝，把我所有的兴致都扫光了。我不由得怒从心头起，那句国骂险些脱口而出。

水，身后千军万马的水正向我掩杀过来，我所在的高地已是岌岌可危的孤岛。幸好死神才刚摸到我的鼻子，还没下杀手。

3．伏床钓

林语堂曾断言：人生必有痴，而后有成。痴各不同，或痴于财，或痴于禄，或痴于情，或痴于渔。我该是痴于渔的，只可惜一事无成。

我不慎跌伤了膝。"伤筋动骨一百天"，我担心这一百天会折磨死我。家人都忙不开各自的一堆事，况且我也能自己照料自己，只是一天大部分时间只有影子陪着我。孩子有时比大人聪明，外甥女阿舒想出了一个相当绝妙的主意。

阿舒在桌上放了一只鱼缸，又交给我一把她粗制的钓竿。缸中是一群"寻常百姓"，在市面上一两毛钱就可以买一条，床头钓鱼妙不可言，我想钓哪条就钓哪条，鱼上钩的每一细节都尽收眼底。我大过了垂钓的瘾，而钓鱼实在是喂鱼，以至于这些鱼都成了棒打不走、临危不惧的勇士。伏床醋钓，怕是钓友们从未有过的尝试吧。

"留得五湖四海在，何愁无处下金钩"，没有五湖四海，我也找到了垂钓之所。居室挥竿，人乐鱼乐，比之尖钩对皮肉更是仁慈了许多。

邻人的花猫，偷了我的技艺。鱼儿们不识厉害，依旧大大咧咧，来者不拒，结果悉数命丧猫口。

单身苦乐经

　　当我回转身，仔细端详曾走过的这段单身的日月，仍是既不崇拜也不沮丧，"儿女情长"与"英雄气短"都与我无缘，但我至少可以平平凡凡地活出一种个性来。我是一条一路流去的河，我愿意相信所经历的一切，都是冥冥中的一种力量在有意安排，我避之不及，唯有欣然接受。

1. 苦经

　　其一，我 1986 年入集体宿舍，至今仍因为孤家寡人而成为历史遗留问题。舍友们一批批硬翅出窝，梧桐树随了凤凰去，虽然他们都曾把这 12.3 平方米当作了有利地形，双出双进，公然做各种"惨"不忍睹的"危险"动作，但最终他们还是把据点还给了我。只是最后一个瘦瘦的小兄弟，爱情使他忘乎所以，他向管理员交了钥匙又热情地补了一句"没人住了"。我险些困死在里面——整整三天，正值假期，而管理员的老婆又生了孩子。

　　其二，不知从什么时候起，携夫人前往成了出访的最高礼节，上行下效，我们单位的首脑也有了这种新观念，评级、定职称、分房子，只要你携夫人一去准灵。我的"窝"年久失修，阴暗、潮湿，实在不利于我打持久战，几次动念头申请申请，皆因虑及人单势孤而草草收兵。终有一日，我借着酒力讲出"宿舍……"，首脑劈头问："就你一个人？"我立时全线崩溃，落荒而逃。

其三，"三八节"单位从不让女同胞们失望，并且不断地翻新花样，化妆品、衣服、饰物，凡所应有，无所不有；男同胞也大沾其光，道理再简单不过，男同胞的配偶是女同胞。可那些花花绿绿的东西总陷我于不尴不尬的境地，我的衣箱是所有人的自选店，断容不得这些物什存身。为躲开"金屋藏娇"的猜疑我动用了所有的聪明才智，结局是有一包东西寄回了两千里外的老家。

2. 乐经

其一，我是"星天外"音像厅的老主顾，从老板到雇员对我都分外客气。这家音像厅本该一律为"情侣座"，谁知设计者疏忽竟要出一个"单儿"来，别的座人满为患，这个座却门前冷落。我为老板解决了这个难题，一有空便端坐其上，音像厅有时收我的费，有时不收，我得到了娱乐，又帮老板"生意兴隆"，毕竟我一来，音像厅便"座无虚席"。

其二，那夜已是更深，有人大呼火起，整幢楼瞬时乱成一片，声嘶力竭的哭叫震耳欲聋，抢东西抢人抢价值。我光棍一条了无牵挂，毛遂自荐当了"敢死队"的统领，"敢死队"的勇气最终把一场火灾变为一场虚惊。上边嘉奖 1000 元我亦不推辞，这是拿命换的受之无愧。翌日汇给作家阿明，这笔款子可以帮他投 0.5 平方米的房子。

其三，五天工作制一实行，人又不知松开了几根神经。本地开发的较晚，没有名胜但有风景。单位慷慨解囊"莽山两日游"，莽山无名有实，绝对不失为人间佳境。只有我一个形单影只，余者皆夫妇相依相随。莽山陡峭异常，体力不支的难于应付。归途中众人口中无不是"太累了，没意思"，只有我在甜甜地回味山间的晨钟暮鼓、断崖奇峰，还有远远近近浓浓淡淡的鸟啼，我大得了山水之乐，皆因为我一个人形影相吊无牵绊，而另外一些人必须相互"救助"，这便失去了许多观赏的良机，幸好他们还有令人称羡的恩爱。

　　有了这些经历之后，我终于知道，单身不是大碗喝酒大块吃肉大把花钱来无影去无踪的独行侠，也不是整日愁眉苦脸天地虽大却无家可归只能守着影子度光阴的倒霉蛋。单身可能是人生的一个关口，可能是人生的一种方式，是乐是苦随它去，倘我们宠辱不惊，前头必是海阔天高。

放　牧

　　放牧的经历，差不多就是我童年、少年的成长经历。

　　我刚学会走路，就开始扯着母亲的衣襟，摆摆摇摇地坠在后头。母亲总小心提防着，不让鹅雏落到我手里。我很喜欢那些毛茸茸的东西，很喜欢攥住它们的小脑袋、细脖子，看它们挣扎。一只只小鹅从我手间滑落，再也爬不起来。看到母亲涨红的脸，我只觉得很开心。

　　八岁上，我便独个放鹅了。草滩也大，它们随便吃吧，我则躲到某处睡大觉。一个月下来，邻家的鹅已生了老膀，可我家的仍是一身胎毛。母亲说，你用的心思不够，光喂婆婆丁、苣苣菜不行，还得有另外一些东西。我改掉了大睡的习惯，鹅们果然胖大起来。

　　有一年，姐从野外抱回一只垂死的母山羊，大家买药的买药，割草的割草，它总算活了下来。愣因为难产，它用自己的命换了儿子的命。

　　小山羊生得乖巧、伶俐，很是活泼。每日我都把它牵到草地上。它颈下的铃铛，一刻不停地唱，太阳就一次次东升西落。起初，它小，蹦跳到哪里，还无大碍；可它长大了，再蹦跳，就碰坏些东西。

　　祖上传下来一只南泥壶，有人出价一千，祖父眼都没抬，全家人奉之为圣物。一天大家从外面回来，南泥壶已躺地上，身首两分，旁边站着的是那只傲慢的山羊。祖父刚操起棍子，山羊就一跃，踢碎了玻璃逃掉了。

　　正赶上羊肉价钱看长的时候，买羊的人推不开，搡不开。父亲一瞪眼睛："卖掉!"我苦苦哀求,父亲就是不应;再哀求,父亲竟愤怒了:"你已十五六岁了,应该像个男人了。"我似懂非懂,男人和卖羊是什么关系呢?

跟着就到了分田到户的八二年。我家分得一匹马,十几岁了,已现出了老态。家里忙不开,我又升作了马倌儿。

放马和放牛不同,你得多赔些耐心。它一根一根地衔草,一根草和偌大的肚子相比,是一段怎样让人惊骇的距离。其间,你抓蝈蝈,你寻鸟窝儿,仍是挡不住发腻的感觉。日落西山,那马才打个响鼻儿,今天到此为止。

骑马,对老家的孩子来说,是必不可少的享受。马背上铺条麻袋,上面坐着的常是个七八岁的孩子,懒扬牧鞭,像个不可一世的成吉思汗。

前些年,老家人还加成人礼呢。只不过不像古人束起头发,或更换衣着,这里的要简单得多。找出全村最烈的马,拴上缰绳,不着马鞍,由村上最有威望的人交到你手上,你就到大草甸上露露身手吧。

十八岁的我,虽摔个鼻青脸肿,却终于降伏了烈马,勇气和机智让我站进了男人队伍。从那时起,我的信再也不用父亲转了,"收"字前面赫然是我的大名。

自惭，让我失去一次爱

"我悄悄蒙上你的眼睛，让你猜猜我是谁……"我俩在大学的礼堂里，一起唱起这首歌。那是大学最后的日子了，每个人都能找到千百个理由想哭，台下是一片再难抑制的哭泣。

我的泪噙在眼中却流不出，过了今天我们就大学毕业天各一方，我也将从此摆脱单恋的熬煎。你必会寻到一个高大威武的依靠，永远想不到我曾对你怀着深情。

你是个清清秀秀的写诗女孩，写诗之外便醉在名著里，初次见面，觉得你特像我儿时的一个玩伴，她被一匹惊马夺去了生命。也许是因为对她的怀念太深，竟对你的举手投足、一颦一笑都倍感亲切。

我开始偷偷地喜欢你，并学着写小说，这样我们就可以一块儿大侃文学。你称道我的小说时，我心上总有一种幸福和满足，幻想着有朝一日能与之相濡以沫。直到有一天，偶然听到你对我的评价，我的美梦才一落千丈，一切都大大出乎我的意料。

记得那一天，你与同寝的姐妹走在校园的"情人街"上，头上的葡萄已隐约可见。这是一段绵延一里长的葡萄架，架下是一条幽静的小路，每个晨昏都会有许多相爱的人们出双入对。我惯于在架外的一棵树下"编"形形色色的爱情故事。微风中传来你响脆脆的声音："鸣真是不错，只是个子像'七拳半'，比我还矮一大截儿。"我咬着嘴唇，悄悄走开了。

"七拳半"是汪曾祺作品里的一个人物。"七拳半"是绰号，极言其矮。这让我愤懑异常，也吃惊异常。我第一次知道原来矮还是一种生理缺陷。在我走过的二十个春秋里，还从来没有过矮的感觉，因为在人群中我总是很出色的一个。这以后我一天天恼恨自己的短胳膊短腿，先前高昂的头沉重地低下，再也不知道你如水的明眸是否还定定地看我。

我终日缄口不语，发疯写我的小说。我已写得一手像样的小说，在国内的十几家有影响的刊物都发过，人们不时投来羡慕的目光，这目光中大概也有你的。但我的个子再也长不起来了，心上总是被打败的自惭。

千余个时日如一列飞驰的列车隆隆到了终点。大家桌上都堆着厚厚的一叠待写的留言簿。我至今仍记得你在上面写的是这样的两句："从没刻意去走近，却没觉着你遥远；从没刻意去了解，却从没觉着你陌生。"至于我是否给你写了留言，写的是什么我早忘了。

毕业前夜是告别晚会，在去礼堂的路上，你突然叫住我，你说想同我唱一首歌，我没有推辞。节目单几天前就敲定了，不知你用了什么手段，临时把我俩安插了进去。看到你眼中闪烁的泪光，我只当是你舍不得离开校园、离开姐妹，这个时候大家都是满腹的悲伤。

接着我们都跨入了上班族，同学们的信越来越稀，更没有关于你的消息。本以为今生再难相见，谁知世界有时很小，那日收发室的邓姨把我从楼上叫下来，眼前竟是一身风尘的你。你听同学瘦子说我在这儿，顺路就过来看看。你依旧亭亭玉立，只是多了点儿憔悴。

毕业已有四年，这么漫长的时间早把一切冲淡了。我们兴致勃勃地追忆那段共有的岁月，你坦然地说："呜，那时候我深深地爱上了你，可你后来都不屑看我一眼……为了记住那段情，我找了一个和你身材差不多的丈夫。"

我默默地送你依偎着丈夫出门，心上不断重复一句话："自惭，让我失去一次爱。"

与烟成仇

水手马克·吐温的名言"戒烟相当容易，每年我都戒上几十次"近乎成了众多瘾君子的写照，而真正能够痛下决心的却寥若晨星。中国瘾君子的队伍在不断发展壮大，已逾四亿大关。"前景看好"，是各国烟商们眉飞色舞的预见。

人们明知这物什是"受宠的砒霜"，明知自己在分期付款购买死亡，却仍表现出义无反顾的勇气。现时市面上的烟卷儿，无不明载着：吸烟有害健康。这立刻就让人联想起港台新加坡的电视剧，总要弄一点儿"本剧故事纯属虚构"的玄虚。表面看来这是公正，这是提醒，实为更深层次的召唤、更为隐藏的"诱人上钩"。问及吸烟的根由，多数瘾君子会丢下一句："不为无益之事何以遣有涯之生?"可烟雾能装扮多少生活的色彩呢?

梁实秋到底是个智者："我吸了几十年烟，最后才改吸不花钱的新鲜空气。如果在公共场所遇到有人口里冒烟，甚或直向我的面前喷射毒雾，我便退避三舍。心里暗自诅咒：我过去就是这副讨人嫌恶的样子。"林语堂则是顽固到底："我已十分明白，无端戒烟断绝我们灵魂的清福，这是一件亏负自己而无益于人的不道德的行为。"站在这样的十字路口，实在使年少的我难抉东西。

我于乡间长大，那里现今仍是以秸秆作燃料。家家的厨房放着一堆柴火，而灶边总少不下一根熏黑的烧火棍。那一年新屋初成，母亲蹲在灶边填柴，谁知烟路不畅，屋里迅即便成了烟的世界，我同母亲相继昏厥。幸有邻人及时赶到，才算无事。可我从此多了一样怪病：遇烟则头痛。仿佛那时有一粒种子潜伏下了，而各种品类的烟雾正是它的阳光雨露，足以使它有一种发芽破土舒枝展叶的欲望，这欲望一来，最倒霉最苦不堪言的，则非我莫属。为此，凡是与我相熟的亲朋，烟瘾发作时，无不告假走到室外。

可我终要从那三间草屋中走出来，烟雾满世界吞吐，我避之不及。爱屋可以及乌，恨"烟"当然也可以及"烟"，前"烟"是柴草烟，后"烟"是烟草烟。我有无数次出差的机会，每次我总是祈祷自己的鼻子不要遇到烟，可没有一次能幸免于难。走近人群，我就无法躲开一张张满是烟臭的嘴巴。

曾经幻想得到这样一支令箭：有权随意拔掉谁嘴上的烟囱。幻想到什么时候都是幻想，清太祖皇太极、清圣祖康熙都曾下令禁烟，可吸烟情况有增无减、愈演愈烈。今天的先生女士们更是偏爱尼古丁，憎恶罚款，拒绝戒烟糖、戒烟茶、戒烟漱口水。

妻对烟持不同"政见"，虽然自己并不沾染，却对其有着强烈的好感。她曾将古人"月下、灯下、帘下"看美人的说法发扬光大，补进一说曰："烟下。"以为其情飘逸，其意朦胧，其境幽隐，真妙不可喻。前日，在列车上，妻终于得饱眼福，自始至终欣赏、艳羡对座那位烟中仙子，只是在归来时发觉自己最得意的一条长裤膝部多了一个拇指粗的洞。

女孩冰冰

冰冰，中国东北某大学中文系的学生，她走的是一串人见人羡的路，不论是小学还是中学，她的功课都相当出色。她还有"三级跳"的历史，小三、初二、高二，她都一跃而过。冰冰考入大学时只有十六岁，自然是中文系的小妹，拉出周围任何一个都是她的大哥大姐。

冰冰特别推崇林黛玉，手上终日捧着《红楼梦》，人也是一副"红消香断有谁怜"的样子，她常常躲在自己的世界里不声不响。大家劝她走到人群中来，冰冰总是冷冷的摇头，说她看透了一切。

冰冰的父母俱是本市的风云人物，已离异有年，又都有了自己的新家。冰冰几乎没作任何考虑，就搬到奶奶家里去了。冰冰对父母都反应冷淡，当初他们未离婚时，就肆无忌惮地把自己的"新欢"带回家里来，分别占据一个房间。冰冰躲在自己的小屋里，门关得严严的，却还是关不住那一阵阵放浪的笑声。冰冰只有塞上耳朵，或是把音响放到最大音量。她认为父母都是假惺惺的并非真爱自己，不然何以没同她商量就决然分开了呢？很明显，谁都没把她放在眼里。

同学过生日，冰冰总要送上一件自己做的手工礼品，用笔写上或用线绣上"冰冰"，但并不说什么祝贺的话。大家都帮过她，冰冰说人情也是债务，她不想欠世界上任何人什么。生日酒席冰冰还是参加的，却是观画一般，杯筷不动。姐妹们每次来亲近她，她总是借故躲开。有人劝她打一打"心理热线"，冰冰说心理医生都是一脸麻子，却在大吵大嚷地卖治麻子的药，我不捐钱给他们。

同学栖梧偷偷把冰冰送的小手工拿到"大学生小制作艺术展"上，竟获得了头奖。当她把这个喜讯告诉冰冰时，冰冰面沉似水说，东西已经送了你，就再同我无关了，奖当然也是你的，你根本不必跑来告诉我。发奖大会上，评委会主席叫了三遍"冰冰"，可她最终也没去领奖，若不是系里有要求，她连这个会也不会参加的。

大学的第三年，同学们开始如火如荼地谈恋爱。同寝室的姐妹每晚都激动地开"卧谈会"，坦白自己的"感受"。冰冰仍是无声无息，有时向暗处投个冷笑。她认为这屋子的人乃至整个校园的人都精神失常，都疯了，没一个有清醒的头脑。冰冰对婚姻有自己的看法，父母到离异时也不曾吵过一回，家里一直一团和气，他们连同各自的情人，四个人在一个桌上喝酒，气氛相当融洽，看不出半点儿激愤来。冰冰说婚姻是一种阴谋、一种骗局，人们大加吹捧的、最为圣洁的感情，它都是这般虚伪，别的还用再提吗？

冰冰总是一潭静水，没有什么能吹起她的波纹。那个英语系的男生，请了许多军师都无济于事，冰冰丝毫不为所动。大家看到那男孩痛哭流涕地离开，都怀疑冰冰的血是冷的。冰冰咬着嘴唇，照例是把脸倔强地转向窗外，似乎这一切根本与她无关，同学喊喊喳喳说的是别人而不是自己，所以大可不必申辩什么。

课余，冰冰常到幼儿园前，同大班生一起聊天、做游戏。冰冰说人长大了就有了许许多多的伪装，躲开他们是再明智不过的了，谁喜欢同骗子混在一处？她认为人与人之间的交往，事实上都是骗来骗去的把戏，大家心里都明白，只是嘴上不说装正经；她的这些小朋友就完全不同，他们就像洁白的纸张、透明的杯子，上面没有污点，没有杂质，他们口里说的就是心里想的，不会有半点儿保留，这些哪个成年人能做到呢？遇到舞会，冰冰更是"敬而远之"，她不想看到人们的疯狂或是假斯文，她说舞池至少不是一块干净的地方。

到了大学，冰冰自动放弃了自己在功课上的优势，她觉得大学里没人还会把高分当一回事，所以她的功课一直处于中游，得奖学金没她，抓补考也没她。可有一次竟也领回一纸补考证，原因是她的古代文学答卷上只是这样几行字："冰冰不喜欢这套考题，上面都是您给的'重点题'，教授能给个及格分吗？我知道您并不在意答案的对错，估计答与不答您也不能计较。"冰冰有自己的原则：她不喜欢的就不去做。冰冰的考卷被贴在了中文系的揭示板上，冰冰走过时，有人指指点点，冰冰表情平静。她在日记里写道：该脸红的不是我，而是教授们。

师大的餐厅里永远是蜂拥的人群，冰冰讨厌被人拥来撞去，更讨厌上千人一同进食的声音。她说这时候人不像人，而像饥渴的兽类，数千年进化的成绩在这时刻都化为乌有了，想想就恶心。

冰冰就不再去餐厅了，开饭时手上常是方便面或火腿肠。隔壁也有不去吃饭的，她们自己用酒精炉做。冰冰当然不做，她觉得她们太像小妇人，提前同锅碗瓢盆打开了交道，这是一种可悲的预演，她才不要过早地加入这个行列呢。同寝室的姐妹要给她带饭，冰冰拼命地摆手说，她对餐厅的饭菜没有好感。

冰冰向"希望工程"捐了 1000 元，接着就常常对着三个农家孩子的小照片发呆，或是一笔一画地给他们写信，但是一封也不寄，她不相信这些会对他们有什么好处。师大要评冰冰为"先进"，她推辞掉了，她说她只是同情那些孩子，他们的命多不好，连自己都不如，自己至少还看得懂《红楼梦》。她当初就没有想到别的，所以受之有愧。

冰冰似一个在竹凳上看风景的人，尽管她的心上也流过许多东西，但她认为这些与自己没有半点儿瓜葛，便不露声色。

冰冰此时对这一切还都极坦然。她说，最洁白的总是最容易被玷污，最脆弱的总是最容易被伤害。姐妹们说门外就是医院，你为什么不早去看看呢？冰冰一笑：他们只是习惯于用"是……病，要不就是……病"造句，你问他们还不如问自己，除了自己，我谁都不信。众人就都缄了口。

冰冰日益枯瘦下去，渐渐不能进食了。医生说病原本不重，只是给耽搁了。医生是个白发苍苍的老人，说这话时她两眼含泪。冰冰低下了头，医生一脸的慈祥，让她想起了自己的奶奶。

冰冰最后的日子，师大的人相识不相识的都来看她。冰冰一下子变得非常健谈，一天到晚说个没完。冰冰说我这时才知道活着真好，可惜什么都被我错过了，我现在才醒悟，实在太迟了。

冰冰带着遗憾去了。

我在中文系辅导员那里见到了冰冰的照片：一个清清秀秀的女孩，正在柔弱地走近一株丁香。同学们对冰冰都有很深的印象，一起向我讲述了她的故事。

冰冰的父亲和母亲，分别在冰冰辞世后的第五天和第八天赶到。因为一直没同他们联系上，师大只得将冰冰火化了，她的亲人中，只有奶奶一个人在场。这位老人因为受不住这样沉重的打击，也于1999年春天病故了。

冰冰的自我封闭最终把自己引向了绝地，她对一切都持怀疑态度，眼睛只盯着生活中那些不尽人意的地方，对于这个世界，她太过挑剔了，所以看到的总是种种不好。她不肯把自己交给世界，她不肯走到人群当中，她不肯学着适应，这导致她必然成为尘世间的独行客，必然孤独无助，因为她什么都不肯接纳，什么都断然拒绝。谁冷落了这个世界，这个世界就会冷落谁，冰冰正是这样的悲剧的例证。我们与生活也是以心换心的，我们投入一份深情，生活必回报一个微笑。

冰冰陷得太深了，以至难以自拔。她太过迷信自我了。然而这一切并不能全部归咎于她，她生命终点的界碑只镌刻到19岁。19岁太需要长者的指引了，19岁太需要人间真情了，而这些离冰冰太遥远了。也许，父母们多些苦心，冰冰完全能得到另一种不同的归宿。

不该对生活发脾气

我要说起的往事

我先是想到大唐天宝年间的征袍和梧叶上的题诗，想到那段久远的恋情与天缘，接着就想到了你高高瘦瘦的写意。

不要以为往事都是纵横的皱纹，都是积年的尘土或沧桑的门齿，往事有时近在咫尺，你看你身后的脚印，就全存着余温。

这样的伏天，还是一个晴晌一场雷雨，与我先前的经历看不出分别，而我在琐事里滑上滑下，却始终对那场黄叶回顾，对一颗心感恩。

那会儿是秋天，我们都似一只只行囊，从不同的方向，不同的班车抛下来，因为遇雨，在这里一耽搁就千余个白日。

你年方二九，就做了这一群的小妹。人人嘴上挂着"倒霉"、"背时"，唯独眉毛略轻的你有些豪迈，想成为乡村女教师，并且快意地勾勒一番，然后一昂头从那片"嘘嘘"中跨出门。

大家给你一句评语："浅，还是个雏儿。"

军训之后，到班级英雄排座次。几番颠倒，几番组合，猛然发现，身边端坐的竟是"只以成败论英雄"的你。

你用你的桌椅，我用我的桌椅，我们就称不上是"同座"或"同桌"了，但总还是最近的邻居。中学生的三八线在这里一解除，三天两头，不是你的书就是你的笔在偷越国境；再一偏头，你的桌膛里，惨象已到了让人难以忍受的程度，而你的娃娃脸上居然是恼人的平静。

我没好气地说："日后谁做了你老公，没准也会给你丢到哪只垃圾筐里呢。"

搞播音，当主持，写诗，演讲，练字……你终日飞来飞去，可毫不影响你在点名册上，每一个很有情绪的名字上画上严厉的"〇"或"×"。同胞们最初对此气愤、抗议，可一看见你一身丁是丁卯是卯的倔强，就开始有点儿忌惮，就开始"有数存乎心间，而口不能言"了。

这时节，我们的联系，还只限于每个清晨，你响脆脆背到"林超然"时，我懒洋洋地答"到"，再就是几次唇枪舌剑了。

文学把我灌醉了，身边的事我充耳不闻，日日躲在角落里，和文字纠缠不清，你当部长，当团书记，当理事长，当记者，统统不关我的事。

不知谁在系里告发我，"没有集体观念"。"不适合当干部"，"坐在家里写实践报告"、"乱发牢骚"。我挨了一顿狠剋，回来坐在那儿赌气。你问明原委后，松松爽爽地说："是我。"

你太小了，我骂不出口，就只能耸了耸肩，算掀过这一页。不过我的言行，从此处处小心，时时在意了。

一日，你最知心的女伴，有意无意地提了一句，你要在大学的日记里，总给我留个位置。这下不错，再挨几回剋，只有老天爷知道了。

在我的每篇稿子进入信封之前，你总接过去，毫无遗漏地指出错字，又说几句"感觉"，你弹无虚发让人佩服，这是在盛气凌人，还是在将功补过？

每个假期，我都能收到许多信，用稿的或退稿的，其他性质的就不多，每次都有你一封，说到"去奶奶家"，"当实习队长"，"学裁剪"之类，我都忘了。女孩子的事，我总不爱沾边儿，结果有人甚至怀疑我没有姐妹了。其实我有。

因为参加一次笔会，我连期末大考也误了，返校后干脆马不停蹄，踏上了回家的路，和大家话也没来得及说。你在信中怪我"没有跟你说点儿什么，关于笔会"，又说"我没有权利，但你有义务"，这是哪儿跟哪儿，末了是"先生还是写封回信罢"，这样的语气很熟悉，是在鲁迅的一篇回忆散文中读到的。

我照例读个迷迷糊糊，但想到你脑后那个梳得马马虎虎的"炸弹"，就破天荒写了封回信。可我没寄，还有半个月就开学了。

这条甬路虽在校园里，却少人光顾，只有我日日走过。心情好和心情不好，这是两个极端，而人往往在这两处，留的脚印最多。那时楼群腾出好大一块空地，空荡荡的，已有金黄的叶子，似一朵朵小小的云，走几步就有一片飞落，我的心思就一次次追赶它们，如追赶一只只独舟。

"呔！"我一时惊住。

跳出来的不是程咬金，而是你。

你说你早点回来，免得缓考的我太孤单，你仍是口没遮拦。许是假期太长了，太寂寞了，我们聊了很多，不喜欢看电影、逛公园、逛街；不喜欢跳舞、吃糖、嗑瓜子；"来在天地间一回要留下点儿什么"……我们竟是一条藤上的。

眼前是大学最后的黄叶了，我们站在最后一次百米跑的起点，相约都要拿个第一。这以后，你还做你的山燕子，我还做我的苦行僧。

我是个男孩子，对于人的长大只知道一半，关于女孩子长大那一半就隔了一座山，有数的一点点儿是从书上嚼来的，靠不住。我是立志当个作家的，不能短这条腿，我一下子就想到了女孩子的日记，之后自己也脸红了。

遇到你，这个模糊的想法不知为什么一下子明晰起来。你文学修养不错，记日记认真，又没有平常女孩子的扭怩。说不准你一侠义，我就得逞了呢。

我第一次支支吾吾。

你第一次断然拒绝什么。

太阳再次睁开眼睛时，我的书桌里多了一个鼓囊囊的包。"全在这儿了。"你垂着睫毛，我还是看到了你眼中的泪光。一时我能找到千百个理由抽自己的耳光，我默默地把包推给你。"拿回寝室看吧。"你声音不高，却有一种威压、一种高傲不可抗拒。

我见到了幕后的你，善良而多思，你想帮所有的人，想让一切都生机勃勃。你也会对着落叶柔肠百结，也会独对雨后的黄昏黯然神伤，这哪还是那个"不知愁"的假小子？生活里的每一缕轻风，都会在你的心湖里荡出涟漪。把你当作小孩子，我们是犯了个天真的错误。

　　小小的你从一开始就想重塑我，并视其为你这数年之后最具意义的杰作，这是痴人在说梦吧。可我冷静下来，细一想那关键的几步，竟都是你的思路，说不清什么时候，我已中了圈套。你居然把我假想成……我不敢说了。

　　接下来是一段挺别扭的日子。我恼恨自己很随便地毁了一件美丽非凡的器物；你一下子沉默了，很少再听到"女高音"，更少见你同男士们嬉闹，抬手捶谁一拳。周围全是猜疑，只有我心里明了。

　　我发疯写我的小说，你不露声色地提示我每一个疏漏。不知不觉，三年前的那列车，竟又记起我们了。

　　待你随着家人转身离去，我才发觉自己缺失了一角天空，耳边绵延不绝的，总是你的歌声：

　　"把承诺交给你，把微笑当做戏……"

追忆敬峰先生

我以为自己在世事中颠扑有年，已经足够坚硬和冷漠，可听到敬峰师突然驾鹤西去我还是立刻跌入无边无际的呆傻——五月怎么可以这般粗心天书竟然错版！

现在是一个雨日的午后，距初闻噩耗已过去一长段儿时光，而心情依然零落一地无法收拾。坐在很容易被城市、时代和眼神遗忘的一角，有关敬峰师的桩桩件件纷至沓来清晰如昨，这些是我特别不愿触碰的章节。

最初的印象是人帅、字帅，很快又领教到文章帅，他有多方面的才华，生就高大威猛的武将身材，又兼备小桥流水锦口绣心，这有多气人呐。他是二十多年前的模仿秀，模仿毛主席、周总理讲话片断，绝对不是一般的水准；普通话是一流的规范，可以当不少人的镜子，现在央视的一些主持人讲的都不如他；偶尔会客串一下学校大型节目的主持人，留下了不少被化妆师强行涂了大红嘴唇的照片；兴致来了会高歌一曲，不知他更钟爱《五朵金花》里的《蝴蝶泉边》，《三国演义》的片头曲《滚滚长江东逝水》，还是腾格尔的《蒙古人》；他可以在讲坛上叱咤风云，也可以系上巨幅围裙在厨房里闪转腾挪……

我俩是先师生，而后朋友而后同事加兄弟，一晃就过去了很多年。

他是单位里较早的有车一族。那是朋友送的二手车，我称之大破车，前进中的它带有很大的响动，走在马路上完全无须再按喇叭。它骄傲地摇摇晃晃地在小城的街道上穿行，更骄傲的是它气宇轩昂的驾驶者，而惴惴不安的是我们这些被强拉来的乘客——那个见习护士，他真的确定自己会打针么？他真的确定自己一针下去瞄准的是谁的臀部而不是别的什么部位？他这第一次载人，乘客就是我们——几个学生兼同事。

他是典型的干一行爱一行。"干一行爱一行"这句，如今很少有人提起，大概是因为它太过难以企及的境界。他做到了。他做语文教学法老师，对名篇佳构如数家珍如待亲人，聆听者如饥似渴饱尝之后，陡生一种独属语文老师的职业崇高感；他做思想政治辅导员，时间很短，却带出了一个顾盼自雄、溢彩流光、非同凡响的 1992 级；他做校长办公室主任，起草文件夙兴夜寐精益求精，他用实行表明机关应用文同样可以有一种汉语写意高度；他做社科系主任时我是《绥化学院学报》主编，青年教师们的论文每次都是他亲自改过无数遍之后才打电话推荐给我，一篇一个电话；他做招生办主任时，大的招生形势并太不好，而学校招生网上却只见捷报频传，信息披露那种规范、准确、带劲儿会令人挑起拇指——我知道他此间如何奔波劳碌甚至惨淡经营；他做图书馆馆长兢兢业业恪尽职守，同他碰过的许多工作一样，很快展现活力，成效显著，有模有样令人啧啧。

他的著述也佐证了他的干一行爱一行。《论精略比较法》《谈课堂教学艺术对学生行为控制能力的培养》《高校形势与政策课教学模式构想》《地方高校对外合作办学优势策略研究》《高校德育管理模式探析》《农村留守儿童人伦情感缺失导致的家庭疏离问题分析》《黑龙江与台湾特殊教育若干问题比较研究》……这显然是一条移步换形的学术之路，而我们看到的却是一种沉实、敬业和地道，变的可能是话题、领域，不变的是守土有责的教育者的深情。

现代社会常把每个人忙成一团，我们也陷在各种事务里，只偶尔有机会在餐桌上遇到或者在路上简短交流，更多的时候是我远远地跟定这个榜样，他再忙也会给我及时、富于奇效的指点，而指点较多的则是职业精神，他自己自是身体力行。他的节日问候短信与众不同，这些真诚之作或诗或词一定标注上"原创"，其实王氏文风，连同那

不该对生活发脾气

种个性、才华和热忱，都是早已署好了的名字。

前年冬天，我们两个一起去办公楼开会，大步流星边走边聊。走到丁香苑时，他突然滑倒。我完全没有准备，根本没有机会出手拉他一下。我这才注意到路上的坚冰，这才意识到他也是个五十岁的人了。他永远过剩的精力——我称之为"剩余劳动力"，让我一直忽视了他的年纪。这之后凡有同行，不管他怎么拒绝，我都不会放开我的手。

这些都是从前了。他丢下了一个背影。

以纸为炉，以文为香？敬峰师是不喜欢这种婆婆妈妈悲悲切切的，我知道。也许，离世可能只是一个人画下的分号。我相信，敬峰师自己的故事，必会在凡人难以抵达的别处更加生动地展开。

用笔再生

诗人说黑夜就是死亡，而我用笔在其间辟出一块晴朗，那一刻我就得到了再生。

很小的时候，村庄附近的树上或是住户檐下的燕窝里，常常可以逮到一只蝙蝠，傻傻愣愣的，不知道逃走，急了最多也就是亮出牙齿怪叫几声，当时颇嘲笑了它一回。及至稍大，才知道蝙蝠等是昼伏夜出的，因为老鼠也在其中，是夜间活动的一群，就有了许多微词。哪曾想过，今天的我竟也不知不觉站到了这个队尾。

未参加工作时，是为学子听教诲；参加工作后，是为人师陪伴三尺讲台。剩下点儿时间全耗在纷繁的琐事上了，少有静的心情。想动笔，选定在人类酣睡的长夜，是极见机智的。时间是我的，我是我的，世界是我的，远处一两声夜的啸音，为我加些点缀，我完全可以在一种自我的境遇里施展自己。

我是酷爱黎明的，那样清纯的气息，那样柔和的太阳，一步一步地从我的梦境里走出来，正是一步一步地走进晨色里。夏天可能是一滴露珠偷望我，冬天可能是一枝雾凇掀一下我的睫毛，太阳总是先于人类醒来。好多年我都以为，走在黎明的河边，是人间最大的美事。借助笔，这样的景观我的夜里全有。

嘀嘀嗒嗒的指针是鸟鸣，我平和的心跳是慢条斯理的流泉，而沙沙的笔声正是哗哗啦啦的阳光。泥土的芳香和草木的生长，尘世的宁静和岁月的流转，凡所应有，无所不有，全凭我静静地感受。亲人们的鼾声提示我夜已深深，只有我一个人精神抖擞地面对世界。笔让我独得一份感受。

我躲不掉生计和人类感情的牵绊，我就得在阳光明媚的时候，去做一件件相关和不相关的杂务，去应酬一张张熟悉或陌生的脸孔。白天我逃不开，只能听任世俗的鞭子一遍一遍地抽打我。只有夜晚是我的世外桃源，借助笔，在自己的天空里，我可以望定远山和一抹晚云，我可以和一切美好对话。我因此豪迈起来，忘记一切该忘记的，领会遗忘的解脱，这遗忘不是背弃，而是觉醒，让我以后的步子更加坚实而有力，来抚慰我的生平。

"一日之计在于晨"，人们习惯于在太阳升起的时候计划好这一天的生活，而我在夜深人静的时候，平和一种浮躁，卸去那些烦恼，以便在黎明同太阳相视而笑。我在夜间休整，以一颗多情的心去体味，以一颗坚强的心去迎接，那么，我的生命流过时，两岸都会是美丽的景致。

夜色酽极，熄了灯，少不得还要有段时光，重复人类惯有的休眠方式。我总不能立时进入角色，时不时有一个词、一个句子和一个情节，生硬地闯入我的睡意，我还得去接待。手边有笔，身边有纸，摸着黑尽情地写开去。

黎明时，纸上常有些文字山峦一样混乱地叠着，酷似我走过的时日。

用笔再生

亲身经历一首诗

真的，手指和心灵对文学经典的摩挲，在空寂的长夜里永远是一种嘹亮的、值得珍惜的鸟鸣。我们擦亮文学的日子，文学也会擦亮我们。我们可以一生一世做经典的臣仆，一心一意听从它的指派；有文学在，我们就不再觉得自己渺小、孤单。今天，当我们试图沐浴于这团饱满的温暖时，它还是一种感觉有些遥远的梦境。

莫言获得了诺贝尔文学奖，这无论如何都是中华民族母语写作百年难求的捷报，但是我们最终没有看到奔走相告，没有看到盛大的庆祝，没有看到莫言像王一样被簇拥，都没有，莫言获奖先是新闻事件、社会事件、商业事件，之后才是文化事件、文学事件、心灵事件，所以全民阅读莫言无异于痴人说梦。而莫言呢？因为获奖，多了一种被人观赏、利用、盘问、猜疑的尴尬身份。

当代文学经典的精神实质、人文属性及思想意义应该受到重视。我们特别不愿意看到太多的中国当代文学作品在形式与内容上都出现的粗鄙化倾向；我们更不愿意看到越来越多的人毫不留情地从文学的身边走开。记得一次在中国当代文学课堂上讲到北岛，一个学生要求："老师，你板书一下是哪两个字。"我虽然有些惊异但还是照做了。他恍然大悟："老师，你怎么不早说，敢情就是'北岛大冰棍'的'北岛'嘛，简单。"

如果说有占总人口30%的4亿国民不会说普通话（他们主要分布在乡村、边疆和少数民族地区），已经让我们相当吃惊的话，那么如今不大会用汉语书面表达特别是精致表达的中国人肯定远远超过这个数字，并且这些人多数是汉族，可能居住在城市，甚至还可能出现在最发达地区，他们本人也丝毫不觉得这有什么不妥。这绝不是耸人听闻，几乎已是当下的寻常景观。语言文字关系到历史的记录，文化的传承，时代的繁荣，民族的发展，国家的安全，从某种角度我们可以说汉语的使用质量决定着中国人在多大程度上姓"中"。从数千年前走来的中国人，被传统文化浸透的中国人，应该从表达内容到表达形式都对得起"儒雅"二字，倘一直做不到、差得远，至少应该有些羞愧和不安才对。

教师节这天，我一本一本地擦去书上的灰尘，然后又一本一本郑重地签上"××同学指正"。上课时我告诉他们："书是赠送给各位的，我的要求只有一个——你们不要把它当作废纸卖掉。"这般叮嘱，绝不是因为我常在旧书摊儿上看到自己的书感到尴尬了，而是我觉得很多孩子到大学毕业时依然不知道自己要保留什么要丢弃什么。这个班叫"写作特长班"，我的文字不是经验就是教训，他们应该用得着。

我出版的七八本书有不少都堆在父母家的一间屋子里，每次有邻居鼓起勇气说想要一本，母亲都有些为难，有时干脆就婉拒了。母亲觉得儿子牛一样犁出的这些东西肯定是宝贝，怎能随手白送呢。她不大清楚现在已是读图时代，有人要已算不错了。后来我搬着书赔着笑脸又同那些邻居解释了半天。我也曾托人带去几本放到一个书店寄卖，女儿偷偷瞧过几次，回来都说"还在"，之后她也懒得再去看个究竟了。

这些我都不意外。我每年照例要去一个县城的那家书店几次，尽管会碰到店员在里面打毛衣、炖豆角、争说自己的婆婆不好，但有时我也存在一点点机会在那儿淘到几本好书，比如遇到《博尔赫斯文集》就是一次惊喜。这套书跌跌撞撞地挤在铺天盖地的致富、时尚、言情、教辅著作里处境特别狼狈。第一年我站在那里读了一大阵子，第二年我又专门来探望它，我是在第三年买的——因为再不能忍受大师继续被人推来搡去。博尔赫斯都这样了，一个粗通文墨的小百姓还有啥脾气？

让人念念不忘的是那则金盏花的故事。世间本没有白色的金盏花，待老妇用了二十年苦心孤诣的时光，终于捧出白色的金盏花时，园艺所的重金悬赏早已过期，可这些不能给她带来纤毫的失望。此前丈夫的死和儿女们的远离，都不曾动摇过她神圣的寻找。她是在经营一种快乐的可能性，是想郑重地告诉众生胜利的由来。她是一个拯救世风的诗人，帮我们重拾信心，地狱的尽头常常正是天堂的入口。"你们要不要黑色的金盏花?"小女孩式的发问，像一种长天大爱，虽然只是轻轻地说出，却像投向红尘的一记惊雷。

其实，文学经典是作家的深刻思想与艺术禀赋的伟大相遇，是一个民族从历史深处走来艰难形成的精神高度，是我们滋养性灵的始终不离不弃文明的内心旅伴。从精神底色角度来看，文学经典闪耀着奇异的思想光辉；从艺术审美角度来看，文学经典散发着"诗性"的幽香；从民族习惯角度来看，文学经典是指向心灵的具有普适意义的共同语；从现代人自我实现的角度来看，文学经典是对历史与现实时空的穿越，这种彰显权威性、神圣性、本质性、典范性的文学文本，是我们前行时最好的人生参谋。

没有一个人有这样的义务，一定要读诗歌、小说或是其他纯文学作品；也没有人被要求读文学时一定要读经典，特别是那些抒情性、哲思型经典。毛姆说："养成读书习惯，也就是给自己营造一个几乎可以逃避生活中一切愁苦的避难所。"在文学的社会教化功能日益萎缩的今天，相关的阅读不再是一种时代急需；在图像充斥现代人每个时间角度的世纪，文字已在一种羞赧中走向寂寞。纵使人们终于把脸转向文学，也未必是纯文学，更未必是经典，这时众人可能有多种考量，只有一小部分人是出自内心的一种虔诚的需要。文学经典的振臂高呼，很可能应者无多，很可能带有些许悲壮颜色，但它应该获得捍卫。

很多童年时代的游戏都失传了，原因只在于我们长大后就再也丢不掉一种目的性，它使我们最后彻底从诗歌的身边走开，甚至迈上了不断向内心说谎的漫漫旅程。作为文学经典主线的人文情怀，是一种恒久的蕴蓄深厚的精神属性，是人间温情、世俗关怀和价值追问的凝

208
不该对生活发脾气

结，是生命的全部诗意和价值热望，我们应该以心偎近。

对于现代人而言，重返内心是艰难的。一个用笔再生的人，应该学习为内心写作，辛勤擦拭，不让内心蒙尘，高尚的抑或自私的，都会有一种难以抗拒的真实，你了解了自己，也就听清了世界。"宠辱不惊，闲看庭前花开花落；去留无意，漫随天外云卷云舒"可能真的不易做到，但"竹杖芒鞋轻胜马，谁怕？一蓑烟雨任平生"的率性，我们或可一试。一个坐拥书城的人，可以不必激烈地反对别人的声音，你应该知道其实众人都是在向经典致敬，都是在对经典感恩。你选定的不过是千百种读法中的一种读法，"阅读"注定会有某一姓氏的前缀，这种"个人化"努力里有你的手泽、呼吸和你自己的心事。尤其不要忘了，在大众媒介时代，文学经典仍是我们灵魂的天籁，它让我们保持清醒、从容，并不断地一步步走向完美。热爱它，追随它，我们才有一种深邃的精神信仰，在世事的诸般沉浮中才不会陷入迷津。

太阳从一长段阴霾里挣脱出来，被一脚踏出门槛的你撞见，你就有幸被温暖着色。住户的窗子这时都打开了，探出来的是久违的欣喜张望，你成为他们一首诗中的半阕；暮色里现出一对白发老人，一个推轮椅，一个坐轮椅，他们悄悄地述说着家事，不见疏远不见亲昵，就那样让幸福静静地绽放，他们不知道自己就是岁月的卿相；那盆花每年只开三朵，十年了，这是它给自己和主人订下的规矩，可是在这个春天，它突然开了第四朵花，规矩总是显得死板，花要任性一回，要淘气一回，要捣一回小小的蛋……只要你肯流连，你就会发现神性的光辉无所不在，你就会发现这正是文学经典的一个章节。

其实世俗对每个人的束缚都差不多，要紧的是从这个战场上下来之后的空当儿，一个人在做什么。那些散发着抒情、哲思余味的经典文本才有一种难以抗拒的力量，遥指着我们的艺术禀赋，早就通向我们不声不响的却同样可以感动世界的坚毅品格。经典是以何种方式带领我们的，又是以何种途径狠狠地纠正过我们，已难以作答，也不必作答。苏珊·桑塔格所说的"亲身经历一首诗"，特别像是她对一种精美人生的生动总结，特别像是某种掷地有声的文化宣言，特别像是对现代人的一种语重心长的灵魂叮咛。认认真真地读一首诗，就是在认认真真地写一首诗。面对文学经典，一介草民，一座城市，一个民族都该为此严肃地竖起耳朵。

神存富贵，始轻黄金

朋友十分恳切地说："我最近才看了梁南，他写的真好！"

大概二十多年前，我就曾郑重地向此公推荐过这位诗人。因为地处边远的黑龙江，梁南在中国当代新诗史上并不特别著名。但这些并未干扰梁南对诗歌的虔敬，也不妨碍他的一些作品独步天下。"我死后决不乞求一寸墓地。/一边死去，一边/我将立即追索花果的繁荣，/用我的白骨及爱的信息。//倘若硬要赐我墓地一寸，/我将用头颅繁殖玉兰玫瑰，/让她飘飘染出一方清芬，/洗却我占地一席的羞愧。"这首《墓地》形似新格律诗，因诗人脱俗的自我认知、省思、检讨，以及奋力补救与回馈，一种圣洁的光辉洋溢于字里行间，一种源自灵魂深处的高贵力透纸背。有这样思想境界的人，是可以带领我们前进的人，是全民族甚至是全世界的前途和希望。

也许能否制造并使用工具，能否用语言交流都不是人与动物的本质区别，文化属性才是真正的"人性"。卡西尔强调"根本没有所谓彻底的挫败，也没有所谓彻底的胜利"，他眼中绵延不绝的"文化的戏剧"虽不是万能的但它上演的却永远是人的尊严。康德早就说过，人类的文化所应允和能带来的，是与人类的尊严相匹配的福祉，是人类施于自身的道德驾驭。现代社会让技术、数字、金钱、利益、欲望弄得颠三倒四，已然需要"走慢些，等等灵魂"之类的大声提醒，因为一些人关乎是非美丑的感受、判断能力已变得极其迟钝，还有一些人干脆迷失本性走向了"非人"。

视草木为兄弟心与物游物我两忘的人内心平和，陶醉于音乐、绘画、雕塑精致讲述的人敬畏艺术如敬畏神明，很难相信热爱雨果、托尔斯泰的人会成为打砸抢分子，高雅文化高贵精神能够让人最大可能地逃离庸常与反动。城市绿化几乎以一种掠夺的方式，一厢情愿地把大自然安置在角角落落，而现代人因为忙碌或者因为别的什么，仍不大肯向那些绿意和生机投去哪怕一瞥，更难做到让一枝一叶皆着"我"的颜色。据统计，如今电影观众主体平均年龄是 21 岁左右，影院的高票房与影片的高质量成反比的例证轻易就能找到，而有的好电影竟门可罗雀。我们知道高雅艺术场面冷清也不是一天两天的事儿了。记得在国家大剧院看茅威涛的越剧《梁祝》，一起看的哥们儿把脸转到暗处五六次，众人眼中的硬汉、四十几岁的他在流泪，这决不丢人，其实我差不多也哭得稀里哗啦。但近处仍有小声嬉笑的摆弄手机的东张西望的。中国人的读书量同老外比较起来，实在不敢恭维；这说的还是量不是质，倘用质来算一笔账，那就更加寒酸了。一个民族厌倦阅读，它的文化品位肯定会大幅下滑的。

曾经非常信仰自己文化传统的中国人从来就不缺少文化标尺，在遥远的历史深处，孔子就大力倡导过"君子比德于玉"："湿润而泽，仁也；缜密以栗，知也；廉而不刿，义也；垂之如队，礼也；叩之，其声清越以长，其终诎然，乐也；瑕不掩瑜，瑜不掩瑕；忠也；孚尹旁达，信也；气如白虹，天也；精神见于山川，地也；圭璋特达，德也；天下莫不贵者，道也"。这是多好的镜鉴，这些品质一个人、一个民族不用都做到，做到一大半、一半就了不得了。某个平均每天贪污受贿一万元的官员终于东窗事发，当办案人员问他："你贪了这么多钱，我们调查走访过，都说你一直衣着简朴甚至破旧，这是为什么？"贪官犹豫了半天嗫嚅道："是怕亲友们来借钱。"这个人肯定是负能量文化的代表了，这类人就是给这个时代这个世界添乱帮倒忙的。

我很快就注意到了一个老板，他很特别。他是开手机卖场的，在市区还设几家分店，他说自己是小本经营应该算是谦虚。我先是不止一次听人说起他的"抠门"他的寸步不让。因为货好，我也在他家

不该对生活发脾气

买过一回，果然寸土必争，是他亲自上阵，决不爽快。但就是这个人，每年元宵节晚上，他都要放上个把小时的焰火，知情人说每次花费都不少于 30 万。他看出了我的惊诧。他说他小时家穷，过年邻居家的小孩放花炮，他只能羡慕只能眼馋。现在他手上宽绰了，这么花钱他开心，城里的大人孩子也喜欢看，他们也能借此娱乐、放松一下，到底一年到头了不是。每个人都是多面的矛盾的，一个寻常百姓能像他这样，也算不赖。

我曾对早春街道边的一种常景愤愤不平：一般是三四段杨木从三四个角度支撑一棵新栽的松树、糖槭或是别的什么。有时干脆是杨木最先乐呵呵地长出茂盛的叶子，它们不知道自己已被宣布死亡，茂盛成了一种悲壮。同样是树，该是完全平等决无贵贱主仆之分，可它们的命运为何如此千差万别？这太不公平。这一切当然是人的选择，与树无关。细想之后，我意识到了自己的过敏。在别处，我也见过松树、糖槭或是别的什么支撑、拱卫杨树、柳树的情形。因为时间、空间的关系有了主角配角的变化，也许树们自己并不觉得不妥并不抱怨。小角色小岗位一样可以"飘飘染出一方清芬"，一样可以大踏步走向高贵。

"神存富贵，始轻黄金"，语出唐司空图《二十四诗品》之"绮丽"篇，原是说如果诗歌气质上富足高贵，就大可以忽略形式上的追求了，"黄金"指的是过分雕饰的、绮靡华丽的花哨风格。同时，这句话完全是对如何做人的一种方向性、根本性的指引，富贵起来的是精神还是物质，最终决定了一个人格调的高下。一些人在各种物欲诱惑即黄金面前晕眩了扭曲了，此长彼消，成了灵魂乞丐的他们难以遏止地倒向了异化和可悲。可以不提人人都养浩然之气，但尽可能清醒地保持与物质黄金的距离，却是于人人都有裨益的。"神"里存的"富贵"越多，人就越接近人性，越接近完美的自己。

从《过印度洋》说到"美丽汉语"

著名科学家钱学森说过"世之有道德者，无不有赖于艺术与科学"，科学的处境现在还好，艺术则少人待见，重实用、效益，轻文化、艺术的事情常能遇到，而我们母语的诗性品格也越来越被人忽视，不少学生的汉语写作水平甚至不如英语。汉语是中国人精神、人格和生命的一部分，汉语表达的粗糙差不多就显示着中国人思想的粗糙。纵使是当代的名家名篇也每见语言瑕疵，其他场合的文字则错漏更多，更让人领略不到"美丽汉语"的风采，这实在应该引起我们的警觉。其实，"从前"的我们曾经特别出色。

魏巍《我的老师》作为散文佳构哺育过几代人，作品中提到的蔡芸芝老师教孩子们背的诗"圆天盖着大海/黑水托着孤舟/远看不见山/那天边只有云头/也看不见树/那水上只有海鸥"也同时被人深深铭记。这几句诗出自周无的《过印度洋》，接下来的内容是："那里是非洲/那里是欧洲/我美丽亲爱的故乡/却在脑后/怕回头，怕回头/一阵大风/雪浪上船头/飕飕/吹散一天云雾一天愁。"《过印度洋》抒发的是周无赴法留学途经印度洋时的感怀，发表在1919年的《少年中国》上。1919年，现代白话文还是蹒跚学步刚刚启程，但这首诗即便现在读来也是精美非凡，它是中国新诗史上的奇迹，也是现代汉语表达的奇迹。《过印度洋》的出现归功于周无深厚的国学功底，也得益于他对白话文的感应天赋，更扎根于他对祖国的眷眷恋情。

周无（1895~1968），号太玄，巴黎大学理学博士，他学贯中西，博古通今，系生物学家、教育家、翻译家和政论家。曾任四川大学校务委员会主任，重庆大学校长，中国科学出版社社长兼总编辑等职。他是我国腔肠动物研究的开创者，填补过我国水母研究的空白。周无著作等身，重要的有《Chrysaora 生活史之研究》、《动物心理学》等7 部生物学专著，《古动物学》等 11 部译著，还主编过《世界科学译丛》、《中国动物图谱》等书籍。周无的科学成就举世瞩目，同窗郭沫若在《少年时代·反正前后》中写道："他多才多艺……会作诗，会填词，会弹七弦琴，会画画，笔下也很能写一手的好字。"周无没有成为诗人，但作为科学家的周无一生业余写作的两千余首诗词，"字斟句酌，无论长言短咏，皆极精思"（钟树梁语）。他对母语表达的热爱与脱俗表现，堪称一代楷模。

《过印度洋》甫一发表，赵元任就欣然谱曲，之后它被广泛传唱；朱自清亦甚赞赏，将其编入《新文学大系》；此诗入选当时的中学课本后，更产生了极好的反响；胡适在《谈新诗》里说它"是带词调的"，是"一半词一半曲的过渡时代"的代表作。现在看来，《过印度洋》已是颇为成熟的新格律诗，前五句是地道的新诗，后三句却带有较明显的词调，新旧表达各司其职，其妙在前后提携照应浑然一体，意境连贯不露半丝裂痕，作品节奏跌宕起伏收放裕如，极好地重现了作者离开祖国远渡重洋之时难平的心潮。《过印度洋》以白话写成似也受到了时风的吹拂，但其境界主要还是来自中国传统文学的滴沥。此诗的顿数和言数皆有定律，有对称布局而无僵硬之感，可见作者已在中国古典表达与现代阅读之间找到了一个珍贵的平衡，具体点儿说，可包括东方与西方、典雅与通俗、书面语与日常口语的平衡。作为"美丽汉语"的范例，《过印度洋》至少能够带给我们三方面的启示：

一是演示了汉语的绘画美。周无有意挖潜汉语的绘形功能，《过印度洋》显然是一帖气韵生动的画屏。诗的前半部分临摹眼中所见，作者借重"圆天"、"大海"，"黑水"、"孤舟"，"云头"、"海鸥"三组意象，展示了特殊心境下海上的独特风光，视线时远时近、时高时低、时仰时俯、时实时虚，立体把握周围物象的颜色、形体、光影和声音，把自己的耳濡目染完美地捕捉入诗。写天，凭一极具生活质感的"盖"字，写环境的静穆空寂；写水，用一带有人化色彩的"托"字，写心事的辽远浩茫。接着作者以"远看不见……也看不见……"写自己的眺望努力，写自己的心理期待，可"云头"、"海鸥"就是全部所得。两个"只"字，写出了作者"求而不得"的无限惆怅、无尽失望。诗的后半部分依托快意书写，那种豪迈之情最终有效地消解了此前的低落心绪，也使一种滞重、沉闷和苍凉渐渐弥遁于无形，人们读后内心温婉平和。全诗画面感强烈，其情其景简直呼之欲出，这里没有画笔，有的只是作者对汉语绘形功能的娴熟驾驭。杜甫《兵车行》中的"牵衣顿足拦道哭，哭声直上干云霄"，前一句就有四个动词，贾平凹说这七个字就能拍一段很长的电影，而84字的《过印度洋》展示的丰厚意蕴同样是一般字母文字很难企及的。

二是验证了汉语的诗意美。在《过印度洋》中，周无把自己远渡重洋留学途中一段刻骨铭心的复杂感受交付母语来记录。他在自己的诗论《诗的将来》里曾强调诗主情，这首诗中作者的心绪便在他乡与故乡间徘徊摇摆。两个"那里"遥指他乡，抒发了探求真理的坚毅；一个"却"字，道出了离别祖国的难舍。不能让理想和事业半途而废，必须勇往直前，重复的"怕回头"，表现了作者虽然思乡情切但终于决定暂时割爱的心路历程。"一阵大风"令"雪浪上船头"，"吹散一天云雾一天愁"，困难和挫折反倒使他充满了必胜的信念，以真理报国的前进步伐变得坚实有力。整首诗的色调也有一个由忧郁向晴朗转化的趋势，前半部分重写景状物，后半部分重抒情言志，与中国传统诗词的路数完全一致。《过印度洋》立于古今中外的时空交叉点上，文字简洁、自然与唯美，取意耐得住端详与凝思，它改变了同期或稍早那些白话新诗缺乏深沉情调和丰富寓意的流弊，有着接近完美的形式，有着特别深邃的主题。周无虽潜心科学，却一生写诗填词愉悦身心，其母语写作的自信与自觉是对汉语精神的深入体认，也是对汉语"诗性品格"的默默坚守，他做的是一个中国人最该做的事情。

三是展现了汉语的音乐美。《过印度洋》虚实交融情文并茂，隽

不该对生活发脾气

永清丽感荡心房，音韵铿锵引人共鸣。作品语言的音乐美首先得益于周无对汉字声调以及汉字形音义之间关系的精准把握。中国语言有很多韵律变化，这与音节有很大关系。汉字有一定的调值，有阴、阳、上、去四声。这构成了中国语言的音乐感，这种音乐感是其他国家的语言所不能代替的。平仄相间，适时的断与连，化坚硬为柔软，《过印度洋》有着音乐般悦耳的语感。作品语言的音乐美还得益于周无对中国古典诗词驾轻就熟的"童子功"。中国古典诗词是世界瑰宝，应该深深融入中国人的血脉，从一定意义上说，它的深入程度决定了中国人姓"中"的纯正程度。汉语的精神底蕴是中华民族文化品位的最高标准，也是炎黄子孙间情浓于水的灵魂保证。《过印度洋》信赖汉语，它从汉字诗性思维出发，以极富音乐感的形式最大可能地接近了汉文学语言的某些本质特征和内在规律。汉语这一伟大创造，沉淀着华夏民族数千年来感知人生、体察世界和呈现时代的诗性特质，在全球化的今天，特别需要我们忠诚捍卫。

当代中国学生的"英语崇拜"有目共睹，有人测算过，不少中国学生三分之一左右的学习时光都用在了英语上，分配给母语的精力却少得可怜。加之他们为应试而读写，更使本就有限的语文学习走上歧路。作家余光中曾著文《哀中文之式微》，白先勇也说过"百年中文，内忧外患"，大家都感叹现代中国人母语能力的下降，汉语频频受伤的一幕一幕十分触目惊心。一些著名高校新生入学时语文能力测试成绩奇低，某知名老牌学府考第一的竟是个外国留学生。说英语比说普通话更流利的中国人所在多有，当下文学中像冰心、老舍、沈从文那种精致表达也不易找见了，"美丽汉语"几乎成了一个离我们越来越远的梦。

除了《过印度洋》，我们还能见到周无《去年八月十五》、《黄蜂儿》、《夜雨》和《小歌》等多首新诗。这些作品也同《过印度洋》一样，充分甄别汉字之间的细微差异，注意炼字炼意，大到民族忧思小到个体悲喜，都借助美丽汉语一一呈现。如果说任何民族文化的特性都展示在自己的语言中，那么保护语言其实就是保护民族性，放弃母语就意味着放弃自己的传统和历史，放弃自己赖以生存的文化生命。在当下，必须避免消费汉语、冷落汉语，进而守护汉语的美丽与神圣。

从《过印度洋》说到「美丽汉语」

始于苍凉也终于苍凉的《徙》

从一定意义上说《徙》是汪曾祺所有作品里写的最一往情深的一篇，最具思想光辉的一篇。也许是阅读者对他的"抒情诗""风俗画""田园牧歌"式作品太过响亮、密集的鼓掌，事实上干预到了汪曾祺的创作抉择，使《徙》一类的小说少得可怜终于没有得到更好的生长。

谈甓渔、高北溟、高雪，《徙》中写了三代"士"的不遇。刘向《说苑》说："通古今之道，谓之士。"我们观念里的"士"可能要复杂一些。中国士的传统已历两千余载，其精神至今不绝如缕，堪称世界文化史上的独特现象。士有点儿像西方强调的"知识分子"，他们被誉为"社会的良心"，勇于担当，从"公心"出发，是理性、自由、公平等人类基本价值的坚定考察者、维护者，他们的现实处境也标示着所处时代的合理程度，是社会文明的一块晴雨表。

"名士"谈甓渔是个诗人，也是个怪人。他功名不高，名气却很大。中举之后，他屡试不第便再无意仕途，就在江南江北。他教出来的学生，有不少中了进士，谈先生于是身价百倍，高门大族争相延致。他家门楼特别高大，成了当地指明方位的一个坐标。一说"谈家门楼"东边，"谈家门楼"斜对过，人们就立刻明白了。谈甓渔学问很大，可是不识数，不会数钱。每天出门，家里都要把他需用的烟钱、茶钱、酒钱分别装在布口袋里，给他挂在拐杖上，成了名副其实的"杖头钱"。他常常傍花随柳，信步所之，喝得半醉，找不到自己的家。他爱吃螃蟹，可是自己不会剥，得由家里人把蟹肉剥好，又装回蟹壳里，原样摆成一个完整的螃蟹。他一边吃蟹，一边喝酒，一边看书。他没有架子，没大没小，无分贵贱，三教九流，贩夫走卒，都谈得来。他一身"名士"风度，虽精神求索不能完全顺意，但至少还可以活得滋润。

"文士"高北溟家世业儒，祖父、父亲都没有考取功名，靠当塾师、教蒙学以维生计。高北溟为谈先生高足，他的诗文都很可观，十六岁就高高地中了一名秀才。高家的春联不像一般人家是迎祥纳福之语，而是述怀抱、有感慨的词句，全城少见。停科举的头二年，他还能靠笔耕生活。有人求谈先生的文字，碑文墓志，寿序挽联，谈先生都让他代笔。经沈石君提携当教员后，他仍是个洁身自好、爱岗敬业的"文士"。"教员当中也有派别，为了一点小小私利，排挤倾轧，钩心斗角，飞短流长，造谣中伤……高先生对这种派别之争，从不介入。"他还是个"侠士"，不向恶势力低头，敢作敢为；他更是个"义士"，宁可牺牲女儿的幸福，也要攒钱给恩师刻印诗文。可他到底没能逃脱"未徙"的宿命。辛未年亲手贴在板门上的春联"辛夸高岭桂未徙北溟鹏"，在他死后只能在风中摇曳。

"雅士"高雪"读的书是《茵梦湖》，唱的歌是《茶花女》的《饮酒歌》，弹的是肖邦的小夜曲，穿的是流行的衣服。外面的世界给了她太多的想象"。高北溟无力承担高雪上大学的费用，高雪只能考了苏州师范，毕业之后就在本县一小教书，准备复习考大学。接连考了两年没有考取，到第三年七七事变、抗日战争爆发了，她所向往的大学都迁到了四川、云南，日本人占领了江南，本县外出的交通断了，她只能被困在这个小城。高雪有太多的不甘。丈夫汪厚基待她极好，"真是含在口里怕她化了，体贴到不能再体贴。每天下床，都是厚基给她穿袜子，穿鞋。她梳头，厚基在后面捧着镜子。天凉了，天热了，厚基早给她把该换的衣服找出来放着"。然而高雪还是"病了"，西医说得的是忧郁症。病了半年高雪觉得自己不行了，"叫厚基给她穿衣裳，衣裳穿好了，袜子也穿好了，高雪微微皱了皱眉，说左边的袜跟没有拉平。厚基给她把袜跟拉平了，她用非常温柔的眼光看着厚基，说：'厚基，你真好！'随即闭了眼睛。"高雪飞翔的梦彻底搁浅了。芬伯格在他的《可选择的现代化》里说："独立的个人不再仅仅是鲁莽的，而且对他人构成了威胁。"高雪早来的梦倒在了小城逻辑和落后时代的阻击之下，她同时也给亲人们带来了伤害。

三代"士"的遭遇令人唏嘘。第一代的谈甓渔累考不进，却不失为地方贤达，过着一种物质和精神都相对优渥的生活，只是他的学问后继无人；第二代的高北溟在最有雄心、最有才华的年纪遇到"停了科举"的当头棒喝，任教后常受排挤难以施展，他"刻印谈老师诗文""为高雪谋个好的前途"这两桩夙愿都没能实现；第三代的高雪学业道断，才貌超群的她生就了翅膀，却没有机会高飞，最后竟困守小城抑郁而死，抱恨终生。更使人扼腕的是，我们分明感到了他们的人生际遇逐代下降、走向凄冷的趋势。

直观地看，《徙》中"诗"与"美"似乎处处可见，但小说的真意却是要走向"非诗"，显示那些"美"的——消亡。语言是汪曾祺的一种文学信仰，他把语言的作用高举到极致，而其每一篇小说都是对这种观念的生动践行，《徙》当然也不例外。《徙》的开头即可见大家手段，它似涟漪让人渐自望到圆心：

很多歌消失了。

许多歌的词、曲的作者没有人知道。

有些歌只有极少数的人唱，别人都不知道。比如一些学校的校歌。

作品里还有许多对古诗文的化用，除那首古色古香的校歌，别处的优雅描述也所在多有。如写高家新居的"天井里花木扶疏，苔痕上阶，草色入帘，很是幽静"，刘禹锡《陋室铭》有"苔痕上阶绿，草色入帘青"语；状谈府败落的"几乎变成一片瓦砾，旧池乔木，荡然无存……过路人走过，都有不胜今昔之感，觉得沧海桑田，人生如梦"，姜夔《扬州慢》有"四顾萧条""感慨今昔""废池乔木"语。汪曾祺的现代修辞功力也同样出色："玻璃一样脆亮的童声高唱着。瓦片和树叶都在唱"，这一句在小说中总共出现过3次，饱含着作家的无边追怀；"在歌声中想起那些校园里的蔷薇花，冬青树，擦了无数次的教室的玻璃，上课下课的钟声，和球场上像烟火一样升到空中的一阵一阵的明亮的欢笑"，这里寄寓着作家的一腔深情。这些诗化语言典雅、华美、洗练、丰赡，为小说增添了无限的韵味。

高雪是美的化身，作家用中国最传统、最有效的表现手法来精雕她的姣好：

高雪小时候没有显出怎么好看，没有想到，女大十八变，两三年工夫，变成了一个美人。每年暑假回家，一身白。白旗袍（在学校只能穿制服：白上衣，黑短裙），漂白细草帽，白纱手套，白丁字平跟皮鞋。丰姿楚楚，行步婀娜，态度安静，顾盼有光。不论在火车站月台上，轮船甲板上，男人女人都朝她看。男人看了她，敞开法兰绒西服上衣的扣，露出新买的时式领带，频频回首，自作多情。女的看了她，从手提包里取出小圆镜照照自己。各依年貌，生出不同的轻轻感触。

可以说汪曾祺写高雪的文字越用力，情景就越悲壮，他的内心也越沉痛。因为作家什么都做不了，只能听任美得令人惊奇的高雪迅即从他的视线隐去，走向毁灭。连同小说中那些让人过目难忘的高北溟对老师的敬爱、沈石君对高北溟的欣赏、汪厚基待高雪的真诚等美好人情，最终只能给丢下一个背影，作家也一样无力挽留只余一声叹息。追忆的常是一个已经消逝或正在消逝的时代，而其中惯见的正是一种巨大的悲悯。

汪曾祺的作品善于写故人往事，汪曾祺早年的曲折经历，后来在动乱中的沉浮，师友遭际的阴影，对中国传统人文理念捍卫的自觉，加之他接受过西方悲剧观的洗礼，这些完全可以为他书写《徙》这样的悲剧作品做好准备。写满了人文关怀的《徙》始于苍凉也终于苍凉："高先生已经死了几年了……墓草萋萋，落照昏黄，歌声犹在，斯人邈矣。"作品凄美大于淡泊，愤懑大于平和，压抑大于解脱，讽世大于超然。小说有着显在的启蒙主义特质，这正是汪曾祺对五四精神的可贵坚持。

写作，是中国教育短板

不会动笔的中国教育是很可怕的。由原国家教委基础教育司和中共中央宣传部出版局共同主编的《中华腾飞的百道难题》一书提及：我国大学毕业生不会写文章早是司空见惯的事儿了，写作已成为中华腾飞的一种阻碍。曾几何时，"对案至不能就一札"（郑板桥语）在古代文化人那里，决不单是一个人能力的匮乏问题，而是直指他道德、人格的一种巨大缺陷，是件极其丢脸的事情。写作，事实上已成为如今中国能力的一块短板。

这个时代似乎不大瞧得起人文学科。其实，著名的"钱学森之问"（"为什么我们的学校总是培养不出杰出人才？"）一方面提出了发展中国家如何培养出顶级科技人才的问题，一方面也强调了与这些大师科技成就相匹配的深厚人文素养的重要性，而后者更容易被忽略。汪曾祺曾感慨："解放后的教育过于急功近利。搞自然科学的只知道埋头于本科，成了科技匠，较之上一代的科学家的清通渊博风流儒雅相去远矣。自然科学界如此，治人文科学者也差不多。"我们有过非常成功的大学西南联大，汪曾祺有幸接受它的精神滴沥，他曾深情地强调西南联大的学风——"博""雅"。

一个能把文章写好的人就能把世间的许多事情做好。"半部论语治天下"，从文章学角度也能得到有力佐证。写作能力代表一个人对文明的掌握程度，代表一个人对技能的认知高度，代表一个人对世界的理解深度，这种能力的形成，需要一个逐渐完善、发展的漫长流程，需要打破课上课下的严格界线，需要实现从"以文为本"到"以人为本"的切实超越，需要内外因素相互作用摆脱一种封闭式系统，对于这些我们必须有足够的认识。写作是现代人缺之不可的基本能力、基础能力，是思维习惯和创新能力的逻辑起点，是衡量民族创造力的关键指标、主要观测点。对它，我们应当上升到强化全民素质、维护国家安全的认识高度。

写作是关于先进思想的精致言说，书面语是更易保留的文明物证。作为诗经楚辞的传人，我们这个民族曾是很有写作心得的，可惜始于发蒙几乎贯穿一生的这种宝贵经验成了历史记忆。比之其他民族，现代中国人写作的童子功可能是最差的，成了一定意义上的掉队者。写作是或唯美或实用或深刻的回望，只要与写作哪怕只结一小段儿尘缘，我们的人生就会不同，这就是写作的意义。文章承担着人文教育的各个方面，甚至全部的社会教育，而自然科学的研究成果最终也要以文章的形式呈现，所以我们学校应该拿出合格的写作教育，要让写作能力培养成为大中小学乃至整个中国教育的突破口。

如果说中小学写作因牵涉很多一下子不容易转身，那么至少大学可以做到快速松绑。可当下的中国大学很少有重视写作课的，甚至规模越大的大学越轻视写作，这实在不失为一桩咄咄怪事。"学院派"说"大学是不培养作家的"。强调写作的中文系在全国也找不见几个，至于说到偶尔还要动笔，不是出于考试，也必是出于研究的考虑。大学对写作课程明显轻视，大幅度压缩课时，写作优秀师资不断流失，现有的培养方式收效甚微，这些早已使写作步履维艰，其直接后果就是造成了中国写作人才的严重不足，那些有写作特长的学生在就业时都有着明显的优势，可谓一直供不应求。写作能力培养应该是"大学语文"教学的第一要务。

中国的事情常是这样，国家重视了就做得好些，国家不重视就会做得差些。众所周知，写作学目前仍不是二级学科，它常颠沛于文艺学、语言学及应用语言学、中国现代当代文学的羽翼下，没有机会直接走到前台来，也就没有机会获得相关专业建设的政策倾斜，这种逼仄、边缘的学科处境使写作学一时难以寻到出路。许多年来，写作学

写作，是中国教育短板

一直被称作"综合性学科"，因为它与文学、美学、社会学、心理学、语言学、逻辑学等等都有着一种明显的联系，说它是一个新兴的交叉学科也的确能找出很多证据，可是这样的学科指认与定位，也几乎使写作在"综合"中彻底迷失了自己。

儒雅成了禁区，文采成了奢侈品，写作姥姥不疼舅舅不爱，相关的惩罚、报复已经到来。我们可以考察一下"专业人士"的表现。稍微花上一点儿时间，我们就能知道铺天盖地的理论著作、学术论文，到底有多少才情，到底有多少是"还说得过去""还读得下去"的"文章"。不用看也猜得到，因为写作很难无师自通。那么我们的文学呢？有人说以1990年为界，之前的作家都是诗人，之后的作家都是故事家，"诗意"在时下的文学作品里已难得一见，从一定意义上讲，诗意的丧失就是作家写作能力的丧失，毕竟"诗意"是文学的灵魂。

各级学校现行的写作授课模式有着太多的篱笆，除了写作理论与写作实践的矛盾之外，学校小课堂与社会大展台之间，甚至传统与现代之间都没做到很好地打通。只有拆除了各种各样的篱笆，写作才能放开手脚，才能彻底克服扁平、单一的授课模式，才能切实有所作为。当然，解决了更新教学理念、开放培养体系、运用行之有效的训练方法问题的同时，还应吁请国家真正提升写作的学科地位、人文地位，这会是写作能否大展身手的最后瓶颈。这绝不是一个小事情，理应引起我们这个民族的警觉。

中国，请拿起笔来！

请放过这个孩子

我们自始至终都在忽略一个问题：海子太多的诗是伤口，不是盛开的梅花。

如今他是一个睡熟的孩子了，再不要动辄粗暴地打断他童稚的梦，须知除了这场梦他其实一无所有。

接下来提到的几件事，让我觉得海子还在不断地被利用，这些乱糟糟的尖叫已让他不得安宁，我这个成年人应该站出来制止，暂不去在乎是否起效。

记得一次开会时，河北某高校的一位先生脸上涂满了对我的不屑："当代诗人我只讲海子。"因为我刚刚回答了他的提问，说当代诗人我会讲闻捷、北岛、于坚……一大群，还说我只讲海子的短诗。

一诗人来访，他在我家的门镜里高高地举着一袋纸灰。落座后他说这是他的诗稿，再也不写诗了，他整整苦学了五年，工作丢了，老婆跟了别人，可还是比不上海子。

那家杂志也算是国内有名的诗歌刊物了。海子死后，编辑突然记起自家积压着他的一大摞被枪毙的诗稿，他们翻箱倒柜，忙了个不亦乐乎，却未见踪影，最后只得败兴地安静下来。实际上纵使找到，跟风似的发出来，也少的是诗歌意义，多的是俗气，不过是再添个"孩子死了来奶了"的笑料。

常见一些表情堆满皱纹、胡子拉碴的人自称海子"二世"、"三世"，匍匐在他身后，奴才着脸"诗歌的王"、"精神的父亲"一通大呼小叫，这一群"四体不勤，五谷不分"的追随者，更不会忘记高声谈论着麦子。

在 2005 年北京的春天里，一群大大小小的评论家曾自发开过一个诗歌写作者的研讨会，说是"诗歌写作者"而不说是诗人正表明我的一种基本判断。

"中国诗坛的一颗新星"、"海子衣钵最好的传人"……一张张被激动涨紫的脸，一张张用力开合的嘴巴，大家众口一词，他们的新发现着实让我心惊肉跳，梦也？真也？我干脆愣在那个角落里了。

侍候中国当代文学的讲桌算下来已满十二年，诗评也颇写过几篇，今天我第一次见识了自己的没劲。我曾仔细读过被研讨者那些诗，充其量是"尚在途中"的练笔，很容易认出这个诗人的胳膊那个诗人的腿，大概不出海子、顾城、北岛、昌耀诸人，有的诗句干脆是海子的原作。幸好云南那个老兄与我纸条往来，甘愿同我做难兄难弟，才救住了我的崩溃。

发言者颇有一些是早已成名的人物，不是他们的嗅觉出了问题，就是他们的人格出了问题。回到宿舍，我在日记里记下了池莉一部小说的名字《预谋杀人》。被研讨者家住遥远的青海一个海子曾写过的小城。这些发言足以让一个憨直的汉子在别人设下的、南辕北辙的圈套里，耗尽一生的智慧。

学海子，他学得真不像，完全可以猜出儿时玩躲猫猫，他肯定第一个被抓到。幸亏学不像，学得像就更加恐怖——海子的诗本就满目疮痍。

谁都可以写诗，谁都可以做学问，谁都可以寻点什么抹到脸上风光风光，这个世界上胭脂多得很，可海子他并不合适，干吗总扯上他？海子真个可怜，他差不多成了一些沽名钓誉者的道具被野蛮地搬来搬去，没人在乎他的呻吟。

海子有一帧照片，胡子长长的成人标记，环绕的却是挣不脱的童年稚气，这成了一种虚实分裂的悲剧写照。我们一直在强调海子的年龄，却又一直在遗忘他的年龄。

海子的手里好像也有一把斧头，顾城砍倒的是谢烨，海子砍倒的

226

不该对生活发脾气

是他自己。

我们可能鄙夷追逐疯子或向疯子投掷砖块的丑恶，可能痛恨怂恿疯子哭笑或怂恿疯子当街脱下裤子的行径，可我们自己却莫名其妙地向海子欢呼了，忘了叫住他，听任他的背影在歧路上大踏步地远去。

我念念不忘自己的那次经历。时候是在能吓退很多南方人的黑龙江的冬天，在我骑着单车走过那个人的时候，她突然说话了："孩子，你怎么不戴个帽子啊？"我情不自禁地回了一下头，在她之前只有母亲说过这样的话，虽没停车但我的心上漾满了暖意。

数日后，我又遇到了她，她又说了那句相同的话，我匆匆对同样包裹得很严的她说了声"没关系，谢谢您"。

第三次遇到她是在能把人烤焦的盛夏。我知道是她而不是别人并不是因为我记住了她的容貌，而是她又说了那句话："孩子，你怎么不戴个帽子啊？"这是一个枯瘦的老人，步子极为凌乱。在抓住她的手准备说出心中感激的时候，我一时惊住了：她的眼里一点儿光彩都没有，脸上是青灰的、永远都没有变化的神情。显然，这是一个被精神障碍阻隔在另一世界的人，尘世的一切已与她中断了联系。

我们应该向她投去感佩的眼神，可以去揣想她病前的善良，她把最温暖人心的话永远留在自己的唇边，但也必须知道她正在病中正在痛苦中，海子后期的好多诗歌都像那句"孩子，你怎么不戴个帽子啊"。

此处仅举其思想错乱的一首《太平洋上的贾宝玉》："贾宝玉太平洋上的贾宝玉/太平洋上：粮食用绳子捆好/贾宝玉坐在粮食上//美好而破碎的世界/坐在食物和酒上/美好而破碎的世界，你口含宝石/只有这些美好的少女，美好而破碎的世界，旧世界/只有茫茫太平洋上这些美好的少女/太平洋上粮食用绳子捆好/从山顶洞到贾宝玉用尽了多少火和雨"。

看到这首诗的人应该流泪，不是因为"诗人又少了一个"，而是健康的孩子又少了一个。正如他的死，与其说一个诗人自杀了，不如说一个孩子自杀了。

西川一口气"猜测"出 7 条海子的死因，其后诗评家们竟同声附和，所以我后面说的西川其实是指"西川们"。这些貌似周到、整严、滴水不漏的判定都还只是表象，都还只是来自成人立场的一种眺望，这样想当然的结论仍在门外徘徊，压根儿没有登堂入室。

要我说，海子是死于他的未成年。

我曾去监狱里采访过一个黑社会的老大，问他最怕什么人，他说最怕手里拿刀、十五六岁的半大小子，他们最敢跟人玩命，他们还不知道命只有一条。道理再简单不过，他们"未知生，安知死"！西川说海子有自杀情结，回想一下，十五六岁的时候几乎我们每个人都有过自杀情结，区别在于我们很快就忘了，但海子却记着，因为我们有机会长大，他没有。

海子的人生事实上在十五六岁时就已经被按了暂停键。过早进入成人世界没有使他早熟，却适得其反。

西川说的"性格因素"、"生活方式"、"荣誉问题"、"气功问题"究其实都是"未成年"的枝条、子问题。海子始终没有绕出少年人必经的迷惘期、苦闷期，纯洁、简单、敏感、偏执、自闭、孤独、脆弱、受不得委屈，最后他就在自己的逼视里倒下了。他还太小，还来不及真正有所信仰，来不及真正懂得热爱的意义。

世界给海子的还只是一种碎片式的教育，他对祖先、对中国还知之甚微，那么他对现实的否定缘何而来，中国有那么糟糕吗，不值得为它活一回？里尔克说"挺住就意味着一切"，中国已创造了太多奇迹，谁也不能否认这个古老国度的特殊活力。

报上说 25 年前家喻户晓的神童宁铂，竟然要靠遁入空门来排遣长久以来郁结于内心的苦闷。曾几何时，宁铂、谢彦波们热热闹闹地演绎过一个神童时代，可"中科大少年班"那些孩子在漫漫求学生涯的尾音里，大都"泯然众人矣"。

被西川指证为"自杀导火索"的是海子的四次失恋。去年三八节，一个男生从一幢教学楼上纵身跃下，起因是先后追过两个女生都被拒绝了。他的父亲从千里外的乡间赶来，抱着他的尸身老泪纵横：

"儿子，我白白把你养这么大。"有人说那男生死于爱情，我说他死于对爱情的无知。

有失恋经历的人要比从没有失恋经历的人多得多，若算上单恋的，怕是所有人都曾是失恋者。超过四次的当然大有人在，但自杀的寥寥无几，成年人是有勇气也有能力从失恋中抬起头来的。

一个真正长大的人会有"生"的好奇，会不断地想知道明天的样子。

中国当代教育里有关"神童"的情节前仆后继，直教人觉出些许悲壮。

东北神童王思涵没能与大学同学一起拿到烫金的毕业证，他因多门功课考试零分，被学校勒令退学；神童魏永康4岁学完初中课程，13岁上重点大学，17岁考取中国社会科学院的硕博连读，可19岁时他竟因生活自理太差而被清退，成了又一个现代版的方仲永。

大家不要忘了，这蔚为壮观的长队里还有海子，有谁提到他的时候不是劈头一句"天才诗人，15岁上北大"呢？

宁铂说："那时我只是一个不谙世事的小孩……那些年我就是在压抑自己个性的过程中度过的。神童剥夺了我许多应该享有的生活和娱乐的权力。"王思涵因为不断地跳级，好多人文学科的常识他都茫然不知，大学同学高谈阔论时，他总插不上话，越来越寡言，正常社交都成难题，遑论在能力培养的坦途上飞奔？

海子说过："……我童年时代是结束得太早太快了。"这句话见于海子1987年11月14日的日记，后面被撕掉的三页，我们虽然再也无从找到，但猜得出必是一个心理、智力和生理发展极不和谐者的无边心事。

海子的未成年，也使文学这个别人的池塘成了他的泥潭。

我的好友、已故诗人魏氓有首《纸飞机》："铺开白纸，眼睛里的天空/就有一朵云飘过//挥手之间，许多美好的感觉/冉冉上升/一下子缩短了/我的童年和女儿童年的距离//渴望超越自己/青春、理想、爱情和生活/纸飞机呀纸飞机/是飞翔梦的安慰//如今，面对一张白纸/我终于明白/文字并不能使我声誉鹊起//而多年来，我的错误/

就是千方百计把一种游戏/赋予/真理的高度"。

这里当然有几许求之未得的无奈，但更多的是一个成年人面对诗歌时应有的清醒和觉悟。诗歌真的不能改变什么，对它不能太当真，用诗歌救世本就是一种发疯的想法。诗歌肩膀窄窄的，虚弱、单薄，不能有太多担当，有时甚至不堪一击。

海子"更在无意中流露出极端的对自我苛刻要求的精神品质，良知、理想、关怀人类的热情和思索，让诗人不胜重负"（罗振亚语）。

海子曾写过一首《夜色》："在夜色中/我有三次受难：流浪、爱情、生存//我有三种幸福：诗歌、王位、太阳。"我们读后心上充盈的是挥之难去的悲怆，一望可知受难是实，幸福是虚，诗歌、王位、太阳要么娇弱无力，要么遥不可及，海子的"幸福"是撞不破"受难"的牢笼的。

他的精神不曾走出过乡村，在都市里，他一直是灵魂角度上的客居者。他 15 岁进京，再减去他七八年的童蒙期，他的农业人生经历只有短短的七八年，而这却几乎是他全部诗歌的基点，包括"麦地"也多来自一种精神漫游，未必有多少真相。

他的人生经验更多是纸上得来，比如他的《太阳·弑》一望可知故事于来源《哈姆雷特》、《俄狄浦斯王》、《雷雨》。

"在春天，野蛮而悲伤的海子/就剩下这一个，最后一个/就是一个黑夜的孩子，沉浸于冬天，倾心死亡/不能自拔，热爱着空虚而寒冷的乡村。"（海子《春天，十个海子》）太多的人只看到诗，忘了它身后站着的那个孤苦无助孩子。

他的一些诗佶屈聱牙，露出了太多学步者的破绽。语言的任性、表意的含混，都显出了一点孩子气，这些海子都无力删改。

从时间上看，海子该是二十世纪八九十年代的界碑，两侧的诗歌都极晓畅，但他却是个例外，更像最后一位朦胧诗人，他的诗比所有的朦胧诗人的作品都艰涩难解。

如果说神童出身是海子悲剧的开始，笃信诗歌使他苦难深重，那么是长诗最终使他万劫不复了。

他常对现实中的笑意熟视无睹，诗中惯见的是焦虑和对抗，"两手空空"差不多成了他一种躲不掉的宿命；他对生活细节重视不够，天马行空的抒写多，而脚踏实地的少，因略去来自人生前线的体验，作品就少下了一种生命的质感。

海子的"大诗"，更像是一切虚幻的设喻，《太阳七部书》几乎都是实质上的残卷。这些作品极像那些幼儿时代的涂涂画画，满手花绿颜料的孩子指给你看，这边是山那边是水，而我们却无论如何也辨认不出。

要么是天才要么是疯子，大家说的都是这道选择题，但多数人早已公然倒向前者，他们不敢面对真实，不敢面对自己的内心，光着屁股，甘做新版的安徒生笔下那个被人哂笑了一百多年的皇帝。

他应该做谁的丈夫，谁的父亲，他应该有机会在镜中看到自己白发的暮年，他一直未成年，失去了长大的机会，他并没有最终完成他自己。

海子的一些诗是病中的疯话，我们竟还丧尽天良地说"好好，这样最好"。

那些讴歌海子自我献祭的人，则几近于无耻。倘海子是他的儿子，是他的兄弟，或者干脆是他自己，情形还是这样吗？

切记海子太多的诗是伤口，不是梅花，不好用来装点门面。

请放过这个孩子，大人们有没有被告知：你们都错了！

人们唾液飞溅讲述的除了他的天分还是他的天分，我们不能说点别的吗，比如他的苦海，一经自己想象出来他的心就再也难以挣脱的苦海。他向隅而泣时，大人们却在一旁纵声狂笑。

海子曾死于未成年，死于不堪重负，如果大人们继续执迷，他还将死上无数回。

告诉孩子们文学其实算不了什么，犯不着为它寻死觅活。

告诉家长们要耐烦自己的孩子一点一点长大，通常世间没有天才的儿女，只有忘乎所以的爹娘。

海子自杀对于这个时代的精神意义，绝不会高于它对我们的社会观念特别是教育观念的警策意义。

　　不要再随便拿他说事儿，海子不是一个教育成功的典范，也绝不是一个获胜作家的榜样，正好相反，他更像是一块残缺、一种隐痛、一处死穴，轻轻触碰，社会的良心便会经历一场裂度极大的地震。

不该对生活发脾气

王书怀的意义

王书怀（1929—1984），是新中国成立后第一代黑土诗人。在 20 世纪五六十年代，他与当时享誉文坛的公刘、贺敬之、郭小川、闻捷、严辰等诗界名宿交相辉映，曾被智利诗人聂鲁达称为"黑头发的高产作家"，著有《宝山谣》《火热的乡村》《张勇之歌》《行吟集》等诗集 12 部。

王书怀担纲歌词主创的《串门》《越走越亮堂》《我爱这些年轻人》等家喻户晓的经典民歌，曾借助郭颂高亢嘹亮的嗓音传遍大江南北，逼真地重现了新中国"改天换地"的生动段落，成为记录一场民族壮举的移动的雕像。

新诗不易背诵，可如今黑龙江的许多中老年人还能够大段大段地背诵王书怀的作品，每次他们说到王书怀，都像说到自己特别爱戴的一个亲人："他讲话脸红，衣扣一个一个不自觉地解开，剩到上边第二颗时，两手平伸出去，右手还拿了一支钢笔"，"他桌子上总摆着烟缸啦、帽子啦什么的，讲到动情处就把这些东西摆来摆去"，"和气得很，和我们穿戴、说话都一样，看不出是作家，更一点儿也没有'全国十大青年诗人'的架子"，"他坐在炕头与你拉家常，在田间与农民一起劳作，过年给乡亲写春联"……

有评论家说，王书怀的诗歌像陈年纯酿，陶醉了一代人；像文坛号角，激励了一代人；像拂面金风，催熟了一代人。他那些"一路上看，/一路上唠，/话题好像那小马驹，/跟着车儿跑"（《搭车》）

之类的诗句几乎冲口而出，并未经过太多的思量，很像一种极为随意的哼唱，其中的设喻可谓信手拈来，用日常的语言直录日常感受，倚重直觉，放弃藻饰，诗句的跳动实为心情的起落，最大可能地保留了生活的本味，这样的吟咏不离田垄，不离蛙鼓，不离袅袅炊烟。

诗人始终立于生活前线，是特定年代、特定地域、特定黑土风情的见证人、目击者，所以最有机会也最有资格为这种别样的乡景作传。"一样的秫秸障，/密叶不透风；/一样的瓜菜园，花开几多种；/翠生生，/水灵灵，/东院韭菜西院葱，/豆角挎小刀，/辣椒打灯笼，/西葫芦结纽满地滚，/向日葵，探出脑袋逗孩童……"（《满园春》）自然的幽微，生活的奇美，人世的欢喜，都因诗人的一腔热忱，都因诗人绵密的心思，都因诗人的生花妙笔，在我们的眼前牵手呈现。

王书怀坚定地认为"不亲近泥土，等于不孝顺爹娘"，他从来不做生活的看客，诗句背后总站着诗人自己，作者写来一往情深，阅读者也自然会被击中。"小河流水哗啦啦，/河东河西住人家。/往年一听河水响，/两岸亲家忙喊话：/'淹啦？'/'满啦？'/——不是亲家太胆小呵，/山水下来真毁庄稼！//小河流水哗啦啦，/河东河西住人家。/如今一听河水响，/两岸亲家笑哈哈：/'放啦？'/'满啦？'/——不是亲家问顺了口，社里的水稻都萌了芽……"（《小河流水哗啦啦》）这首诗显然是新格律体的代表作品，却摆脱了当时创作模式化、概念化的框定，借"小河流水哗啦啦"一句起兴入题，用语简省，直接断取两幅剪影，对照鲜明，生活气息扑面而来，不变的是那条小河，改变的却是"人"，是人的生活。

同幸运的当下诗人相比，王书怀显然生活在一个不太好的文学环境，他不得不在政治的高压下喘息。环境束缚了诗人的手脚是无可否认的事实，但是他到底尽了自己的一份力。"歇晌了。/一片喧声，/摇动了老树，/枝头鸟，丢一根羽毛，/另选栖处。"（《午歇》）这样的表达让我们看到了心灵深处的乡景，让我们听到了记忆麦田上飘荡的乡音，立意选自乡风，遣词却古色古香，用字寥寥，直如小令，斩截痛快。纵使与当前的新派诗歌相比，不论哪个方面，也不见逊色，王书怀的过人之处令人惊诧。

倒是今天的诗人，文化环境够宽松了，生活够富足了，有所作为的却很少。而王书怀不仅是诗人，还是诗人的老师，带出了一大批诗人，他像大家心中的一面旗帜，他说"我愿做一架梯子，让后来者踩在我肩上上路"。

王书怀的诗歌是物质饥馑年代的一种精神激励："瞧，三星没落/月儿西斜/姑娘登上了井台/上工哨儿/吹醒了半趟街。/张家嫂，/李家妹，/三娘五婶，/荷锄集合，霎时间——/一片嬉笑，/撒向田野……"（《野姑娘》）生存、发展，要靠我们的双手来实现，劳动因之被赋予最崇高的光晕。而有了劳动的映衬，集体主义、英雄主义则会更便利地获得表达。"不闻鸟啼杏枝上，/二月里，/但见一路/鞭打银树霜花飞！//赶车人，/哼小曲，/回望车队龙摆尾；/心里头/早有几分丰收醉。"《鞭声》中的这一节，无疑来自现场的采集，诗人几乎照拍了生活的原态。在一种很难冲决的"政治叙事"的氛围中，王书怀的讲述仍会多一丝冷静，不忘在质朴的书写中与诗意站齐。

其实，政治文化、知识分子文化和流行文化是并行的，对哪种文化的过分强调都曾给我们带来相应的教训，翻阅我们的文学史，每一种实例都不难找见。王书怀的诗歌却大致做到了三者兼顾，他的读者成分复杂，政治家看到的是政策带来的感奋和百姓的生存状态，一般读者领略的是或熟稔或陌生的本色民谣，而世代在那块黑土地上挥洒汗水的人们听到的是自己的心跳。

1960年，已是黑龙江省专业作家的王书怀，放弃在省城哈尔滨的优越生活，毅然挈妇将雏来到绥化市宝山乡挂职锻炼、体验生活，一住就是十八年。妻子由光荣的人民教师变成农妇，他的家也由三室一厅的楼房变成了一间半茅草屋。草屋闲置多年，老鼠很多，一不小心就掉到饭盆里一只。居住在茅屋，工作在基层，创作在阡陌，最终使他成为"黑土地上的青年歌者"、"农民心中诗的代言人"，成为"继萧红之后，在全国产生一定影响的黑龙江省本土作家"。

"盘腿上炕伸伸腰，/全身的肋骨酥酥响；/倒在炕头嗅一嗅，/席子底下呵/飘出米谷香……"（《这铺炕》）在席子底下利用火炕烘干五谷，是乡间远年的旧习，如今这样的做法已极罕见，此时读来易于令人忆起桩桩久违的往事。诗中人物的一连串动作，完全是宾至如归的写意，是干群鱼水亲密关系的生动演示。在王书怀写诗的当时，他自己就是一个道地的、备受尊敬的基层干部，鞋上不曾沾过田间泥巴的领导是永远也嗅不到席子底下飘出的米谷香的。有一次王书怀的母亲病了，同事说："我给你找个好病房，让老人家住进去吧。"诗人不同意。同事又说："那让单位的车跑一趟，把大夫接来。"他也不同意。后来，他借了辆手推车，自己把老母亲送到了医院。他那时是县委宣传部的副部长。

"听说县长来，/不见县长面，/大路上迎，/小路上看，/空荡荡/农忙时节/大路小路人儿断。//忽见青纱帐，/闪出一老汉，/肩挑水罐儿下山来，/乐滋滋/羊肚手巾慢擦汗，/提起县长来，/眼睛眯成一条线：/'哈！啥时到，/咱没见，/高粱苗锄了两垄半，/井巴凉水喝半罐……'"（《听说县长来》）那时一些领导干部的优良作风，让五十年后的我们心驰神往、艳羡不已。看看诗中所叙的人和景，恍若隔世。

认真做人，认真生活，才能认真写诗。一个诗人若没有一流的人品，一流的人格境界，就不会写出一流的诗歌。不难想到，王书怀如果没有与百姓手足般的情谊，就没有他"春种秋收都入诗，鸡啼蛙鸣有平仄"的华章，就没有如亮眼的珠串般的诗歌，就没有他为我们的心灵保留的一处可贵的清静，中国当代诗歌史就不会因之铭记一个身处边地的诗人的名字。像他这样真正懂得热爱的人才配做诗人，才配做别人的精神导师。

王书怀说："我的笔，笨拙的犁/弯腰曲背，耕耘在这生活的土地。"作为与民谣至为切近的一朵奇葩，王书怀的诗歌与劳动人民心心相印、血脉相牵，采撷农家口语入诗，为乡人作歌，于生活的细微处找寻诗歌的化境，他深情而机智的表达，曾伴着人们走过无数难忘的岁月。

王书怀曾在《诗歌民族化群众化的一点感想》一文里说："学了民歌，它能赋予我的诗歌以流畅、活泼、明快的语言和情调；学了古典诗词，它帮助我在锻字炼意、寄情潜志、塑造形象上肯下功夫；学了民间曲艺，它使我经常注意从生活里选取那些幽默有趣的生活细节纳入诗歌，使人物形象更有风趣。"且看这首《串门》："第一次串门儿，/他说借根针儿，/不找姑娘找大婶，/钉上了扣子，/又要缝裤腿儿。/唉，谁知道他/缝完了裤腿儿还要纫儿回针儿！//第二次串门，/他说借个盆，/洗了汗衫，/洗背心儿，/白手套揉个稀糊烂，/他还说这肥皂不褪泥儿。/唉，谁知道他/投完了这遍还要换几回水儿！//第三次串门儿，/老大婶看出了这里有步棋儿，/不等小伙子再开口，/转身出了门儿：/'得咧孩子，你们唠着，/我到东院借个锤儿……/唉，这样的小伙子，/真叫人没有法子儿。'"诗歌至少该是一种精神长进，它应该走向更大面积的读者，像王书怀这种明白晓畅、举重若轻的诗，当然不会是对生活的一瞥之得。

王书怀是开辟一代诗风的诗人。有诗家说："举目检视中国当代诗坛，在写农村诗的诗人当中王书怀要排第一，全国无有出其右者。"王书怀有着超迈的诗性禀赋，坚持为民风作歌，纵使在文学高度政治化的年代，他干干净净的诗歌讲述依然具有异乎寻常的启迪意义。

2004 年 3 月 19 日，王书怀纪念馆在黑龙江省绥化市隆重开馆，这是该省继萧红故居、丁玲纪念馆之后的第三座作家纪念馆。馆中展品生动地再现了诗人创作和生活的点点滴滴，比如有一只钱包，诗人逝世时，这只钱包里只有一块钱；还有一条断成三节、主人还不舍得丢掉的腰带；一张一尺半长、一尺宽、一尺高的小木桌，王书怀的诗歌就是从它这儿起飞……没有展出的还有一张照片，是诗人在参加全国作代会期间在天安门前的留影，鞋子已分明露出了脚趾……

我们以一种特别的方式与王书怀的诗歌庄严相会时，内心满是感动。现代视线中的王书怀，可能已有了这样那样的不足，我们应看到的是那时文学对政治的整体性投靠，所以对王书怀不该有太多的苛责，作为个体，他已做到了最好。

王书怀在一本《病中札记》中写道："写字桌，我的领土；稿纸，我的垦区；笔哟，是我不曾消闲的犁……"其作品中的集体主义光辉、抚摸民风的深情、天才的语言驾驭气度，连同他为劳动人民作传的诗观，最终矗起了一面精神大纛。

远望数十年前那个为民奔忙的背影渐行渐远，缅怀虽然不绝如缕，但我们到底痛失了一个一心为民的诗歌领袖。

不关心百姓痛痒，不触及现实生活，更难听到时代脉搏的跳动，这就是很长一个时期以来当代诗坛的现状。一家杂志的主编曾恳切地说："诗人们应该反思自己。不是大众抛弃了诗人，而是诗人抛弃了大众。"

直到今天，王书怀仍是汉语诗歌前行的重要路标。在这个诗歌迷路的时代，很有必要给诗人们讲讲王书怀，他有理由成为怀念背景里永远的、不可遗忘的诗歌话题。

中国当代 "诗教" 的当行与可行

  中国古代肇始于孔子的 "诗教" 大致与我们今天的 "人文教育" 内涵相当，其以人的伦理道德和立世原则为关键，熔知识教育、审美教育和人生教育于一炉，凭借对诗歌的创作、沉思和援用，进而提升至对人自身甚或整个时代思想、修为的反省与引导。"诗教" 担承着包括文学、艺术、美学、思想、道德、伦理等全方位的精神气质养成和社会教化功能。而当下对于现代人而言，因从学校获得的新诗教育相当有限，所以来自这个向度的哪怕是单纯的艺术熏陶都难以实现，遑论其他。

  学校教育是中国人文化接受的基本形式和基本保障，我们充分信赖也充分依赖学校教育，我们最初的也最宝贵的文化经验主要来自中小学教材，教材在很大程度上就是我们求学时代的人生航标。许多人坚定不移地认为教材上强调的就是重要的，教材上忽视的就是无关痛痒的，所以教材的编写者实在应该慎之再慎。可是我们的教材中很少有新诗的内容，也就是说一个人十几年校园生涯中几乎没有经历像样儿的新诗教育，小而言之这种格局不利于提高个体的文学品位，大而言之它已伤及了我们这个民族的艺术素质。

  翻遍现行的中小学语文教材，实在找不到几首新诗，当代的、时间切近的更少。在应试模式的教学中，对新诗能够背诵、朗诵足矣，至于揣摩意境、体会高妙则在真实教学中很难发生，考场作文更有一个 "不能写成诗歌" 的要求。我们多数中小学老师欣赏新诗的能力是很让人担心的，不要忘了他们所受的新诗教育也相当有限。对于新诗，我们的课堂依然在强调句式整齐、使用韵脚、节奏鲜明与便于诵读，这表明太多的人对新诗的当下形态毫不知情。

到了大学，我们的新诗教育就更加可怜。强调写诗的中文系全国也不易找见，至于说到还要读诗，不是出于考试，也必是出于研究的考虑。中文系尚且如此，别处就更无从提及。我们这个民族曾是很有培养诗人经验的，可惜始于发蒙几乎贯穿一生的这一种经验成了历史记忆。比之其他民族，中国当代诗人的童子功可能是最差的。学校没有拿给新诗教育，却仍有一些诗人出来，仍有一些好诗人出来，这多多少少让人觉出了一点儿悲壮。

对照新诗，古诗在教育理念中处境稍好，但是新诗是用现代汉语和现代观念完成的，它肯定是对现代生活的更生动、更精准、更有效的表达。除了学校教育，新诗在家庭、在社会更宽广的教育环境中能占多大比重？能不能有一席之地？结论说出来会很得罪人的。去过俄罗斯的人莫不对这个国家人民的诗歌素养挑指称奇，进而敬慕、感佩得不行，据说俄罗斯教育孩子时会让他们背全本的普希金、半本莱蒙托夫。

诗歌是人类精神气质的提炼、艺术禀赋的绽放，是一种表达人生、社会的艺术奇迹，比之其他文学文体，它更智慧、精致而纯粹。可是我们目前的应试教育体制，客观上造成了与新诗的对立，学生在考试的高压之下，首先拒绝的就是新诗，这当然会带来新诗教育的失败。当代诗歌不能穿越当代，也就很难做到薪火相传，这应该引起全民族的警觉。

既然教科书上不能给我们提供多少新诗经验，诗歌的润泽就只能来自别处——课外书籍、网络，还有道听途说。我们注意到，纵使在这个热衷于读图的时代，纵使是在诗歌边缘化的背景里，纵使是在很不耐烦、偏爱第一人称、不肯分辨细节、通常含糊其词的现代人中间，读诗依然是一种并不少见的现代行为。想到他们手上没有质量保障的文本，想到他们实在有些清贫的新诗经验，我们满心的不安。

如果还可以勉强用上"热烈"这一前缀，那么它是属于诗歌表达/写作的，而不属于诗歌阅读/接受。提及诗歌，诗人们立时就会陷入一种伤悼的心事里，在大家看来，时下的诗歌领地正被大众媒介一点点蚕食，为诗辩护几乎成了他们的应激反应，而群起捍卫被视为一种职业伦理。这种防守是一个诗歌事件，更是一个社会事件。诗歌动用了太多的精力去证实自身的合法性、重要性、不可替代性，一直是在争取发展空间问题上拼命角力：一方面反复申明自己的贵族身份，一方面不断寻求广泛的社会支持，以找回旧日的荣耀与阔绰。比之创作，人们更在意的是诗歌在多宽广的场面被阅读。诗人的两手在不停地奋力挥舞，更多的是在为诗歌维权，实在伤了不少诗歌创作的元气，可收效不大。

与严重蔑视新诗教育的时风相比，让人背脊生凉的是现代中国人很少有谁没写过新诗。中国诗人就是这从数以亿计的诗歌写作者中艰难走出的极少数吗？没有导师，没有准备，没有参考，一切只靠天照应。一大群人在暗夜中摸索，走了太多的弯路，多数人跌倒后再未爬起，只有寥寥几个才侥幸获得成功，他们付出的代价何其沉重。

在中国，今天诗人的绝对数仍很壮观，巨大的诗歌产量会让自负的唐人咋舌。有人估计，现在每年发表于报刊（特别是民间报刊）、网络等各种传媒上的诗歌有几百万首。要知道现在以诗歌名义写的一些文字，有的文体很是可疑。究竟有多少是诗，有多少是好诗，我们猜得出来。对此，我们学校的新诗教育一定负有不可推卸的责任，因为除了所选作品数量奇少，还有诗歌观念"奇旧"——多少年过去了，我们学校里的教育仍是舒婷的《致橡树》和海子的《面朝大海，春暖花开》。

我们现在这种教育气氛、文化气氛，是难出好诗人的，这很让人难过；更让人难过的是这种气氛降低了全民的诗歌素质，如果时代足够文明，每个人在内心深处都是诗人。可以不夸张地说，正是我们与诗歌的距离，最终决定了我们这个民族艺术素养的成色。

诗歌不只是诗人的事情，而是全民的事情。当代诗歌的"墙里热墙外冷"，诗人只能"自我抚摸与相互抚摸"已成不争的事实，曾几何时，我们是令世界仰视的泱泱诗歌大国，也早早就认识到诗歌的深刻价值，孔子说："诗，可以兴，可以观，可以群，可以怨。迩之事父，远之事君。"上下五千年，纵横千万里，我们的文明史从来不曾疏远过诗歌，诗歌一直是"有为"精神产品，它几乎是传统中国人每日必修的功课。

新诗是中国诗歌的现代样式。作为一种特殊的文学体裁，其语言的独特性、思想的丰富性、感情的主观性、审美的创造性等等，使诗歌接受起来可能有些不便，但这些恰恰是一切高雅艺术的共有特征。经验告诉我们，那些可以蜂拥而上、人人可无阻力欣赏的作品通常都是层次不高的。诗歌可以帮助我们很好地在大众文化语境里实现一种捍卫。诗歌经常和艺术、美联系在一起，往往呈现着一种美好的境界。人是文化动物，须知诗歌功底是人最优秀的文化艺术素质。

富足的生活与诗意的栖居。新诗可以舒缓人的社会心理压力和生活压力，可以加强人的语言能力、想象力、美学素养，可以完善人的品格和精神，可以激发人的创新潜力，可以提高人的生活和处世品位。物质文明与精神文明不会是对立的，富足的生活与诗意的栖居也不是矛盾的。其实严格说来，物质文明只是过程和手段，精神文明才是我们最终的目的。但不是说富足的生活一定会走向诗意的栖居，这中间还需要我们太多的艺术经营与维护。诗歌是一种知识形式，是一种艺术创新，是一种审美教育，是一种人生态度。"在心为志，发言为诗""诗言志""诗言情"，诗歌的特质特别适于提升我们"求真""乐善""爱美"的人生境界。所以，有效地推动诗歌教育，尤其是新诗教育，应该被视为一种文化道义，一种社会责任。

学校是诗歌教育的重要入口与出口。诗歌是唯美、深刻的回望，只要与诗歌哪怕只结一小段儿尘缘，或写或读，我们的人生就会不同，这就是诗歌的意义。"诗教"不是我们简单知识教育，不是简单的语文教育，而是承担人文教育的各个方面，甚至全部的社会教育，这样重要的使命可行也必行。为改变学校新诗教育的落后局面，并且还要让它成为中小学人文教育重要内容和排头兵，我们可以尝试从以下三面入手：

新诗的多选与优选。首先，要摆脱新诗数量的严重不足问题，至少要做到与同期其他文体的均衡，最好是有更多倾斜，从而直观地改变对新诗的歧视态度。其次，要选择能够充分代表百年新诗史成就的精品，力避"内容大于形式""思想大于情感""德育大于美育"的窠臼，"寓教于理"的同时也要做到"寓教于乐"和"寓教于美"。再次，要兼顾时代特色与学生能力，针对学生的心理特点和年龄层次，选出适合他们阅读的诗作，选诗不应与当前诗坛过于脱节，以致造成学生对教材的不信任。

提高教师新诗素养。教师应该是新诗教育的内行，我们不苛求教师一定是新诗积极的写作者，但他至少该是一个积极的阅读者，他一要有宏阔的新诗歌知识视野，二要有开放式品鉴的驾驭本领，三要有融会贯通、延展启迪的艺术能力。诗歌因为暗示、象征等手法的广泛运用，常具隐喻性，外行人很难真正接近，所以对一名新诗教师来说，这种专业性是必需的。再好的选诗，如果遇不到一个内行的教师，学生也得不到原本应得的艺术营养，这是不可原谅的疏失。

新诗成为考试内容。我们不得不重视中国特有的考试机制和考试文化，什么内容一旦进入考试序列，特别是中考、高考序列，就会获得全社会的重视。事实上，没有新诗内容的语文考试，肯定是不完备的。诗歌是语言的最高、最凝练形式，理应成为语言考试内容的首选，可多年来或者因为一种惯例，或者因为教师不具备良好的诗歌素养，或者因为诗歌的标准不容易把握，评分难度大些，新诗几乎一直被拒于考试门外。中小学校呼吸的是应试文化的空气，不考试的内容，也就没人在意。

诗歌里有一种永恒的清洁精神，新诗是现代人的精神憩园，是难得的人生旅伴，它也完全可以成为人类灵魂的最后归宿。一个疏远诗歌的民族是可怕的，新诗教育，人人有责。

走进毛眉的绿洲档案

　　绿洲是大自然的选辑，是真实得几乎不真实的传说。奇特的声音、气息、色泽和光影，更奇特的勇敢、孤独、顽皮和深情，确证它一直都在。绿洲有时是人类的一处据点，有时只是一节遥远的梦境，藏于记忆和辨识的末端或盲区。而对于毛眉，绿洲初为执念，终成执业——"每每从书架上取下《呼图壁县水利志》《昌吉文史》，都仿佛取自我的生命，吹去名字上的蒙尘，那是我无可阻止的怀乡"，"年复一年，奇迹带着万物的交响和香味，从我身边经过"，"我与新疆的事物互为表里，以至于不借助新疆，就无法表达自己……生活在绿洲上的我，一生都在不惜为表达新疆而成为它的一个器官"。她为绿洲可以英雄登楼，栏杆拍遍；可以轻罗小扇，秉烛画屏。她是绿洲的仆人，随时等待召唤，随时准备一场场奔赴和一次次尽忠；她更是绿洲的主人，坐拥王权，调兵遣将，绿洲以地理学、物候学、人类学、历史学、生态学、文化学甚至统计学的面目听候号令。她最是绿洲的亲人，两者决非巧遇，他们已经彼此等候、敬重、相爱了几生几世。

　　毛眉的这部《绿洲的逻辑与秩序》，与其说是一次美学守城，不如说是一次文学远征，它让我们心甘情愿、无可救药地在一场久违的、强大的、醉人的汉语魅惑中沦陷："贪婪地把手按在新疆的每一个事物上面，试脉搏，试心跳，寻找着能与我亲切匹配的灵魂，与它合成一副肝胆，叠成一套命运，让自己的精神景深呈三级跳的态势：

像天山那样自成源头，像内陆河那样自成首尾，像绿洲那样自给自足"，"我是在前院后圃的生活场景中，邂逅了一宗宗著名的圣经题材，并且，将一己的成长环境与世界最初的事物连在了一起"，"如果说，在戈壁，可以用石子摆出诗行，在绿洲，可以用白杨摆出诗行，那么，在果园，则可以用水果，摆成芬芳的长短句。瓜一行，果一行，梨一行，杏一行，红一行，绿一行"。毛眉用学养、心事、使命、禀赋和格调一针一线地刺绣绿洲，借重她优卓的文字带领，我们目睹了绿洲的史诗姿态和亲切眉眼。

曾经太阳般明亮地照耀过我们的文学，被电子传媒的按键放弃之后常会躲藏在尘世的角落里黯然疗伤；今天的文学已然力不从心，先前汗漫的疆域不断地被攻城拔寨，其身份的合法性轻易就被蔑视与冒犯；实用主义、功利尺度与文学实在缺少公约数，现代人的世俗化日常生活对文学的毁坏速度已经相当惊人。这或许是当前最流行、最时尚的结论，这种结论很容易引起共鸣，引起大片大片的、此起彼伏的愤愤不平。

也许情况并不是这么糟糕，也许这种糟糕源于文学的超限度繁华走后的心理不适，其实王者地位本就与文学无关。在社会权力的再分配过程中，文学扪心自问是否已经公平地得到了自己该得的那么多？文学应不应该场面冷清些，可不可能就是小众化的？在没有鲜花和掌声的时候，文学是否可以依然自在从容？文学不是新闻，它应该远离舆论中心的热闹。认真选择怎样在这样的语境里安静、淡定和深刻地自持，或许比不自知的争辩、数落和委屈更有力量。

站在严峻的艺术成长形势的对面，站在巨大的现时物欲喧嚣的对面，毛眉的一小点儿赌本可能微不足道。反差巨大，未必就会影响战斗，未必就会落败。像毛眉一样的好作家将始终镇守原处："我们用文学与人的贪欲搏斗；在这样的时代，我们的文学其实担当着重大责任。告诉那些虚伪的政治家们，所谓的国家利益并不是至高无上的，真正至高无上的是人类的长远利益……如果船沉了，无论你身穿名牌、遍体珠宝，还是衣衫褴褛不名一文，结局都是一样的；我们要用我们的文学作品告诉人们，维持人类生命的最基本的物质是空气、阳光、食物和水，其他的都是奢侈品。人类的好日子已经不多了。当人们在沙漠中时，就会明白水和食物比黄金和钻石更珍贵。"我们已经看到，因为一些文学和文学阅读的没落与消沉，想象力敛合了浪漫的翅膀，现代人丢掉了大半的贵族气质，时代生活变得僵硬、板结。对于中国文学这盏重要的指路明灯，需要有人大胆拨亮，需要有人站出来止损。为了生存，我们可以把文学暂时搁置一边；可是今天衣食无忧的人们，竟然也成批次地从文学的身边走开让步于大众文化消费。每个人都立于尘埃与云朵之间，但艺术家必须离云朵更近，并且应该号召众人偎向云朵——这是作为人的种性和类属的一般要求。

问题是，什么样的文学才能担此大任？

倒在浅表常识门槛前的人永远比倒在深奥哲学门槛前的人多得多。众所周知，文学是语言的艺术，文学作品应该是语言艺术表达的样板，这只是"及格"的要求。可我们放眼望去，1990年代以来的文学能做到的有多少？这个时间节点，正好与文学的边缘化重合。有为有位，文学到底能做什么，连最初级的底线一样的任务都没能完成，它的"为"如何展现？

毛眉坚信："任何写作最根本的问题都是活着与语言的关系。"汉语是中国人精神、人格和生命的一部分，汉语表达的粗糙差不多就显示着中国人思想的粗糙。中国作家和读者大都是内容决定论或者说内容至上主义的受害者。多年来，我们很少有机会与毛眉这种"美丽汉语"重逢："观察和思考，是赐予我人在路上的一对车轮。我祈祷：主啊，让我成为新疆辽远阔大的守望者，成为镶嵌在天山岩石上倾听者，以鹰的双眼，看遍雪峰的寂寞；主啊，派我，置身没有欺诈的朝圣者中间，到宛如华服的艾德莱斯中间，用一领披肩，围裹我们的生命；派我，去追随一个失明的老者，和他一起，走在无人识得的路上，没有什么能将我，同他们的音容隔阻开来，因为，我是以另一个人的灵魂，来到这里，在星空下散步，在山脊上眺望灯火，以游荡，摒弃说教；主啊，让我理解那些相同的星辰，城市和乡村，理解另一双观望的眼睛，理解世界和它的劳作，重新评价我的身份、我的意识形态、我的文化心理、语言的纯度、道德的尺度。"这样的文字在时下的文学里已特别稀见，如果单从语言角度而论，那么我们今天的很多文学作品都在开历史的倒车。

李叔同写于1914年的《送别》在中国早已成郦歌中的不二经典："长亭外，古道边，芳草碧连天/晚风拂柳笛声残，夕阳山外山/天之涯，地之角，知交半零落/一觚浊酒尽余欢，今宵别梦寒。"长亭古道，芳草晚风，天涯地角，折柳赠别，从历史深处走来的依依离情写了满纸，其情致，其铺陈，其境界，都不输唐宋。稍晚，周无（字太玄，著名生物学家）的《过印度洋》发表在1919年的《少年中国》上："圆天盖着大海/黑水托着孤舟/远看不见山/那天边只有云头/也看不见树/那水上只有海鸥//那里是非洲/那里是欧洲/我美丽亲爱的故乡/却在脑后/怕回头/怕回头/一阵大风/雪浪上船头/飕飕/吹散一天云雾一天愁。"《过印度洋》甫一发表，赵元任就欣然谱曲，之后它被广泛传唱；朱自清亦甚赞赏，将其编入《新文学大系》；魏巍在《我的老师》里曾经提到过它，那是长在他童年树上的一片异常美丽、宝贵终生难忘的叶子。1919年，现代白话文还是蹒跚学步刚刚启程，但这首诗即便现在读来也是精美非凡。对照两个例证，一个世纪过去了，我们赶超了多少？近年来，汉语写作对母语发展的推动实在贡献可怜，整体表现令人失望，所幸还有毛眉们。

毛眉的散文像小百科全书一样环绕我们、包裹我们，涵天覆地的海量信息如万斛泉源不择地而出，一切都用一条情感主线贯穿和统领。她说："没有爱，一切都是散落的，零落的，爱穿起了一切，爱，是各种果实里流淌的糖分。"对于绿洲，她会追随、膜拜："我被严酷的新疆娇养着：最好的空气，最好的水源，最好的水果，最好的庄稼，最好的奶，最好的蜜，最好的马牛羊，最好的古朴人情，最为品质的教诲：像天山那样高蹈，像冰川那样结晶，像白杨那样正直，像赛里木湖那样洞彻……""后来的我，是如何把新疆的地貌与自己的精神地貌合并成一副肝胆，那是一个漫长的伤筋动骨、灵魂相认的过程。"对于绿洲，她会同它牵手结伴，同走或荒芜或繁华的英雄路："不断摩挲着列车时刻表上那些南疆的地名，像一串红木念珠：阿图什、喀什、疏勒、阿克陶、英吉沙、莎车、泽普、叶城……

这些名字，曾不断地经过我的生命，或是市场上堆积的和田核桃，或是图片上沙漠中的零落胡杨，或是唱片里一场石榴裙飞旋的麦西来普……"对于绿洲，她会俯视、疼爱："城市里，钟表追赶时间，鞭子追赶伤口；绿洲上，芳香追赶花朵，花朵追赶果实，整个大自然都在追求快乐，它使草叶生长，使花蕾绽放，邀请一切有生命的东西举行婚礼。"

新疆自然环境和人文趋势对毛眉的文学创作精雕细刻，独特的哺育方式与她的天性、天赋悄然际会，她不是余秋雨、周涛、张承志、刘亮程，也不是梭罗、李奥帕德，她只是珍贵的自己。赫特纳在《地理学：它的历史、性质和方法》里讲到："现在人们相当普遍地相信，这些性质不存在于自然界，而是人类带入自然界中去的观念。只有这样才能解释为什么美学评价在不同的时代、不同的民族、不同教养阶层的人是有变化的，甚至同一个人在不同年龄和不同的时刻，根据他的心情和外部环境，也有变化。"绿洲宿命般地成为毛眉的人生素材，她也用代入法把自己的喜怒哀乐托付给绿洲。她的文化旅程，她的精神漫游，她的各种记忆——历史、时空、文化、个人的记忆汇捆绑成的竹杖芒鞋，一直延伸到绿洲的神奇、神秘与神圣深处，因为"西部可以展开一切神话及发生学"。毛眉警句式的论断往往语出惊人："任何僻远之地的人们，自会得到属于他们的启示"，"在绿洲，似乎仅仅凭借果实的香气就可解除精神上的断食之苦"，"鱼说，除了大海，没有什么可以让我永远新鲜，而我说——除了绿洲"。作品中的神来之笔，当然与过人的才华有关。而更要强调的是她对语言哲学的崇高敬畏，一直听从语言一如听从灵魂的召唤，才使得她最终创造了符号学奇迹，也使得绿洲、文学和毛眉三者同时完成。

是否可以对当下文学大吼一声："文字之外别无他物！"当下有太多表达乏力的作品，完整表达内容都做不到，遑论艺术，遑论经典。而毛眉的语言可以飞翔，时而是悠徐的夜曲，时而是呼啸的响箭，它在常规的表达之外，仍有自己的生长，文字之上还有文字。"在文学语言被污染、被耗尽的情形下，我在绿洲上寻求一种开阔、脱缰的经验。我的新疆书写，从那些'未步入'的领域中，'一株一株地长出来',那些领域是地质学、矿物学、天文学、植物学、解剖学、昆虫学。它们以冷僻的语言讲述,关上了语法之门,只剩下事物之间的逻辑与秩序","把真诚的思考,用真诚的语言,还给真诚的大地。语言的不规范,携带着假大空的毒素,空转着","当语言污染了,我们又失去了一个拯救的手段,怎么办?"没有这样透彻、结实的认识,就不会有毛眉的语言比别人多出来的再生性和增殖功能,也不会有令人啧啧称奇的语言和内容的双重扩张。

语言从来都不是形式。"那些曾经低矮的、安静的、冒着虽然审美却很呛人的炊烟的土屋,一变而宽敞,在明亮的新居,他们从大量柴米油盐的日常家务、日常农作中解放出来,围坐在凉棚下,用计算器算着一年来红枣的收入,无花果的收入,核桃的收入,石榴的收入,在应该置办农机还是应该置办家电之间权衡,一张张脸上,洒满栅栏透进来的光影。"这是形式吗?这是作家在一寸一寸端详、清点绿洲人的生活,她的亲人立场,她对那一方水土人情物理的熟稔,连同岁月无论如何都漫漶不了的神性的抚摸与研判都有一种极为特别的温度。毛眉的散文经得起抽读,我们可以随意选择一个册页:"绿洲上的植物都是几千里的传说,有些植物,来中国时间不长,很快本土化,带着见过世面的神态,与本土的植物站在一起,它们的摇曳,改变了原先的排列秩序,大地呈现交流后的景观。"吟安一个字,捻断数茎须。语言是物质的,是精神的,也是宗教的。要么物我两忘,要么快意恩仇,毛眉的努力让我们信服了绿洲与神迹比肩,信服了汉语是世界上最富表现力的语种。毛眉,作为作家的毛眉,已自觉站在母语建设的最前沿。

毛眉的文体实验极其大胆,直逼文史哲不分的先秦时代。在先秦高峰之后,中国文化用两千多年时间来"解经",在一种虔敬或自卑的情绪里跪拜学习,做的都是修修补补的事情,再无新意和高度,站在前人肩膀上的优越感和骄矜几乎从未有过。而西方思想的任何一座大山,都会被后世尝试翻越,至少后人从来都不缺少翻越的冲动,翻越的激情和勇气最终也成就了他们的翻越能力。散文应该是最古老的文学文体,人类的第一句发声肯定是散文不是诗歌,中国的诸子散文已相当成熟，老实说，后代散文与之相较成绩平平。中国当代散文大都退缩在个人性情抒写的小格局里，整体表现并不是很好，纵使相对于同期的小说、诗歌也处于劣势。而毛眉的作品显然是一块艺术高地，每见知识性与艺术性的精妙调动、结合，前者添加钙质，后者捧上柔韧。她冲破文体苑囿，跨界写作，天地宽大，能于时间与空间、形象与抽象、自然与人文、写实与写意、坚硬与柔软、文学与非文学之间任意往来，了无挂碍。这样的文学不是王者，胜似王者。

毛眉的秘籍是用直觉和良知照拂，物质化的绿洲便由此注入了生命和精神的颜色："中亚腹地，这张以陆权的声音发言的地图，没有海岬，没有海湾，没有出口，从根本上有违人性。人性是一条无论如何都要找到出海口的大河。当我看到悲壮的内陆河，以与大海相逢的欢乐，一头扎进沙漠时，我以上帝的视界，悲悯着所有的命运"，"如果说，河流一旦站起来，就是一道瀑布，那么，耸立的天山仰面一躺，就躺成了如雷贯耳的塔里木河，把天山那坚实、宽厚、壮阔的身形印在大地，变成滋润的河床，枯干的河床，浩荡的河床，那些树权状的河床水迹，像精心绘制的大地文身，又像一篇象形文字写下的绿洲赋"。毛眉作品中的不少内容，可以直接置于其他学科门类的专门性著作之中，而我们在散文中与它们对视时没有异物感，未见排斥反应，这种植入乐观、大胆、熨帖，找不到接痕。也就是说，毛眉汪洋恣肆的跨界带来的是畅意阅读，她获得了全面意义上的胜利。文学明确了自己的位置，才会明确自己的必要性与可能性。毛眉的文学是大文学、泛文学，具有骄人的先锋性，她告诉我们：文学除了是自己，同时还可以是别个。那么我们不禁要问：抚今追昔，到底是谁让文学特别是散文走进了窄巷？

文学与绿洲不是征服与被征服的关系，毛眉崇高的绿洲传，她的这一美学地理学活页，次第打开的是自然哲学的春秋代序，是人类思想的寒来暑往，是文学想象的忘情奔袭。毛眉的绿洲组歌视野无比阔大、发散："我以绿洲的尺度，试图在一种广阔的背景下，把地理和历史联存在一起，寻求'历史中的地理因素的公式'，以此透视国际、政治、包括绿洲的现实问题。"她并不回避社会、政治元素，也见相关的偷觑与回应，社会、政治是每个人每个时代必须面对的宏大主题。尤其值得注意的是那些信手拈来的、繁星般散落在文中的西方哲学家、社会学家、生态学家、作家的人文语录，同她的散文一道以昂扬的姿态介入生态话题。生态学的篇幅应该充满我们整个人生和世界的空间，自然和社会，物质和精神的生态，都让我们表情凝重——先要活着，然后更好地活着。毛眉赶赴与绿洲邀约，同时做我们的地理向导，她同可以与自己互文的绿洲有着前世今生难以割舍的因缘。因为以心换心的诚实，她等到的每一个绿洲的秋天都籽粒饱满。

绿洲本就是一个庞大的隐喻，一个标示人间经纬的精神坐标，所以此番毛眉才决定走进绿洲的心，走进文学的心。绿洲是毛眉的精神宅门，院落里洋溢着她火热的荡气回肠的文字和宇宙观。作为非同凡响的、无边线书写的人文读本，她超越地域、文体、性别、世俗的绿洲文学基调并不轻松，偶见的兴奋很快就会锁紧眉头："在历经清洗罪恶的大洪水之后，我们只能再一次放出鸽子，苦苦地期盼它能够衔来一枚橄榄枝，好让绝望中的我们，再一次，回到大地。"也许没有那么悲怆，现在行动还来得及，但要牢记时不我待，必须争分夺秒。要知道，多一块绿洲，物质世界和精神世界就会多一处茂盛的生命奇观，少一块自然、人文和灵魂的失血沙漠。感谢毛眉，她所有的格言式的诉说，都为的是让我们的思想快速醒来，让警惕永远在路上，并且豪迈地保持匆匆行色。

这一季托付给鲁院（代后记）

2005 年某日同王晓莉争执鲁院到底有多少种树，经由一番口语杀伐，我成了最后的赢家。其时我还不曾意料这篇只有短短两个月的文字倏忽就到了结尾。我依然在鲁院编号 210 的窗前远望喜鹊，这些吉祥的鸟儿没有落上树枝，想都没想就飞向一丛电视天线，城市把它们从自己的梦里逐出，它们只能在家园的遗址上凭吊。我是一个贪玩的小儿，可大人已在唤我回家吃饭。"悄悄是别离的笙箫"，不经意间那分别的旋律早已在不可知处轻轻吹拂了，北京以淅淅沥沥的春光迎迓我这个朝圣者，其实就发生在刚刚转身离去的昨天。

有"文学界黄埔军校"美誉的鲁院是端坐的，我们是走动的。这一季的故事由我们这 50 个搞评论的来讲述，谁能说剧情不是主人公自己呢？那么这一段传奇就归属我们且只归属我们了。久违的铃声，让我们重新走向课堂，接受各种见地的洗浴，开始一场新的转世。每一次高声都会惊醒数不清的情节，连同那令我发胖的三餐，那或长或短排饭的队伍，都似一种美丽的心事，在别后记忆的海滩一次次涨潮。如今在自己城市的街头经常看到一个让我心热的身影，不用指认这分明就是鲁院的某个师生，待我兴冲冲奔过去，才发觉又是一次美丽与忧伤纠缠不清的误会。

我在日记里仔细记下了这里的一枝一叶，我知道四万字肯定是一种不完全归纳，太多的感怀太多的震颤让我目不暇接。王双龙长白山粗话幕后是赤子心地，杨柳牛腰却偏偏弱不禁风；秦朝晖有被书籍击中后泛绿的眼光，憔悴的背影却让怜香惜玉的女生们几度心碎；王春林同他红袜子一样寓意深刻的谈吐，总会冷不防从暗处撞出吓你一跳；赵月斌镜片后那个从未被污秽过的本色书生，惯于用数码科技目击人间的啼笑……我也注意到了有几桩半成品的爱情化作往事的蝴蝶结，这是别一种人文奇景，这里能找见人们各种各样的相遇，各式的现代故事有的刚刚谢幕，有的刚刚登场。

鲁院，我喝了你30壶开水，你让我长了5斤肉。数次的出发让我不再晕车，四轮机器从此换上可爱的眉目；在鲁院挥拍使我的乒乓球技术精进，回到黑龙江名唤绥化这个出贪官也出俊才的小城，对手们的眼睛擦了又擦，他们不相信球台对面动辄赢下自己的这个小子竟是林超然。看首钢，访卢沟桥，拜周口店，谒殷墟，探文王庙，观红旗渠，跋涉太行大峡谷。一路崇敬一路歌吟，一次又一次的情感浪波的消涨，我们擦亮了季节，季节也擦亮了我们。鲁院和这50个人都经历了一场冥冥中的等待，两者最终在2005年春天的路上晤面。海涅说："火焰就是火焰，它的分量是无法用磅和盎司计算的。"这一季就是火焰，不可惊动不可言说。

鲁院躲在城市现代化的视线之外，苦守着一角岑寂，干干净净的自然近在咫尺，干干净净的人心近在咫尺。鲁院不相信名流，不相信任何人头上的光环。上课铃声响过，我们的种种世俗外衣纷纷剥落，椅子上只恭恭敬敬地坐着一种身份。"当一个诗人身无分文的时候，才能相信他的话，不要他起誓。"来这里的每个人都一文不名都很乖巧，来这里的每个人都回到了未被世俗雕镂的原初。有谁爬过鲁院的六楼吗，尾随过我的似只有赵月斌、牛学智，一间小屋几件陈旧的桌椅真的被绝大多数兄弟们错过了。这个小小的院落据说不久就要易主，鲁院下一季会在别处，那么这些抢眼的花木就是最后的了。不需要伤感，鲁院真正令人仰视的是它的精神院落，这个院落在我们灵魂的大宁静处生满了根须。

我曾有幸做过诗人彭惊宇的摄影师，很长见识。一律摆拍，选坐姿，取侧影，诗人的目光开始期待远方，噢，别忙，他还要换上一副眼镜，实为照相特备的空镜框，一切丝丝入扣有条不紊，照片出来果然气度不凡。在河南安阳，宋丹先生左一个包右一个包，极像小品里的超生游击队员，从那家酒店出来时他又是全副武装了。他一脸得色偷偷地对我说："我拿了安娜的包，她肯定在那里疯狂地大找呢！"上车前，酒店服务员高举一包奔出："谁的？"宋丹教授声音低得几乎听不见："我的。"我立时想到了那种乡村叙事："种了别人的地，荒了自己的田"。俱往矣，我们的班车已轰然飞过。

　　我从二十几年前煤油灯的阴影里抬起头来，吃惊地打量这一切，我不曾想过鲁院会一下子满足我那么多的好奇，什么我都喜欢。它的平易近人，它的五花八门的课程设置，还有各人住处门上的名签（它让人忆起小学生胸前的佩饰），都潜隐着一种巨大、深邃的哲学命题。怕是无缘再次走向这个 210 了，怕是无缘再次检阅两翼的原住民了。我本不是一个贪心的人，这一季托付给鲁院，我早已富甲天下；生命中多了这样一个章节，从此心跳也会更加响亮。挥手并不是作别，而是更深沉的牢记。